S. T. Bende

Love & Sacrifice
Die Geheimnisse von Asgard 4

Weitere Titel der Autorin

Fate & Darkness – Die Geheimnisse von Asgard 1
Storm & Desire – Die Geheimnisse von Asgard 2
Light & Justice – Die Geheimnisse von Asgard 3

S.T. Bende

LOVE & SACRIFICE

DIE GEHEIMNISSE VON ASGARD 4

Übersetzung aus dem amerikanischen Englisch
von Stephanie Pannen

one

Titel der amerikanischen Originalausgabe:
»The Ære Saga. Perfect Match«

Für die Originalausgabe:
Copyright © 2018 by S.T. Bende
Published by arrangement with Bookcase Literary Agency

Für die deutschsprachige Ausgabe:
Copyright © 2024 by Bastei Lübbe AG, Schanzenstraße 6 – 20, 51063 Köln

Vervielfältigungen dieses Werkes für das Text- und Data-Mining bleiben vorbehalten.

Lektorat: Kristin Overmeyer
Umschlaggestaltung: Guter Punkt GmbH und Co. KG, München Umschlagmotiv:
© destillat / Unlimphotos; sumners / Unlimphotos; mdesigner125 / iStock / Getty Images Plus; Ievgen Soloviov/ iStock / Getty Images Plus; Jurkos / iStock / Getty Images Plus; pavelalexeev / iStock / Getty Images Plus; Faestock / Adobe; SolidMaks / iStock / Getty Images Plus; stockfour / iStock / Getty Images Plus
Satz: 3w+p GmbH, Rimpar
Gesetzt aus der Adobe Caslon Pro
Druck und Verarbeitung: GGP Media GmbH, Pößneck

Printed in Germany
ISBN 978-3-414-0202-7

5 4 3 2 1

Sie finden uns im Internet unter one-verlag.de
Bitte beachten Sie auch luebbe.de

Für meine Familie und meine Freundesfamilie – wir passen absolut, unumstößlich, bedingungslos und perfekt zusammen. Und für alle, die Liebe und ære in unsere Welt bringen.

Tusen takk.

»Ich liebe dich mit so viel von meinem Herzen, dass nichts
mehr übrig bleibt, es dir zu beteuern.« -
Beatrice, *Viel Lärm um nichts* von William Shakespeare

Eins

Brynn

»Wirf es an, *sötnos*. Wenn unsere Schätzungen stimmen, sollte das Löten von Rot-Eins an Blau-Drei das Teil ans Laufen bringen.« Henrik klickte auf eine Taste seines Laptops, bevor er die Männerhöhle durchquerte, die uns als Labor diente. Er stellte sich hinter mich und beugte sich über meine Schulter, um mit der Spitze seines Bleistifts auf die Drähte zu tippen. »Diese beiden.«

Anstatt mich auf das Objekt seiner Anweisung zu konzentrieren, richtete sich meine Aufmerksamkeit auf die stoppelige Wange, die leicht an meinem Kinn kratzte. Und auf den Duft von Sonnenschein, der meine Nase füllte. Und auf das Heer von Schmetterlingen, die olympische Sprints durch meinen Bauch absolvierten. Bei allen Göttern, Henrik Andersson war *so* attraktiv. Und durch die Gnade von Freya, der Göttin der Liebe, gehörte er ganz mir.

Endlich.

»Hier?« Ich richtete den Lötkolben absichtlich einen Zentimeter zu hoch aus – ausgeschaltet, versteht sich.

»Nicht ganz.« Henriks muskulöse Brust drückte gegen meinen Rücken. *Ja.*

»Und wie ist es hier?« Ich korrigierte mich zu stark und erntete ein Lachen von meinem langjährigen Laborpartner.

»*Sötnos*, wenn ich es dir zeigen soll, frag einfach.« Henrik legte seine Hand auf meine und führte den Lötkolben an die richtige Position. »Hier.«

Sein kühler Atem kitzelte mein Ohrläppchen, jagte mir einen Schauer über den Rücken und eine Hitzewelle durch meinen Körper. Ein leichter Druck auf meine Fingerspitze ließ eine Flamme aus dem Lötkolben schießen, gerade als Henrik seine Handfläche über meinen Bauch gleiten ließ. *Doppeltes Ja.* Ich musste mich sehr konzentrieren, um nicht das gesamte Innere des Schließers zu verschmelzen, aber nach einem endlosen Moment verschmolzen die roten und blauen Drähte. Mein Freund feierte das, indem er mit seinem Daumen über meinen Bauch fuhr und ein anerkennendes »Gut gemacht« murmelte.

Es dauerte keine zwei Sekunden, bis ich das Werkzeug ausgeschaltet, es auf die glatte Oberfläche der Arbeitsplatte gelegt und mich in Henriks Armen herumgedreht hatte. Er ließ seine Hand nach unten gleiten, um meinen Hintern zu streicheln, und steigerte so die Hitze in meinem Bauch zu einem regelrechten Inferno, das mit der Flamme des Lötkolbens konkurrierte.

»Stufe zwei ist abgeschlossen.« Ich griff nach oben und fuhr mit den Fingerspitzen durch Henriks lockiges Haar. »Und da wir den ganzen Morgen dafür gebraucht haben, haben wir uns wahrscheinlich eine Pause verdient.«

»Wahrscheinlich.« Henrik senkte den Kopf, ließ seine Lippen über meine Kieferpartie gleiten und jagte mir damit eine neue Welle von Schauern über den Rücken.

»Definitiv«, stimmte ich zu. Mein Kopf neigte sich nach hinten, und Henrik lenkte seine Lippen hinter mein Ohr – an genau die Stelle, die mich völlig und total verrückt machte und mich dazu brachte, meine Arme um ihn zu schlingen und ihn anzuflehen, mich den Flur entlangzuschleppen und …

»Oh. Da bist du ja.« Die ausdruckslose Stimme der Liebesgöttin löschte meine Hormone wie ein Feuerwehrschlauch. *Skit. Erwischt.* Ich ließ meine Hände auf Henriks Brust sinken und schob ihn weg, um Abstand zwischen uns zu bringen. Doch er schlang einen muskulösen Arm um meinen Rücken und hielt mich fest.

»Sie hat unser Zusammensein vor über einem Jahr abgesegnet«, murmelte er. »Wir haben nichts zu verbergen.«

»Stimmt.« Ich atmete erleichtert aus. »Hab's vergessen. Mal wieder.«

Henrik lachte heiser auf und drückte mir einen weiteren Kuss auf den Hals, bevor er mich so drehte, dass wir meiner Chefin gegenüberstanden. »*Hei,* Freya. Was gibt's?«

Die Göttin der Liebe – und Oberhaupt von Odins hohem Orden der Kampfgöttinnen, den Walküren – stand in der Tür. Ihr hüftlanges, erdbeerblondes Haar hing untypisch unordentlich über ihre herabhängenden Schultern, und ihre sonst so warmen Augen trugen nun den verräterischen Ausdruck glasiger Verwirrung. »Ich bin … äh …«

»Freya«, sagte ich. Meine Freundin rang mit den Händen. »Wie geht es dir?«

»Gut.« Freya hob ihr Kinn und zog die Schultern zurück. »Mir geht es einfach gut.«

»Okay.« Meine Stimme war sanft. Henrik drückte meine Schulter, und ich schaute zu ihm auf. Als er Richtung Flur nickte, verstand ich.

Sorge dafür, dass sich Freya ein bisschen entspannt. Sie ist nicht sie selbst. Schon wieder.

Das war eine Nachricht, die wir täglich austauschten. Manchmal auch zweimal.

»Wir sind hier gerade fertig geworden und wollten gerade

eine Teepause einlegen.« Ich schenkte ihr ein übertriebenes Lächeln. »Willst du mitkommen? Ich glaube, Mias Meemaw hat ihr gestern noch mehr Kekse geschickt. Red Velvet.«

»Warum seid ihr nur alle so besessen von Red Velvet?«, murmelte Henrik. Ich stieß ihn mit dem Ellbogen an.

»Freya mag Red Velvet«, zischte ich.

»Meine Snickerdoodles sind besser. Ich meine ja nur.«

»Also, was meinst du?« Ich sprach über meinen Freund hinweg. »Trinkst du einen Tee mit uns?«

»Oh. Ich nehme an …« Freyas Blick schweifte durch den Raum. Sie verweilte über dem Schließer, der immer noch leicht rauchend auf der Arbeitsplatte lag. »Was ist das?«

Henrik warf mir einen besorgten Blick zu. »Das ist das Gerät zum Verschließen von Portalen, an dem wir den ganzen Monat gearbeitet haben. Wir haben beim Frühstück darüber gesprochen. Weißt du noch?«

Freyas Mundwinkel zogen sich nach unten. »Nein. Ich erinnere mich nicht.« Mir stockte der Atem in der Brust, als Freyas Unterlippe leicht zitterte. »Ich kann mich nicht mehr an besonders viel erinnern.«

Bei allen Göttern. Wenn schon die härteste *flicka*, die ich kannte, zu weinen begann, dann ging es mit diesem Tag definitiv bergab. »Hey, ist ja gut.« Ich durchquerte den Raum mit eiligen Schritten und nahm Freyas Hände in meine.

»Du machst das toll. Lass uns einfach eine Tasse Tee trinken. Vielleicht kann Elsa vorbeikommen und etwas Zeit mit uns verbringen. Einen Film schauen und mal nach dir sehen …«

Freya riss sich los. »Ich will keine weitere Heilung.« Ihre Augen schossen stumme Dolche. »Ich will einfach nur mein Leben zurück.«

»Das wollen wir alle für dich.« Henrik trat vor und legte eine Hand auf meinen unteren Rücken. »Und wir sind alle hier, um dir zu helfen. Vor allem Brynn. Das weißt du doch.«

Der Zorn in Freyas Augen wurde ein wenig schwächer, bevor er erlosch. An seine Stelle trat Kummer. »Tut mir leid«, flüsterte sie.

»Schon in Ordnung.« Was hätte ich sonst auch sagen sollen? Seit wir sie vor mehr als einem Jahr aus Helheim gerettet hatten, war Freya ... seltsam. Sie sprach nie offen darüber, was sie während ihrer Zeit als Gefangene von Hel durchgemacht hatte, aber es war schmerzhaft offensichtlich, dass es bestenfalls erschütternd gewesen war.

Ich kaute auf meiner Unterlippe herum und warf Henrik einen Blick zu. *Hilfe.*

»Okay, meine Damen, folgt mir in die Küche. Abgesehen von Meemaws Keksen hat mir Mia als Dank für meine Hilfe als Mathetutor ein paar Cupcakes gebacken. Sie sollten jetzt fertig sein.« Er stupste Freya spielerisch mit dem Ellbogen an, und sie ging in den Flur.

Henrik legte seine große Hand um meine und zog mich sanft aus dem Labor. Ich folgte ihm die Treppe hinunter, wobei ich Freyas niedergeschlagenes Schlurfen auf irgendeinen Hinweis auf ihren einst so selbstbewussten Gang hin untersuchte.

Nichts.

»Henrik«, murmelte ich, als wir am Fuß der Treppe ankamen. »Es geht ihr nicht besser. Wir wussten, dass es schwer werden würde, nachdem sie aus Helheim zurückgekommen war, aber ich dachte, wenn sie sich das Frühjahr frei nimmt, um sich auf die Heilung zu konzentrieren, und sich langsam wieder an ihre Pflichten herantastet, dass sie vielleicht ...«

»Sie braucht einfach Zeit.«

»Es ist über ein Jahr her, und es beginnt, mehr als nur Asgard zu betreffen. Du hast den Anstieg der Hassverbrechen auf Midgard gesehen – und die Reihe von Bürgeraufständen auf Vanaheim. Die Angst beherrscht die Reiche. Und da Angst die Abwesenheit von Liebe ist, ist es ziemlich klar, dass Freyas Energie nicht ihr Zielpublikum erreicht.«

Oder sonst jemanden.

Henrik strich mit seinem Daumen über meinen Handrücken. »Deshalb hat Odin ja auch Nanna zur vorläufigen Liebesgöttin ernannt und Freya hier einziehen lassen – um ihr Zeit zu geben.«

Nanna war unsere Göttin der Wärme und die Mutter unseres Freundes Forse. Ihr Herz war so voller Liebe und Güte, dass sie die logische Wahl war, um die Reiche zu verwalten, während Freya außer Gefecht war. Aber nachdem sie monatelang bei uns gelebt hatte und zweimal täglich von Elsa geheilt wurde, war Freya immer noch nicht ganz sie selbst. Elsa konnte sich nicht einmal auf eine Diagnose festlegen. Was auch immer unsere Freundin plagte, es war in der Geschichte Asgards noch nie behandelt worden.

Und gelegentlich, so wie heute, wurde Freya rückfällig. Und zwar gewaltig.

»Was ist, wenn die Zeit nicht ausreicht? Was, wenn …« Ich senkte meine Stimme zu einem Flüstern. »Was, wenn sie nie wieder gesund wird?«

Henriks ängstliche Augen verrieten seine Besorgnis, aber er zog mich an seine Brust und legte seine Hand auf meinen Kopf. »Wir werden das schon schaffen, *sötnos*. Das tun wir immer.«

Es war nicht arrogant gemeint. In den Jahren als Leibwächter für unseren Freund Tyr hatte es kein Problem gegeben, das wir nicht durch Einfallsreichtum oder Kampfkünste hatten lösen können. Henrik und ich waren sowohl als Krieger als auch als Laborpartner so gut aufeinander eingespielt, dass uns einfach nichts aufhalten konnte. Wir waren die perfekte Problemlösungstruppe und fest entschlossen, alles und jeden, den wir liebten, zu schützen.

Scheitern war nie Teil unseres Vokabulars gewesen. Und Freya im Stich zu lassen, kam definitiv nicht infrage. Die Reiche brauchten Liebe, um zu überleben. Und unsere unkonventionelle Familie brauchte Liebe, Punkt.

Ohne sie waren wir nicht vollständig. Allein aus diesem Grund würden wir einen Weg finden, Freya zurückzubringen, sowohl in die Reiche als auch in unsere Familie.

Auch wenn wir keine Ahnung hatten, wie.

**

»Sag es, Mia.« Henriks tiefe Stimme schallte durch die Küche. »Es zählt nicht, wenn du es nicht sagst.«

»Ernsthaft? Sind die Cupcakes nicht genug?« Unsere bezaubernde Sterbliche fuhr sich mit schlanken Fingern durch ihre glänzenden braunen Locken.

»Nein.« Henrik lehnte sich grinsend zurück. »Ich warte.«

»Meinetwegen.« Mia stieß einen langgezogenen Seufzer aus, bevor sie den Zettel vorlas, den ihr Henrik über den Tisch hin zuschob. »Henrik Andersson, du bist der beste Mathetutor aller Zeiten. Ich habe so ein Glück, dass ich mit deiner Weisheit, deinem Genie und … Das ist doch ein Witz, oder?«

»Sag es, Ahlström«, erwiderte Henrik. »Oder du bist nächs-

15

tes Semester auf dich allein gestellt. Und der nächste Kurs wird außerordentlich schwierig … habe ich jedenfalls gehört.«

»Ugh. Okay.« Mia hob den Zettel auf. »Ich habe so ein Glück, dass ich mit deiner Weisheit, deinem Genie und … deiner unglaublichen Attraktivität beehrt wurde. So. Jetzt zufrieden?«

Henrik biss in einen Cupcake mit jeder Menge Frosting. »Sehr«, antwortete er mit vollem Mund.

Ich musste lachen. »Henrik! Du bist so gemein!«

»Nein, bin ich nicht. Ich sorge nur dafür, dass meine Großartigkeit gebührend gewürdigt wird.« Er vernichtete den Cupcake mit einem zweiten Bissen und schenkte mir ein Grinsen voller Zuckerguss. Elsa und Forse kicherten, als sie sich auf ihren Stühlen niederließen, und sogar Freya schenkte ihm ein kleines Lächeln.

Tyr verdrehte die Augen und holte den Teekessel vom Herd. Er goss das heiße Wasser in die bereitstehenden Tassen, stellte den Kessel auf einen Untersetzer und ließ sich mit seinen fast zwei Metern Körpergröße auf den Stuhl neben Mia sinken. »Du wirst noch großartiger sein, wenn du den Schließer fertig hast. Wie läuft's?«

»Es geht voran. Wir sind noch ein paar Tage entfernt, ihn zu testen, aber sobald wir die Betaphase erreicht haben, sollte es ziemlich glatt laufen.« Henrik schnappte sich einen weiteren Cupcake von der Platte in der Mitte des Tisches, während ich Honig in meinen Tee gab.

»Ich weiß nicht, warum wir zu unseren Cupcakes keinen Kaffee trinken können.« Ich warf Elsa einen spitzen Blick zu. »Deshalb, Brynn.« Ihre himmelblauen Augen funkelten belustigt, als sie ihre Tasse anhob. »Wir arbeiten *alle* daran, unsere Körper zu reinigen.«

16

»Warum essen wir dann Cupcakes?«, forderte ich sie heraus.

»Whoa!« Henrik hob die Hände. »Nur weil dir Elsa deinen Glücksstoff genommen hat, nimmst du mir nicht meinen.«

»Ich hab ihn ihr nicht genommen.« Elsa schüttelte den Kopf und ließ ihre goldenen Locken über eine Schulter fallen. »Ich habe lediglich vorgeschlagen, dass Brynn morgens einen Kaffee genießt – oder drei – und danach auf Tee umsteigt.«

Ich gab noch einen Schuss Honig in den Lavendeltee, der so gar nicht nach dem doppelten Espresso schmeckte, den mir Henrik vorhin ins Labor geschmuggelt hatte, und nahm einen Cupcake vom Stapel. »Nimm mir nur nicht den Morgenkaffee weg, dann kommen wir schon durch.«

Irgendwie.

Elsas sanftes Lachen erfüllte die Küche. Sie streckte die Hand aus und ließ ihre Finger über die von Forse gleiten, wobei ihr Verlobungsring im Licht funkelte. »Morgenkaffee ist jetzt und für immer erlaubt.«

»Gott sei Dank«, murmelte Tyr.

Ich tauschte einen schmerzerfüllten Blick mit dem Kriegsgott. Die Sache mit dem Kaffee war Teil einer umfassenden Reinigung. In ihrem ständigen Bestreben, Freya zu heilen, hatte Elsa beschlossen, die Verfügbarkeit von angstauslösenden Stimulanzien wie Koffein in unserer Hütte in Arcata zu reduzieren und Beruhigungsmittel einzuführen, auf die einige von uns gut hätten verzichten können. Seit Freya bei uns war, hatten wir uns einer Aromatherapie unterzogen (grüne Mandarine machte Henrik wahnsinnig hyperaktiv, aber doppelt so produktiv), einer glutenfreien Ernährung, die bei mir und Tyr Keks-Entzugserscheinungen der Stufe sieben und Gereiztheitsanfälle der Stufe zehn auslöste, der veganen Diät, die an dem Tag endete, an dem Henrik damit drohte, für immer nach

17

Asgard zurückzukehren, und Blütenessenzen (Mias erhöhte Einnahme von Ulme kurz vor den Prüfungen machte unser aller Leben leichter). Nichts hatte Freyas Zustand geheilt, aber wir würden es so lange versuchen, bis etwas wirkte.

Und wenn wir dabei alle verrückt wurden, dann war das eben der Preis, den wir zahlen mussten. Der Kosmos brauchte Freya. Unbedingt.

»Wie waren deine Prüfungen, Mia?« Forse legte die Hand, mit der er Elsas nicht hielt, um seine Tasse und betrachtete unsere Sterbliche von der anderen Seite des Tisches. »Nichts allzu Schwieriges für dich, nehme ich an?«

»Meine Mathetests waren in Ordnung, aber Kreatives Schreiben war ein Albtraum.« Mia erschauerte. »Gott sei Dank war das mein letzter Nicht-Kernkurs.«

»Du hast einen unglaublich kreativen Geist, Mia«, sagte Elsa sanft. »Warum war das so schwierig für dich?«

»Es war nicht schwierig für Mia«, sagte ich. »Sie hat es mit Bravour bestanden. Sie ist nur der Meinung, dass es sich nicht auf ihren Notendurchschnitt auswirken sollte.«

»Die Meinung eines Professors sollte keinen Einfluss auf die Note haben. Mathe ist entweder richtig oder falsch.

Schreiben ist ... na ja, es ist zu subjektiv, um messbar zu sein.« Mia schaute stirnrunzelnd auf ihren Cupcake.

»Hör doch auf. Professor Carter hat deinen Aufsatz geliebt.« Ich verdrehte die Augen. Mia hatte für jede Arbeit, die sie eingereicht hatte, eine Eins bekommen.

»Jedenfalls sind wir jetzt endlich mit den Prüfungen fertig und können die Sommerferien genießen.« Mia nahm einen kleinen Bissen von ihrem Cupcake.

»Obwohl du mit ›Sommerferien genießen‹ anscheinend meinst, sechs Stunden am Tag mit meiner Schwester Vereinigen zu lernen und weitere vier mit Brynn und Henrik am Schließer zu arbeiten.« Tyr schüttelte den Kopf. »Du weißt, dass du dir auch mal eine Pause gönnen kannst, *prinsessa?*«

»Kannst *du* dir denn mal eine Pause gönnen?«, konterte Mia.

»Kommt darauf an, welche Art von Pause dir vorschwebt.« Tyr flüsterte Mia etwas ins Ohr, und sie wurde knallrot.

»Hör auf.« Sie kicherte.

»Du kannst keine sechs Stunden am Tag mit Elsa verbringen. Sie und Forse stecken mitten in den Hochzeitsvorbereitungen.« Ich versuchte zu ignorieren, wie sich Tyrs Hand besitzergreifend hinter Mias Stuhl bewegte. Er hatte eine große Schwäche für den Hintern seiner Freundin. Stattdessen richtete ich meine Aufmerksamkeit auf Elsa. »Apropos, der große Tag ist nur noch zwei Monate entfernt, und du hast mir immer noch nichts zu tun gegeben. Komm schon, du musst doch irgendwas für mich haben.«

»Wir halten es ganz einfach«, wiederholte Elsa zum x-ten Mal. »Nur eine ruhige Zeremonie mit der engsten Familie und euch. Kein Prunk. Kein Schnickschnack.«

»Mit anderen Worten: kein Spaß.« Mias Mundwinkel zogen sich nach unten. Sie war mit Forses und Elsas schlichter Feier genauso wenig einverstanden wie ich. »Um irgendwas können wir uns doch bestimmt kümmern. Die Blumen? Deko? Lasst mich bitte, bitte einen Kuchen backen.«

»Hey, den Kuchen habe ich mir reserviert.« Henrik warf Mia einen bösen Blick zu.

»Siehst du? Genau deshalb halten wir es einfach.« Forse schmunzelte. »Wir wollen heiraten. Alles andere sind nur Details.«

»Aber die Details sind doch das Beste!« Mia warf die Hän-

19

de in die Luft. »Mom würde ausrasten, wenn sie wüsste, dass ihr nicht mal einen Polterabend wollt.«

»Ich weiß. Und ich weiß es ja auch zu schätzen, dass ihr uns unterstützen wollt. Aber wie Forse schon sagte, wir wollen einfach nur heiraten.« Elsa klang wehmütig, und ich warf einen kurzen Blick zu Freya, um zu sehen, ob sie den Unterton mitbekommen hatte. Da die Liebesgöttin ausdruckslos aus dem Küchenfenster starrte, war wohl alles in Ordnung.

Als Forse Elsa einen Heiratsantrag gemacht hatte, hatten sie gehofft, sofort heiraten zu können. Aber Freyas Krankheit, Forses Mutter, die Freyas Rolle übernommen hatte, und eine Reihe unvorhersehbarer Stürme, die eine verblüffende Ähnlichkeit mit den prophezeiten Zeichen von Ragnarök – dem nordischen Ende aller Tage – aufwiesen, hatten die Dinge ausgebremst. Nach einiger Zeit beschlossen Elsa und Forse, auf den traditionellen asgardischen Prunk zu verzichten und stattdessen eine stille Zeremonie hier auf Midgard abzuhalten. Ihr aufrichtiger Wunsch, ihr gemeinsames Leben zu beginnen, war mehr als süß.

Ihre Weigerung, daraus eine große Sache zu machen, war jedoch so was von *uncool*.

»Wir werden irgendetwas Lustiges hineinschmuggeln«, schwor ich. Lautlos bildete ich das Wort *Junggesellinnenabschied*, und Mia nickte begeistert.

»*Ja*«, sagte sie lautlos zurück.

»*Nein*«, sagte Elsa lautlos neben mir, und ich musste lachen.

Henrik ignorierte uns alle. »Wann kommt dein Bruder, Mia? Am Samstag?« Er und Jason hatten sich gut verstanden, als sie gemerkt hatten, dass sie gemeinsam Tyr beim Billard schlagen konnten. Seitdem freute sich mein Freund auf Jasons sommerlichen Besuch mit einer Begeisterung auf Grüne-Mandarine-Niveau. Sie würden den Großteil seines Besuchs im Freizeitzimmer im Keller verbringen.

»Ja.« Mia strahlte. »Damit bleiben mir noch zwei Tage Zeit, um all seine Lieblingskekse zu backen. Willst du helfen?«

»Natürlich, *prinsessa*.« Tyr lehnte sich in seinem Stuhl zurück. »Füttere ihn mit Zucker, damit ich ihn leichter beim Billard vernichten kann.«

Ich blinzelte unschuldig. »Ist er nicht der beste Billardspieler seiner Studentenverbindung?« Die Ader in Tyrs Kiefer begann sich zu wölben. Es war so einfach, ihn zu ärgern.

Elsa lachte auf. Tyrs Ader pulsierte, und seine Schwester unterdrückte schnell ihr Grinsen. »Ich habe gehört, dass Jason gerade eine besondere Auszeichnung erhalten hat. Als größter Billardmeister aller Zeiten.«

»Billardmeister?«, fragte Henrik neben mir, und ich stieß ihm schnell mit dem Ellbogen in die Rippen. »Äh, richtig! Ja, er ist der offizielle Billardmeister. Mia hat mir die E-Mail gezeigt.«

Mia verdrehte die Augen. »Ihr spinnt.«

»Das werden wir ja sehen«, knurrte Tyr. »Dieses Wochenende. Das Turnier der Champions. Ich. Jason. Wer auch immer von euch glaubt, mithalten zu können.«

»Aber kein Schummeln«, warnte Forse Tyr. »Ich weiß noch, was letztes Mal passiert ist.«

»Ich schummle nie.« Tyr zog die Schultern zurück.

»Das warst also nicht du, den ich letzten Sommer um den Tisch herumschwirren sah? Du weißt schon, kurz bevor du die letzte Kugel versenkt hast?« Der Gott der Gerechtigkeit zog eine Augenbraue hoch.

»Oh. Das. Na ja, Elsa war gestolpert. Und sie war immer noch gebrechlich, weil sie mit Runa gefangen war, also …«

»Ich war nie gebrechlich«, widersprach Elsa.

»Elsa.« Ich runzelte die Stirn. Wir wussten alle, dass das eine Lüge war.

»Ich war erschöpft, ja. Habe gehumpelt. Aber ich war nie *gebrechlich*.« Sie hob trotzig ihr Kinn.

Tyr starrte seine Schwester an. Zweifellos war er mit dieser seltsamen Kopfkommunikation beschäftigt, die Odin ihnen mitgegeben hatte. Nach einem intensiven Moment der Stille und höchstwahrscheinlich einer stummen Entschuldigung zuckte Elsa mit den Schultern. »Meinetwegen. Ich vergebe dir.«

»Gut. Hey, apropos Runa, vergiss nicht, dass Jason immer noch nichts von alldem hier weiß.« Mia deutete auf die sechs nordischen Götter, die um den Tisch herumsaßen. »Er glaubt, ihr seid schwedische Austauschschüler, und ich verbringe nur ein paar Wochenenden hier, also denkt daran, dass Brynn und ich in der Stadt wohnen, und dass keiner von euch ein unsterblicher Gott des Krieges oder der Gerechtigkeit ist oder eine Liebesgöttin …« Endlich sah Freya auf, was ihr ein Lächeln von Mia einbrachte. »Oder eine Walküre oder sonst irgendwas davon, okay? Ich will eure Tarnung nicht auffliegen lassen. Und ich will ihn nicht verschrecken.«

»Dein Bruder wird nichts mitbekommen.« Zum ersten Mal, seit wir uns am Tisch versammelt hatten, sprach Freya. »Wir haben dieses Geheimnis schon sehr lange für uns behalten.«

Mia lächelte dankbar. »Ich bin so froh, dass du ihn *endlich* kennenlernen wirst, Freya.« Ihre Augen leuchteten mit ihrer üblichen Begeisterung, wann immer sie von ihrer Familie sprach. »Er ist klug, freundlich und witzig, und er freut sich sehr darauf, zwei Wochen mit uns zu verbringen. Die Abschlussprüfungen haben ihn sehr mitgenommen, und er muss unbedingt etwas Dampf ablassen.«

»Und niemand lässt so viel Dampf ab wie ein Haus voller Asen, von denen einige dieses Semester Midgards Version von Folter durchmachen mussten – eine Sterbliche zu bewachen, die organische Chemie als Pflichtfach für ihr zweites Semester gewählt hat.« Ich beendete meinen Cupcake mit einem entschlossenen Bissen.

»Und darauf zu warten, dass ihre Freundin aufhört, sich wegen der Prüfungen zu stressen, damit sie sich endlich entspannen kann.« Tyr warf Mia einen sehnsuchtsvollen Blick zu. Wieder wurde sie rot.

»Und die endlich nur noch ein paar Wochen davon entfernt sind, die Liebe ihres Lebens zu heiraten.« Elsa funkelte ihren Verlobten mit ihren kristallblauen Augen an.

»Endlich.« Forse gab Elsa einen Kuss auf den Kopf. Mit einem zufriedenen Seufzer schmiegte sie sich an seine Brust.

»Also abgemacht. Alle bleiben in ihrer Rolle.« Mia gestikulierte wieder um den Tisch herum. »Wir werden uns einfach ausruhen und entspannen und den besten Sommer überhaupt haben. Ich kann es kaum erwarten, dass mein Bruder kommt.« Mia drehte sich zu Freya um und schenkte ihr ein strahlendes Lächeln. »Er ist der Beste. Oh, Freya. Du wirst ihn lieben!«

Zwei

Freya

Liebe war nicht das, was ich für Mias Bruder empfand. *Verachtung. Abscheu. Intensive Abneigung.* Aber definitiv keine Liebe.

Als es zwischen Tyr und unserer Sterblichen ernst wurde, verlangte meine Pflicht als Göttin der Liebe, dass ich ihre Familie gründlich überprüfte. Die meisten Mitglieder hatten einen beispielhaften moralischen Charakter und ein angemessenes Maß an Respekt bewiesen. Jason hingegen hatte versucht, die Walküre zu verführen, die ich zur Beurteilung seines Charakters geschickt hatte. Rayn Vindahl war eine meiner besten Spioninnen – klug genug, um nicht gegen das Protokoll zu verstoßen, indem sie etwas mit einer Zielperson anfing. Und nachdem sie Jasons Annäherungsversuche zurückgewiesen hatte, fand sie sich um Mitternacht allein in einer Bar wieder. Als Mitglied meines Elitekampfteams hatte sie die aggressiven Annäherungsversuche betrunkener Männer gekonnt abgewehrt. Aber wäre sie die Sterbliche gewesen, die sie vorgab zu sein, wäre sie auf schreckliche Weise gefährdet gewesen … und das alles nur, weil Jason Ahlström bei Weitem nicht der Engel war, für den seine Schwester ihn hielt.

Die Reiche würden Mia genug verdunkeln. Ich würde ihr nie die Wahrheit sagen.

Mein Kopf schmiegte sich tiefer in die Kissen, während ich den Hagel betrachtete, der gegen mein Schlafzimmerfenster prasselte. Gerade war ein neuer Sturm aufgezogen, die letzte der etlichen ungewöhnlichen Wetterlagen, die in der kalifornischen Küstenstadt Verwüstung anrichteten. Die extremen Schneefälle des Winters waren ein deutlicher Hinweis auf Ragnarök – das nicht ganz so mythologische Ende der Tage. Den asgardischen Prophezeiungen zufolge würde eine Reihe von Wintern in Verbindung mit kosmosweiten Unruhen im Tod von Forses Vater – Asgards Gott des Lichts – gipfeln und Ragnarök auslösen. Die Tatsache, dass Balders Frau Nanna ihre Position als Göttin der Wärme aufgegeben hatte, um meinen Job zu übernehmen, machte mich krank. Nannas ganze Aufmerksamkeit hätte sich darauf konzentrieren sollen, ihren Mann mit Liebe, Mitgefühl und Hoffnung zu umgeben – all die positiven Energien, die Angst, Hass und Wut ablenkten, die dem Lichtgott zum Verhängnis werden würden. Aber Balder war gefährdeter denn je.

Und das alles nur meinetwegen.

Ich hätte alles dafür gegeben, um die Kontrolle über meinen eigenen Geist wiederzuerlangen, so wie ich meine Legion von Walküren seit dem Tag, an dem mir diese Ehre zuteilgeworden war, befehligt hatte. Aber ich konnte mich nicht aus der Dunkelheit befreien, die Hel in mir erschaffen hatte. Die tiefe, schmerzende Leere, die mir die Freude aus dem Herzen raubte und meinen Kopf in einen fast ständigen Nebel hüllte, ließ sich nicht durch Kristalle, Blütenessenzen, Meditation, Gebete oder durch den Verzicht auf Koffein beseitigen. Ich hatte das Elsa erklärt – und Henrik im Stillen geraten, Brynn in der Zwischenzeit heimlich Espresso zu bringen –, aber unsere Hohe Heilerin konnte einfach nicht akzeptieren, was *war*.

Ich war krank. Vielleicht sogar unheilbar. Und nichts, was wir versuchten, half.

Ein leises Klopfen riss mich aus meinen düsteren Gedanken. Mein Blick wanderte vom Fenster zur Tür.

»Freya?« Brynns zaghafte Stimme von der anderen Seite brach mir fast das Herz. Ihre Angst erinnerte mich daran, wie schwach ich war. Wie sollte ich mich zusammenreißen, wenn alle so taten, als wäre ich schon halb tot?

»Freya?«, fragte Brynn sanft. »Bist du da?«

»Ja. Komm rein.«

Ich versuchte, mir nichts anmerken zu lassen, als ich sah, wie vorsichtig Brynn die Tür öffnete und in mein Zimmer schlich, als wäre schon eine einzige falsche Bewegung zu viel für mich. Die willensstarke Brynn war eine meiner Lieblingsschützlinge gewesen, seit sie voller Optimismus bei den Walküren angekommen war. Ich hatte den Glanz ihres Sterns schon vorausgesehen, als wir noch zur Schule gingen, aber als sie sich dem Orden anschloss, wusste ich, dass Brynn eines Tages die Reiche regieren würde. Möglicherweise an meiner Stelle.

»Wie fühlst du dich?«, hakte sie nach.

»Mir geht's gut. Die Cupcakes waren lecker.« Ich legte so viel Fröhlichkeit in die Worte, wie ich konnte, aber sie klangen trotzdem flach. Mein kühler Tonfall war mir fremd, selbst nach all diesen Monaten. Wann hatte ich aufgehört, warm und mitfühlend und … liebevoll zu sein? Die Mauer zwischen mir und meinen Freunden wurde von Tag zu Tag höher.

Ich hasste das.

»Ja …« Brynn kaute auf ihrer Unterlippe herum. Das war mehr als nur Nervosität – irgendetwas stimmte nicht.

»Was ist denn los?«

»Ich will dich wirklich nicht beunruhigen, aber …« Brynn rang mit ihren Fingern.

»Spuck es aus, Walküre.«

Brynn holte tief Luft. »Frigga hat gerade angerufen, und sie ist total ausgeflippt. Sie hat alle Wesen in den Reichen dazu gebracht, einen Schwur abzulegen, Balder nicht zu verletzen, weil sie das für eine zusätzliche Sicherheitsvorkehrung hielt. Aber als die Nachricht die Runde machte, hob der Rat seinen Schutz auf, die Wachen, die Odin zum Schutz Balders abgestellt hatte, traten zurück, und jetzt amüsiert sich jeder in Asgard damit, auf Balder zu schießen.«

Ich sprang so schnell aus meinem Bett auf, dass sich die graublauen Wände zu drehen begannen. Brynn eilte an meine Seite und hielt mich mit ruhigen Händen aufrecht. »Wir müssen sie aufhalten. Ein Schwur wird Balder nicht am Leben erhalten. Und er wird Ragnarök nicht aufhalten.«

»Ich weiß.« Brynns Finger legten sich fester um meine Schultern. »Tyr nimmt gerade den Bifröst. Allein. Er hat Elsa gebeten, Forse für ein paar Stunden auf eine Wanderung mitzunehmen – um ihn abzulenken, während sie ihre Vereinigungsenergie nach Asgard schickt. Er hat Angst davor, was Forse tun könnte, wenn er sieht, was … nun ja, was hier los ist. Henrik bleibt hier und kümmert sich um die Kommunikation. Ich dachte, du würdest es wissen wollen.«

»Wissen?« Ich schnappte mir meine Jacke aus dem Schrank und zog sie über, während ich den Flur entlangstürmte. »Ich gehe mit ihm.«

»Das ist keine gute Idee.« Schritte polterten hinter mir auf der Treppe. »Du musst dich ausruhen.«

»Ich tue nichts anderes, als mich auszuruhen.« Ich stieß die Haustür auf. Winzige Eiskugeln prasselten mir ins Gesicht, als ich auf die Lichtung zwischen Tyrs und Elsas Hütten stürmte. »Bleib hier, und pass auf Mia auf. Sag Elsa, wo ich bin, wenn

du Kontakt mit ihr aufnimmst. Und wenn Forse es erfährt …
Sag ihm, dass ich alles in meiner Macht Stehende tue, um seinem Vater zu helfen.«

»Freya! Bitte!«, flehte Brynn.

Ich ignorierte sie und rannte unter Demonstration asgardischer Geschwindigkeit zu der üblichen Stelle für den Bifröst.

Tyr runzelte die Stirn, als er mein plötzliches Erscheinen registrierte. »Freya?«

»Ich komme mit dir.« Mein Ton ließ keinen Raum für Widerworte.

»Aber …«

»Kein Aber, Krieg. Heimdall!« Ich hob meinen Kopf in den Himmel. »Bifröst!«

Der sofortige Windstoß und der Lichtblitz erwischten mich unvorbereitet. Tyr streckte die Hand aus, als ich stolperte, und zog mich an seine Brust. Ich erlangte mein Gleichgewicht wieder und trat einen Schritt zurück.

»Du solltest dich ausruhen«, sagte er. »Das zusammen zu machen, ist keine gute Idee.«

»Dann bleib du hier.« Ich zog mich aus dem Hagelsturm zurück und trat mit verschränkten Armen in den Regenbogen. Ich war entsetzt über die Kälte in meiner Stimme, aber ich machte mir nicht die Mühe, die Göttin zu beklagen, die ich nach Helheim geworden war. Das brachte mich nicht weiter.

Und es würde uns auch ganz sicher nicht helfen, Balder zu retten.

»Na schön.« Tyr seufzte. »Brynn, pass auf mein Mädchen auf. Sag ihr, ich werde ihr beim Backen helfen, wenn ich nach Hause komme.«

»Ich weiß nicht, ob das wirklich etwas ist, worauf sie sich freuen kann.« Brynn rieb sich die Arme gegen die Kälte. »Beschützt einfach Balder – beendet diesen Wahnsinn, setzt die Wachen wieder ein, bringt ihn hierher –, wir werden uns um ihn kümmern. Tut, was ihr tun müsst, damit er in Sicherheit ist.«

Tyr und ich tauschten einen aufgeladenen Blick aus. Uns war klar, was auf dem Spiel stand. Der Gott des Lichts war nicht nur das Letzte, was zwischen uns und Ragnarök stand; er war auch Forses Vater. Sollte Balder sterben, wäre Forse am Boden zerstört. Nanna wäre untröstlich. Ihre Seelen wären unrettbar zerstört, und das Gefüge unserer unkonventionellen kleinen Familie wäre für immer verändert.

Das konnten wir nicht zulassen.

Tyr ergriff meine Hand und blickte in den Himmel. »Nach Asgard«, befahl er.

Dann wurden wir in den Himmel gesaugt, durch die Atmosphäre Midgards geschleudert und in Richtung des Reiches der Götter katapultiert.

Ich hoffe, wir sind nicht zu spät.

**

»Tyr, den Göttern sei Dank, du bist angekommen. Odin ist unterwegs, um einen Konflikt mit den Feuerriesen zu lösen, und ich wusste nicht, an wen ich mich wenden sollte.« Frigga, Odins Gemahlin und Königin von Asgard, fiel meinem Freund in die kräftigen Arme. Ihre zierliche Gestalt zitterte, und ihr Gesicht war traurig und besorgt, während wir vor der unberührten Kulisse von Asgards zentralem See und der Silberweide standen. Friggas Zofe Yande stand etwas abseits.

»Ich bin sofort gekommen, als ich es gehört habe.« Tyr tätschelte Friggas zitternde Schultern. Mia hatte eine weichere

Seite beim Kriegsgott zum Vorschein gebracht, aber sein steifer Rücken und die großen Augen machten deutlich, dass er sich immer noch nicht ganz wohlfühlte in der Nähe weiblicher Tränen.

»Oh, Tyr. Ich habe alles getan, was ich konnte, um ihnen das auszureden, aber sie wollten nicht auf mich hören. Sie sind auf der Wiese, die an den Dunkelwald grenzt, und haben sich in Rage geredet. Sie müssen wie verzaubert sein, wenn sie ein Spiel spielen wollen, das nur in … in … einer Katastrophe enden kann.« Friggas Stimme brach, und sie begann erneut zu weinen. Sie warf den Kopf zurück und schluchzte in die schweren grauen Wolken hinein. »Nanna wird mir das nie verzeihen!«

»Wo ist Nanna?«, fragte ich.

Frigga hob ihren Kopf von Tyrs Brust. Auf seinem cremefarbenen Henley waren zwei feuchte Flecken zu sehen. *Oh, Frigga.*

»Freya.« Frigga wischte sich die Tränen aus den Augen. »Du solltest nicht hier sein. Du musst dich schonen, deine Kräfte wiedererlangen.«

Frigga auch? »Es geht mir gut.« Meine Worte klangen wie Eis. »Weiß Nanna, was los ist?«

»Nein«, schluchzte Frigga. »Bevor er ging, machte Odin klar, dass sie nicht gestört werden sollte.«

»Während eine Gruppe verrückter Götter versucht, ihren Mann zu töten?« Es kostete mich all meine Selbstbeherrschung, um nicht mit dem Fuß aufzustampfen. »Ist Odin wahnsinnig?«

»Freya«, rügte mich Frigga. »So darfst du nicht über unseren Herrscher reden.«

Das hatte ich schon oft getan. Ich hatte Odin jedes Mal zur

Rede gestellt, wenn eine seiner Entscheidungen meine Walküren in unangemessene Gefahr gebracht hatte. Balder unterstand zwar nicht meinem Kommando, aber er war der Vater meines Freundes und Asgards Ragnarök-Auslöser. Wenn jemand harte Worte aussprechen musste, um unser Reich zu retten, hatte ich kein Problem damit, die Verräterin zu sein.

»Nanna muss informiert werden«, wiederholte ich. »Unverzüglich.«

»Freya hat recht.« Tyr nickte aus Solidarität. Und auch aus Vernunft. »Nanna muss wissen, was vor sich geht. Ganz Asgard ist sich der Konsequenzen bewusst, die es mit sich bringt, Balder in Gefahr zu bringen. Wenn sie sein Leben wissentlich gefährden, können sie nicht aus eigenem Antrieb handeln – es muss dunkle Magie im Spiel sein. Und die stärkste verfügbare Gegenmaßnahme zur Dunkelheit ist unsere Göttin der Wärme. Nanna muss sofort kontaktiert werden.«

»Das ist nicht möglich.« Frigga schüttelte den Kopf. »Sie befindet sich in Odins persönlicher Meditationskammer und versucht, eine dringende Angelegenheit zu klären.«

»Was? Was könnte sie Wichtigeres tun, als das *förbaskat* Leben ihres Mannes zu retten?«, knurrte Tyr.

Friggas Augen huschten zu mir, dann wieder zu Tyr. »Eine Situation in Jotunheim erfordert die Aufmerksamkeit der amtierenden Göttin der Liebe.«

Stille senkte sich über uns drei, Friggas unausgesprochene Worte waren ein Dolch in meinem Bauch. Nanna machte meine Arbeit, als ihr Reich – und ihr Mann – sie brauchte. Was auch immer mit Balder geschah, es war meine Schuld.

Skit.

Ich zog die Schultern zurück und zwang meinen Magen, sich zu beruhigen. Ich rief eine Kraft ab, die ich schon lange nicht mehr gespürt hatte, kniff die Augen zusammen und befahl: »Geh zu Nanna und sag ihr, dass sich die Jotun um sich selbst kümmern sollen. Tyr, wir beide werden diesem Unsinn ein Ende setzen. Und zwar auf der Stelle.«

»Freya, ich habe bereits versucht …«

»Ich sagte *auf der Stelle*, Frigga.« Und weil sie meine Königin und keine mir unterstellte Walküre war, fügte ich hinzu: »Tut mir leid. Bitte.«

»Yande, sag Nanna, dass sie sich sofort bei mir melden soll«, befahl Frigga. Mit einem scharfen Nicken huschte die Zofe zurück zur Burg. Als sie gegangen war, wandte Frigga ihre Aufmerksamkeit wieder mir zu. »Ich werde mit dir zur Versammlung zurückkehren. Vielleicht werden wir drei mehr Macht haben als ich allein.«

Ich wartete nicht, bis sie zu Ende gesprochen hatte, sondern drehte mich auf dem Absatz um und stürmte über die Wiese.

Als ich keine Schritte hinter mir hörte, rief ich über meine Schulter: »Tyr! Beweg dich!«

Tyr tauchte sofort neben mir auf. Frigga musste irgendwo hinter ihm sein. Wir ließen den See hinter uns und steuerten auf die dichte Ansammlung von Nadelbäumen zu, die wir als Dunkelwald bezeichneten. Dort passierte nie etwas Gutes – es war der einzige Teil Asgards, in dem es unseren Feinden gelang, Portale zu öffnen, und er war der Ort, an dem mehr Asen ums Leben kamen als an jedem anderen des Reiches. Der Boden wurde matschig. Ich senkte den Kopf und erhöhte das Tempo. Wie hatte Odin das Reich verlassen können, ohne zu wissen, dass dunkle Magie im Spiel war? Selbst wenn ganz Asgard mit einem Bann belegt worden wäre, hätten unser Anführer und jene, die unter seinem unmittelbaren Kommando standen, unempfindlich sein müssen. Odins Wachen waren aufmerksamer als alle anderen in der Truppe, und er hatte einen Energiemeister, der speziell dafür zuständig war, dunkle Zaubersprüche abzuwehren. Wenn Michalio nicht kompromittiert worden war, gab es keine Möglichkeit, dass jemand an ihm vorbeikam.

»Halt«, sagte Tyr. Er kauerte sich auf die moosbewachsene Erde hinter einer Kiefer. Frigga huschte an uns vorbei, offenbar zu sehr damit beschäftigt, Balder zu erreichen, um Tyrs Anweisung zu befolgen.

Ich kniete mich neben ihn. »Was ist los?«

»Die Versammlung ist bei mir auf zehn Uhr, aber schau mal fünfzig Meter in den Wald hinein, bei dir auf ein Uhr.

Was siehst du?«

Ich kniff die Augen zusammen und schaltete mein asgardisches Sehvermögen ein. Und tatsächlich, genau an der von Tyr beschriebenen Stelle stand eine geheimnisvolle Gestalt, die sich eine Kapuze über den Kopf gezogen hatte. Sie stand mit dem Rücken zu mir und verschwand zu schnell zwischen den Bäumen, als dass ich ihr Gesicht hätte erkennen können, aber ihre verschlagenen Bewegungen und schwere Energie rochen nach Dunkelheit. Was immer sie auch vorhatte, es war nichts Gutes.

Aber wir hatten größere Probleme zu bewältigen als einen unheimlichen Beobachter. Unsere Leute daran zu hindern, Forses Vater zu töten, hatte oberste Priorität.

Vor allem, da Thors Frau Sif im Begriff war, einen riesigen Stein auf den Gott zu schleudern, dessen Tod unser aller Ende bedeuten könnte.

»Sif!« Ich hob die Hand an meinen Mund. »Was macht sie da?«

Tyr wandte seinen Blick dorthin, wo eine Gruppe von Asen

den Gott des Lichts umkreiste. Balders Arme waren ausgestreckt, und seine warme Stimme drang über die Wiese.

»Komm schon, Sif«, sagte Balder freundlich. »Du weißt, was meine Mutter gesagt hat. Sie ließ jedes Wesen im Reich einen Schwur ablegen, mich zu beschützen. Selbst die Nornen können das nicht anfechten.«

Ich schnappte entsetzt nach Luft, als Balder Sif ein Zeichen gab, fortzufahren. Sie warf den Stein, der auf Balder zuraste und in letzter Sekunde vom Kurs abkam. Sifs goldenes Haar fiel ihr über die Schulter, und sie warf lachend den Kopf zurück. Der freudige Klang hallte von den Stämmen der Tannen zu uns zurück.

»Was zum Teufel ist nur los mit ihnen?« Tyr kniff die Augen zusammen. »Los, Freya. Wir müssen das beenden, bevor jemand …«

»*Skit*«, fluchte ich. Balders Bruder Hod trat mit Pfeil und Bogen in den Händen vor und machte sich bereit zu schießen.

»*Förbaskat*«, stimmte Tyr mit ein. Einen Moment lang starrten wir uns entsetzt an, dann stürmten wir los. Das Blut pulsierte so stark in meinen Ohren, dass ich Hods Erklärung kaum verstehen konnte, als er seinen Bogen zurückzog.

»Es ist nur ein Mistelzweig.«

Die Welt veränderte sich in Zeitlupe. Frigga stürzte vorwärts, und ihre Haare stoben auseinander, während sie versuchte, den Pfeil aufzuhalten. »Nein!«, rief sie. »Warte! Nicht schießen!«

Ihre Stimme war schrill, aber das ohrenbetäubende Klopfen meines Herzens dämpfte ihr Entsetzen. Angst strömte durch meine Adern, das Rauschen des Adrenalins erfüllte meine Ohren, sodass die Schreie der Schaulustigen fast völlig verstummten, als der Pfeil Hods Bogen verließ, auf Balder zuflog und sein linkes Handgelenk durchbohrte. *Bei allen Göttern, nein!* Hods freudiges Grinsen verwandelte sich in eine Maske des Entsetzens, während sein Bruder sich verwirrt den Arm hielt.

»Aber Mutter sagte …« Mit zitternden Händen zog Balder den Pfeil heraus, und rote Flüssigkeit tropfte auf seine Handfläche.

Bei diesem Anblick geriet ich ins Stolpern und fiel mit dem Gesicht voran in ein Bett aus moosiger Erde. Der Geschmack von Kupfer erfüllte meinen Mund, aber ich hatte keine Zeit, meine eigenen Verletzungen zu begutachten. Ich spuckte und zwang mich auf die Knie. Tyr war bereits wieder an meiner Seite, sein Gesichtsausdruck unleserlich.

»Bist du okay?« Er zog mich auf die Beine.

»Schnell. Vielleicht ist es noch nicht zu spät, um ihn zu retten …«

»Doch, ist es.« Seine Stimme wurde brüchig. »Balder ist gefallen.«

Tränen füllten meine Augen, und ich blinzelte heftig, als Balder zu Boden sank. Frigga ging mit ihm auf die Knie. Ein dicker, roter Film bedeckte sie beide, tropfte von ihren Körpern und bedeckte den grünen Teppich der Wiese zu ihren Füßen.

Wir waren zu spät.

Mein Herz krampfte sich zusammen, und ich griff nach Tyrs Unterarmen. Er stützte mich, während Hods Stimme durch die Luft schallte. »Ich hatte keine Ahnung«, stammelte er. »Da war dieser Mann, und er hat mir den Pfeil gegeben …« *Der unheimliche Fremde.*

Als es mir endlich gelang, den Kopf zu heben, zeigte Hod auf die Stelle im Wald, an der die vermummte Gestalt gestanden hatte. Jetzt war sie verschwunden; keine Spur war mehr zu sehen.

Frigga wimmerte. Meine Aufmerksamkeit richtete sich wieder auf den Kreis der Götter, von denen einige auf die Knie gesunken waren. »Nein!«

Die Farbe verblasste aus Balders einst so fröhlichem Gesicht. Während sein Körper in Friggas Armen dahinwelkte, tat er seinen letzten Atemzug. Die Götter weinten.

»Findet den Fremden«, rief ich. Handeln war das Einzige, was mich vor dem Zusammenbruch bewahren konnte. Ich rannte in den Dunkelwald und suchte die Bäume nach dem Monster ab, das dies verursacht hatte. Es sollte mit seinem Leben bezahlen.

»Freya, warte.« Furcht färbte Tyrs Stimme. »Ich darf dich nicht schon wieder verlieren!«

Aber ich konnte nicht anhalten. Ich schoss von Baum zu Baum und suchte den Wald nach dem vermummten Dämon ab, der Balder ermordet hatte – der das Todesurteil für uns alle unterschrieben hatte.

Er war nirgends zu sehen. Er musste aus dem Wald geflohen sein, gleich nachdem ... nachdem ... *bei allen Göttern.*

»Freya.« Tyr holte mich endlich ein. Er zog mich so fest in seine starken Arme, dass ich kaum noch Luft bekam.

»Zu fest«, keuchte ich. Tyrs Griff lockerte sich, und als ich nach Luft schnappte, zog er meinen Kopf sanft an seine Brust.

»Es wird alles gut«, flüsterte er. Aber ich wusste, dass diese Worte eine Lüge waren. Wir waren nicht schnell genug gewesen. Wir hatten das Schlimmste nicht verhindern können.

Und es war alles meine Schuld.

Forses Vater war tot. Und wenn Friggas Zofe nicht die Schnelligkeit einer koffeinierten *älva* hatte, wusste Nanna nichts von alldem. Sie steckte in irgendeinem Meditationsraum und sprang für mich ein, weil ich mich gerade außerstande sah,

meinen eigenen Job zu machen. Meinetwegen war ihr Mann –
der Vater meines Freunds – tot. Wegen mir würde Ragnarök
über uns kommen. Wir würden alle sterben, *und zwar meinetwegen.*

Eine Dunkelheit füllte meinen Kopf, überwältigender als alles, was ich bisher gekannt hatte. Die psychische Last war
unerträglich, und zum ersten Mal seit meiner Rückkehr aus
Helheim gab ich mich den überwältigenden Gefühlen von
Einsamkeit und Verzweiflung hin. Sie übernahmen mein Bewusstsein und verdrängten das Licht, während ich in Tyrs Armen zusammensackte.

»Tut mir leid.«

Ich schloss die Augen und ergab mich der Dunkelheit.

Drei

Brynn

Ich wurde geschickt, um Nanna die Nachricht zu überbringen. Freya konnte es nicht – seit ihrer Rückkehr aus Asgard war sie immer wieder in etwas gefallen, was Elsa ein »Selbsterhaltungskoma« nannte. Ihr Geist schaltete ihren Körper immer wieder ab, um ihn vor einer Überlastung durch den Kummer zu bewahren.

Forse konnte das natürlich nicht tun – er war auf die Knie gesunken, als Tyr die Nachricht überbrachte, und hatte sich mit einer Verzweiflung an Elsas Brust ausgeweint, die ich bei dem sonst so ausgeglichenen Gerechtigkeitsgott noch nie gesehen hatte. Elsa hatte ihn gehalten, bis seine Tränen versiegt waren, bevor sie ihm auf die Beine geholfen und ihn sanft aus dem Haus geführt hatte. Er hatte sich in Elsas Hütte zurückgezogen, um zu trauern, und sich seitdem geweigert, jemanden zu empfangen.

Tyr war nach Asgard zurückgekehrt, wo er sich mit dem Rest von Odins Rat im Kabinettsraum eingeschlossen und begonnen hatte, Strategien für die nun bevorstehende Entfesselung von Ragnarök zu entwickeln. Mia konnte als Sterbliche das Reich immer noch nicht legal betreten, also war sie damit beschäftigt, Essen zu kochen, das Elsa Forse bringen sollte.

So hatten Henrik und ich Stein-Schere-Papier gespielt, um

zu entscheiden, wer diese furchtbare Aufgabe übernehmen musste.

»Papier wickelt Stein ein.« Henrik legte seine offene Hand sanft auf meine Faust. »Tut mir leid, Brynnie.«

Ich fluchte lautstark. Wie hatte ich vergessen können, dass Henrik *immer* Papier wählte? Es muss an den Millionen von anderen Dingen gelegen haben, die mir durch den Kopf gingen ... wie die komatöse Freya, den trauernden Forse und Tyr, der buchstäblich auf dem Kriegspfad war, während wir sprachen.

Großartig.

»Wenn du nicht willst, kann ich auch gehen«, bot Henrik an. »Du kannst hierbleiben und Mia beschützen.«

»Nein, ich mach das.« Ich seufzte. »Mia braucht jetzt einen Anschein von Normalität, und ihr könnt zusammen kochen. Ich wäre keine Hilfe, denn ich bin so kurz davor durchzudrehen.«

Henrik nahm meine Hand in seine und zog mich zu sich. »Das weiß ich, *sötnos*. Wie kann ich dir helfen?«

»Keine Ahnung.« Ich schloss die Augen und atmete den Duft von Sonnenschein ein, der von Henriks Brust ausging. »Wenn Tyr zurückkommt, wird er ungefähr wissen, was unsere Feinde vorhaben. Wenn Ragnarök nicht unmittelbar bevorsteht, können wir vielleicht auf ein letztes Date gehen, bevor die Hölle losbricht.«

Mein Magen kribbelte, und ich verbannte den Gedanken sofort in den Papierkorb. *Denk nicht daran. Denk nicht an Ragnarök, an das Ende aller Tage und daran, dass Henrik und du höchstwahrscheinlich bald sterben werdet. Sei wie Elsa, und denk an das Jetzt. An den Augenblick. An das umwerfend schöne Date, auf das du mit Henrik gehen wirst. Gleich nachdem du nach As-*

gard gereist bist, um Nanna zu sagen, dass … dass ihr Mann tot ist.

»Ich hab eine noch bessere Idee«, sagte Henrik. »Wie wär's, wenn wir beide einen Kurzurlaub machen? Ein paar Tage, nur du und ich, weg von all dem Wahnsinn, bevor …«

»Abgemacht.« Ich stellte mich auf die Zehenspitzen, um Henriks stoppeliges Kinn zu küssen. »Begleitest du mich zum Bifröst?«

Mein Freund neigte den Kopf, sodass seine Lippen meine berührten, und erwiderte leise: »Natürlich.«

Drei kribbelige Minuten später stand ich in meiner wärmsten Jacke an der üblichen Stelle. Balders Tod hatte einen weiteren sommerlichen Schneesturm ausgelöst. Die Sterblichen *mussten* das doch bemerken. Sie konnten unaufmerksam gegenüber Dingen sein, die sie nicht erkennen wollten, aber niemand war so dumm. *Oder?*

»Ich liebe dich«, rief ich Henrik zu, als ich in die blendende Regenbogenbrücke trat.

»Jeg elsker deg, hifrö« Er winkte verbissen. »Bis nachher.«

»Bis nachher.« Ich hielt mir den Bauch, als der Bifröst mich nach oben saugte, durch den Kosmos schleuderte und mich für meinen Geschmack viel zu nah am Dunkelwald absetzte. *Moment mal. Der Dunkelwald ist, wo … Bei allen Göttern.* Ein kupferner Geruch stieg mir in die Nase, und ich stolperte rückwärts und blieb stehen, als ich eine klebrige Flüssigkeit unter meinem Stiefel spürte. *Bei allen Göttern. Bitte lass mich nicht genau dort gelandet sein, wo …* Mias Cupcake drohte eine unschöne Rückkehr zu erleben, als ich die dicke rote Pfütze registrierte, die den moosigen Boden zu meinen Füßen bedeckte. Balder war erst vor ein paar Minuten gestorben; es machte also Sinn, dass sein Blut noch frisch war. Aber warum in Odins

Namen sollte Heimdall den Bifröst genau an der Stelle enden lassen, an der der Gott des Lichts gestorben war? Warum sollte er so grausam sein? »Brynn?« Hinter mir ertönte Nannas sanfte Stimme. »Friggas Zofe sagte mir, ich solle auf die Wiese kommen, aber sie wollte nicht sagen, warum. Was ist denn los?«

Das war der Grund. Weil Heimdall wusste, dass Nanna auf dem Weg war, und er wollte, dass jemand da war, um ihr beizustehen, wenn sie über die Stelle stolperte, an der ihr Mann gerade ermordet worden war.

Tut mir leid, Heimdall. Mein Fehler.

Ich schob meine Übelkeit beiseite und eilte zu Forses Mutter. »Oh, Nanna.« Eilig legte ich ihr den Arm um die Schultern und lenkte sie von der Lichtung weg. Odin hatte nicht weit von hier einen Rosengarten angelegt. Wir würden uns inmitten von Schönheit unterhalten, nicht inmitten von Schrecken. Das hatte sie verdient.

»Brynn?« Sorgenfalten zierten Nannas Stirn. »Warum sagst du nichts? Und warum hat Yande geweint?«

»Weil etwas passiert ist«, sagte ich ehrlich. »Komm mit mir. Ich habe dir etwas zu sagen.«

**

Alles in allem nahm Nanna die Nachricht besser auf, als ich erwartet hatte. Sie weinte. Und schrie. Und sie zeigte viel mehr Wut auf Hod, als ich der Göttin der Wärme zugetraut hätte, besonders nachdem ich ihr erklärt hatte, dass Hod wahrscheinlich unter dem Einfluss dunkler Magie stand. Aber als sie sich beruhigt hatte, galt ihre Hauptsorge ihren Söhnen. Ich versicherte ihr, dass wir uns gut um Forse kümmerten – wobei ich das winzige Detail ausließ, dass er sich selbst einsperrte und sich weigerte, mit einem von uns zu sprechen –, und ich versprach, ihn zu ihr zu schicken, sobald er reisefähig sei. Dann begleitete ich sie zum Haus ihres anderen Sohnes Nils. So konnten die beiden gemeinsam trauern und sich, so Odin wollte, gegenseitig ein wenig Trost spenden.

Die ganze Angelegenheit dauerte weniger als zwei Stunden, und ich kehrte gerade zum Anwesen in Arcata zurück, als Mia einen köstlich duftenden Braten servierte. Henrik war der einzige Gott an seinem üblichen Platz am Küchentisch.

»Trostessen«, betonte Mia, als sie die heiße Form auf einen Untersetzer stellte. »Brynn, nimm dir einen Stuhl. Es schmeckt am besten, wenn es heiß ist.«

Das ließ ich mir nicht zweimal sagen.

Henrik und ich warteten, bis Mia ihren Platz eingenommen hatte. Wir füllten ihren Teller, bevor wir uns dem Braten, den Kartoffeln und den Möhren zuwandten, die wir auf unsere Teller gehäuft hatten. Wir aßen gut zwei Minuten lang schweigend, aber selbst mit ein bisschen Essen im Magen hatte Henriks kreidebleiches Gesicht nichts von seiner normalen Farbe zurückgewonnen.

Ich stupste ihn unter dem Tisch an. »Geht's dir gut, Großer?«

»Ging mir schon mal besser«, gab er zu. »Immer noch nichts von Forse?«

»Elsa hat geschrieben, dass er über Nacht bei ihr bleiben wird«, sagte Mia. »Er ist noch nicht bereit, einen von uns zu sehen.«

Henrik fluchte und spiegelte damit meine Gedanken genau wider.

»Und Tyr?«, wagte ich zu fragen. Ganz Asgard war nervös, weil der Rat in Odins Kriegsraum tagte. Dieser Raum war für

Strategiebesprechungen unter extrem schlimmen Umständen reserviert. Wie das Ende der Reiche, wie wir sie kannten.

Bei allen Göttern.

»Tyr hat eine Nachricht geschickt – ich schätze, er wird irgendwann morgen wieder zu Hause sein.« Mia stocherte mit der Gabel lustlos in ihrem Fleisch herum.

»Hat er dir irgendwelche Neuigkeiten mitgeteilt?« Ich wusste bereits, wie die Antwort lauten würde. Tyr war mehr als fürsorglich, wenn es um Mia ging; er würde sie niemals freiwillig beunruhigen.

»Er sagte, ich soll eine Notfalltasche packen.« Mia hob tapfer ihr Kinn. »Und dass ich bereit sein soll, mit Henrik zu evakuieren, sobald er mir Bescheid gibt.«

»Mit Henrik?« Ich ließ meine Gabel sinken. »Was ist mit mir? Ich bin deine Leibwächterin.«

»Du warst in Asgard, als er die Nachricht geschickt hat«, erklärte Mia.

Oh. Stimmt ja.

»Ich habe auch eine Tasche für dich gepackt, *sötnos*«, sagte Henrik. »Ist doch klar.«

»Danke.« Ich schob mir ein Stück Kartoffel in den Mund. »Dann warten wir jetzt wohl einfach auf Neuigkeiten?«

»Ich denke schon.« Mia begann auf ihrer Unterlippe herumzukauen. Sie legte ihr Besteck diagonal über ihren immer noch vollen Teller und faltete die noch saubere Serviette neu.

»Bist du etwa schon fertig?« Wenn Ragnarök wirklich vor der Tür stand, hatte ich vor, jeden Bissen meiner vielleicht letzten anständigen Mahlzeit zu genießen. Kampfrationen waren nicht besonders lecker.

»Ich bekomme nichts runter«, gestand sie. »Oh, Brynn, was ist, wenn er nicht nach Hause kommt? Was, wenn die Kämpfe beginnen, während er noch in Asgard ist, und er nicht zu uns zurückkehren kann? Was, wenn …«

»Hör auf, dich verrückt zu machen.« Henrik griff über den Tisch, um Mia davor zu bewahren, ihre Nagelhaut in Stücke zu reißen. »Balders Tod markiert den *Beginn* von Ragnarök, aber es könnte Monate dauern, bis die eigentlichen Kämpfe beginnen. Hat dir Tyr jemals die Prophezeiung erklärt? Oder stützt du dich auf das, was du in deinen Lehrbüchern gelernt hast?«

»Aus den Lehrbüchern«, gab Mia zu. »Tyr wollte nie viel darüber reden.«

Henrik und ich tauschten einen Blick aus. Das war sowohl gut als auch schlecht – die Bücher der Menschen zeichneten ein verzerrtes Bild von Ragnarök, das wir ihnen zu ihrem eigenen Seelenfrieden als bereits geschehen verkauften.

Diesen Texten zufolge begann das Ende der Tage mit dem Tod von Balder und entwickelte sich schnell zu einer kosmosweiten Vernichtung, bei der die Reiche zerstört wurden und eine neue Weltordnung aus der Asche aufstieg. Eine Handvoll kleinerer Götter überlebte die Apokalypse und wurde mit dem Wiederaufbau von Midgard, Asgard und allem, was dazwischenlag, beauftragt. Unsere Geschichten blieben absichtlich vage, was die Details anging. Und in diesem Moment sah unsere ordnungsliebende Ahlström aus, als würde sie gleich ihren überanalytischen Verstand verlieren. Ich konnte es ihr nicht verdenken. Alles an dieser Sache war beängstigend.

»Okay, so sieht's aus.« Henrik holte seine Brille mit Fensterglas aus der Tasche und schob sie sich auf die Nase. Er hatte sie anfangs, als wir frisch in Arcata angekommen waren, oft getragen, um sich besser unter die Menschen zu mischen, aber jetzt reservierte er sie für Notfälle. Zum Beispiel, wenn Mia kurz vor einer totalen Panikattacke stand und sofortige Stimmungsaufhellung brauchte.

Wie immer funktionierte sein Trick hervorragend.

»Hast du das Ding etwa immer dabei?« Mia kicherte leise.

Henrik zuckte mit den Schultern, und ich drückte unter dem Tisch seinen Oberschenkel. Er war der Beste im Umgang mit Mia. Ich liebte ihn so sehr.

»Vergiss alles, was du je über Ragnarök gelesen hast«, sagte er. »Die Anzahl der Toten, die Liste der Überlebenden, das Dokument über die zerstörten Reiche – alles davon.«

»Es gibt ein Dokument über *zerstörte Reiche?*« Mias Stimme erreichte eine ganz neue Oktave.

Ups.

»Wie ich schon sagte, vergiss es. Die wahre Prophezeiung von Ragnarök ist kurz und bündig und sagt uns sehr wenig. Es heißt …« Henrik räusperte sich und malte mit den Fingern Anführungszeichen in die Luft. Bei allen Göttern, er wollte ihr doch nicht wirklich die wörtliche Prophezeiung *erzählen*, oder? »Ähm. ›Mit dem Tod von Balder werden sich die Mächte der Finsternis von ihren Fesseln befreien. Jotunheim wird aufreißen, und ein schrecklicher Frost wird alles Gute ersticken.‹«

Heiliges Helheim, Henrik erzählte ihr *wirklich* die Prophezeiung. Mias Augen wurden groß wie Untertassen, und sie hatte wieder angefangen, an ihrer Nagelhaut herumzuknibbeln. Ich stieß Henrik unter dem Tisch an und schickte ihm ein stummes *Hör auf, zu reden, du Idiot*, was er entweder nicht mitbekam oder absichtlich ignorierte.

»Die große Bestie wird angreifen, das Schiff des Bösen wird segeln, und das Licht von Asgard …‹ Autsch! Warum trittst du mich, Brynn?«

»Okay«, unterbrach ich ihn mit einem breiten Lächeln. »Genug Prophezeiungen für heute.«

»Aber was passiert mit dem Licht von Asgard?« Mias Kopf bewegte sich hektisch zwischen Henrik und mir hin und her. »Wer ist die große Bestie? Welches Schiff? Ihr könnt doch nicht einfach aufhören!«

»Das können und werden wir«, sagte ich, wobei ich mein Lob über Henriks beruhigende Fähigkeiten gedanklich zurücknahm. »Denn die Wahrheit ist, dass in Jahrhunderten – eigentlich Jahrtausenden – des Versuchs, diese Prophezeiung zu deuten, niemand von uns in der Lage war, eine plausible Interpretation zu finden. Es gibt unendlich viele Variablen, die zu Tausenden von möglichen Ergebnissen führen. Die Bestie könnte ein Feuerriese oder ein Frostriese sein oder eine Kreatur, der wir noch nie begegnet sind. Es könnte Fenrir oder Hymir sein oder sogar ein Ase, der sich in die Dunkelheit verwandelt. Und unsere Midgarder waren Wikinger, um Odins willen. Das ›Schiff des Bösen‹ könnte das Überbleibsel eines von tausend zerstörten Schiffen sein … oder etwas, das einer unserer Feinde aus dem dunklen Reich gebaut hat. Wir wissen es einfach nicht.«

»Ja, aber …«

»Das Einzige, was wir wissen«, fuhr ich fort, »ist, dass Balders Tod der Ruf zu den Waffen ist. Aber zwischen seinem Tod und der ersten Schlacht könnte sehr wohl eine beträchtliche Zeitspanne liegen. Ja, es liegen dunkle Zeiten vor uns, aber das Beste, was wir bis dahin tun können, ist, Tyr zu unterstützen zu versuchen, Freya zu heilen, und diese Zeit des Friedens zu genießen, wie kurz oder lang sie auch sein mag.«

»*Förbaskat.* Freya.« Henrik schaute mich mit großen Augen an. Würde ich ihn etwa wieder treten müssen?

»Freya kommt wieder in Ordnung«, versicherte ich. Das musste sie.

»Aber wenn nicht, wer soll dann die Walküren anführen, wenn die Kämpfe beginnen? Brynnhild wurde ihres Amtes enthoben – aus gutem Grund –, aber hat Freya jemals eine Nachfolgerin ernannt?«

»Nein. Nanna kümmert sich um die Liebe – obwohl ich mir vorstellen kann, dass sie jetzt ebenfalls eine Nachfolgerin braucht. Aber Freya führt mit Tyrs Unterstützung immer noch die Walküren an.« Nach dem tatsächlichen Beginn von Ragnarök würde sich der Gott des Krieges natürlich ausschließlich auf eine übergreifende Strategie konzentrieren müssen. Er würde keine Zeit haben, Odins weibliche Elite-Kampftruppe zu beaufsichtigen. Das heißt, wir bräuchten eine weitere Oberbefehlshaberin. Aber wo sollten wir jemanden hernehmen, der auch nur annähernd so viel Erfahrung hatte wie Freya? Bei allen Göttern, wir steckten wirklich in Schwierigkeiten.

Nein, tun wir nicht. Alles wird gut, Aksel. Alles wird gut. Weil … »Freya muss sich erst einmal erholen, bevor der Kampf beginnt. Wir haben wahrscheinlich ein paar Wochen, vielleicht Monate Zeit. Wir kriegen sie schon wieder hin.«

»Die Welt wird in ein paar Wochen untergehen?« Mias Stimme kletterte eine weitere Oktave nach oben. Es gelang uns nicht wirklich, sie zu beruhigen.

»Oder in ein paar Monaten«, bot Henrik an.

»Oder nie«, korrigierte ich. »Wir könnten gewinnen, weißt du.«

»Wir könnten?«, fragte Mia hoffnungsvoll.

»Auf jeden Fall«, sagte ich und trat Henrik in dem Moment auf den Fuß, als er den Mund öffnete. Er zuckte zusammen, warf mir aber einen Blick zu, der sagte, dass er es verstanden hatte. Odin sei Dank waren wir endlich auf derselben Seite.

In Wahrheit war die Prophezeiung eindeutig, wie Ragnarök enden würde. Den Nornen zufolge würde das Feuer die Erde verzehren und die Dunkelheit den Himmel verschlingen. Niemand, weder Gott noch Sterblicher, würde überleben.

Niemand.

»Wir könnten Ragnarök auf jeden Fall gewinnen.« Die Lüge kam mir leicht über die breit lächelnden Lippen. »Und das Beste, was du tun kannst, um uns zu helfen, ist, die Heimatfront mit deinen epischen Koch- und Backkünsten zu versorgen. Und arbeite weiter mit Elsa an deinen Vereinigungskräften.«

»Vereinigen ist schwer.« Mia wurde blass. »Was ist, wenn ich es nicht beherrsche, bis die Kämpfe beginnen?«

»Gib einfach dein Bestes.« Henrik zuckte mit den Schultern. »Elsa beherrscht es, obwohl sie ziemlich damit beschäftigt sein wird, die Verwundeten zu heilen …«

Musste ich ihn etwa wieder treten? »Was Henrik zu sagen versucht«, unterbrach ich ihn, »ist, dass zwei Vereinigerinnen – selbst eine, die nur halbwegs ausgebildet ist – besser sind als nur eine. Du wirst helfen, so gut du kannst.«

Ich dachte, meine Worte würden Mia besänftigen, aber stattdessen begannen ihre Nasenflügel zu beben. »Ich mache keine halben Sachen.« Sie spuckte die Worte regelrecht aus, als wäre ihr die bloße Vorstellung zuwider. »Ich werde es lernen. Und ich werde euch helfen. Und ich werde an eurer Seite kämpfen und unsere Reiche mit allen Fähigkeiten verteidigen. Komme, was wolle.«

»Gut so.« Henrik klopfte Mia auf die Schulter.

Mein Lächeln erreichte nicht ganz meine Augen. »Auf jeden Fall. Wir haben das im Griff. Jetzt esst auf, und wenn wir fertig sind, schaue ich nach Freya.«

»Sie schläft schon seit kurz nach dem Frühstück«, sagte Mia besorgt. »Elsa kommt irgendwann später vorbei, um Freya ein paar Blütenessenzen zu bringen und den Braten abzuholen, den ich für sie und Forse gemacht habe. Ich habe angeboten, ihn vorbeizubringen, aber ich glaube, sie brauchen etwas Abstand.«

»Ich werde Elsa anrufen. Warum machen du und Henrik nicht diesen … Kuchen fertig?« Ich beäugte das Tuch, das etwas auf der Arbeitsplatte abdeckte. »Was zaubert ihr denn da für Jason?«

»Meemaws Red Velvet Cake«, sagte Henrik. War ja klar. Weil alles Red Velvet war, wenn ein Ahlström zu Besuch kam. Nicht dass ich mich beschweren würde.

»Also gut. Ihr backt. Und Elsa und ich bringen Freya in Kampfform – oder eher …«, korrigierte ich mich, als ich Mias blasses Gesicht sah, »in Topform. Dann heißt es für alle früh ins Bett.«

Denn die Wahrheit war, dass wir keine Ahnung hatten, was der morgige Tag bringen würde. Und wenn, was Odin verhüten möge, die Kämpfe begannen, während Tyr wirklich noch in Asgard war, musste Mia in Alarmbereitschaft sein, damit wir sie an einen unserer sicheren Orte evakuieren konnten.

Und danach … möge Odin uns allen beistehen.

**

»*Hei, hei*. Wir sind wieder da!« Tyrs Stimme schallte mit falschem Jubel die Treppe hinauf.

In seiner typischen überfürsorglichen Art hatte er darauf bestanden, Mia zum Flughafen zu begleiten, um Jason abzuholen. Seit seiner Rückkehr aus Asgard war er nicht mehr von ihrer Seite gewichen, außer während des Briefings, das er Henrik, Forse und mir gegeben hatte, während Mia mit Elsa trainierte. Offenbar war die Lage tatsächlich so schlimm, wie sie schien. Wir sollten Militärdrills überprüfen, die Produktion kriegswichtiger Technologien erhöhen und uns auf die sofortige Verlegung an den Ort vorbereiten, an dem die Feindseligkeiten ausbrechen würden, und das alles, ohne von den Sterblichen entdeckt zu werden. Es war kein idealer Zeitpunkt für den Besuch von Mias Bruder, aber nicht nur dass eine Absage seiner Reise in letzter Minute Verdacht erregt hätte, Mia brauchte auch dringend eine Dosis der Normalität, die ihre Familie bot.

Außerdem könnte es das letzte Mal sein, dass sie ihren Bruder sah. Zumindest lebendig.

Hör auf damit. Denk positiv.

»Hallo?«, rief Mia. »Jemand zu Hause?«

»Bin gleich unten«, rief Henrik. Er schaltete die Lötlampe aus und schob sich die Schutzbrille auf die Stirn. Mit einem selbstzufriedenen Grinsen begutachtete er die nähere Umgebung. »Das scheint ein guter Ort zu sein, um anzuhalten. Wir lassen den Transformator abkühlen und machen ihn heute Abend fertig.«

»Dann können wir morgen ein paar Tests durchführen.« Ich grinste meinen Partner an. »Odin helfe dem Jotun, Feuerriesen oder was auch immer, der glaubt, in deiner Nähe ein Portal öffnen zu können. Der wird in die Unterwelt verfrachtet, bevor er überhaupt weiß, wie ihm geschieht.«

»Das hoffe ich, Brynnie.« Henrik runzelte die Stirn. »Ich weiß, dass wir für Mia gute Miene zum bösen Spiel machen müssen, aber du weißt schon, dass die Chancen gegen uns stehen?«

»Wann tun sie das nicht? Seit ich diesem Team beigetreten bin, haben wir immer gegen unmögliche Chancen gekämpft. Die Tatsache, dass wir noch am Leben sind, bedeutet, dass eine von den Nornen auf unserer Seite ist.« Meine Kehle schnürte sich zusammen bei der Erinnerung an meine Schwester, eine junge Norne, die beim Schutz von Midgard während Freyas erster Entführung gestorben war. Ich stellte mir gern vor, dass Anja von ihrem Sitz in Walhalla aus auf mich aufpasste.

»Du hast recht, *sötnos*. Irgendjemand da draußen ist auf unserer Seite.« Henrik legte einen Arm um meine Taille. Er nahm mir die Schutzbrille ab und legte sie auf den Tisch, bevor er seinen Mund sanft auf meinen presste. Seine Zunge fuhr über meine Unterlippe, tauchte dann in meinen Mund ein und umspielte meine auf eine Art, die alles Blut in mir gen Süden schickte. Als meine Lippen zu kribbeln begannen und mein Gesicht völlig rot war, lehnte sich Henrik mit einem Grinsen zurück. »Komm schon. Schnappen wir uns Jason, spielen wir eine Runde Billard und treten Tyr dabei in den Hintern. Wir können die Welt nach dem Mittagessen wieder retten.«

»Klingt gut.« Ich hängte meinen Kittel an einen Haken und verließ fröhlich das Labor im Obergeschoss.

Als wir an Freyas Tür vorbeikamen, warf ich aus Gewohnheit einen Blick hinein. Doch statt der schlafenden Liebesgöttin, die ich erwartet hatte, bot sich mir ein Anblick, auf den ich nicht zu hoffen gewagt hatte. Zumindest nicht für ein paar Tage. »Freya, du bist ja auf! Bleib sitzen. Lass mich Elsa holen.«

»Das ist nicht nötig.« Freyas Augen funkelten aufgeregt,

während sie sich eine Strickjacke über ihr T-Shirt mit V-Ausschnitt zog. Das blasse Hellgrün passte umwerfend zu ihren langen erdbeerblonden Locken, und ihre Wangen waren so rosig, wie ich es seit ihrem ersten Erwachen aus dem Halbkoma nicht mehr gesehen hatte. »Ich fühle mich richtig gut.«

»Du hast den ganzen Morgen geschlafen«, sagte ich. »Vielleicht solltest du es heute ruhig angehen lassen. Bleib im Bett, schau einen Film. Henrik und ich haben gerade *Viel Lärm um nichts* gesehen – superlustig. Ich kann ihn holen und …«

»Ich sagte, ich fühle mich gut, Brynn«, wiederholte Freya. »So gut wie seit Wochen nicht mehr. Vielleicht musste ich mich nur ein paar Tage lang ausruhen. Ich weiß es nicht.«

»Ja, aber du warst ziemlich neben der Spur«, sagte Henrik hinter mir. »Ich stimme Brynn zu – wir wollen nicht, dass du dich überanstrengst. Wie wär's, wenn ich den Film hole, und wir bringen dir was zu essen hoch, damit …«

»Um Odins willen, ich hab doch gesagt, dass es mir gut geht!«, explodierte Freya. »Ihr müsst endlich aufhören, so zu tun, als läge ich im Sterben!«

Henriks Brust drückte sich gegen meinen Rücken. Mir stockte der Atem, als ich Freyas geballte Fäuste, das trotzig vorgeschobene Kinn und die zusammengekniffenen Augen sah. Es war das erste Mal, dass einer von uns das Wort »Sterben« laut ausgesprochen hatte. Wir konnten diese Tore nicht öffnen – wir durften es einfach nicht. Freya war meine Freundin, meine Mentorin, und mehr als das, sie war die Quelle der Liebe, von der die Reiche abhingen, um zu gedeihen. Es *musste* ihr gut gehen.

Aus so vielen Gründen.

»Alles in Ordnung da oben?« Mias zaghafte Stimme hallte die Treppe hinauf.

»Alles ist großartig. Wir kommen runter.« Henrik legte seine Hand um meinen Arm und zog mich von Freyas Tür weg. Am Ende des Flurs wurde sein Blick weicher, und er wischte mit dem Daumen über meine feuchten Wangen. Freya drängte sich an uns vorbei und stieß mit ihrer Schulter gegen meine, als sie die Treppe hinunterstürmte. Ich blinzelte hilflos, dann wandte ich mich mit flehenden Augen an Henrik.

»Wie bringen wir das in Ordnung?«, flüsterte ich.

Er zog mich zu sich und wiegte meinen Kopf, sodass sich meine Schulter an seine starke Brust schmiegte. »Komm her, *sötnos.*«

Ich saugte den Trost, den er mir bot, ein wenig länger als nötig in mich auf, bevor ich mich zurückzog. Mit einem entschlossenen Schniefen streckte ich den Rücken und wischte mir mit dem Ärmel über die Augen. »Es wird alles gut. Oder?«

»Alles wird gut«, bestätigte Henrik. »Sie hat gesagt, sie fühle sich so gut wie seit Wochen nicht mehr. Oder zumindest hat sie das, bevor wir sie daran erinnert haben, dass sie krank ist. Wer weiß? Vielleicht ist sie endlich über den Berg.«

»Aber warum gerade jetzt? Was könnte ihre Gesundheit mehr beeinflusst haben als die vielen Medikamente, unzähligen Energieheilungen und die schier unendliche Anzahl von Blütenessenzen, die ihr Elsa in den letzten Monaten verabreicht hat?«

»Ich weiß es nicht.« Henrik folgte mir die Treppe hinunter. »Vielleicht hat sie wirklich nur etwas Schlaf gebraucht.«

»Vielleicht«, murmelte ich, ohne überzeugt zu sein.

Wir betraten die Küche, wo Mia Teller mit Gebackenem verteilte, das sie liebevoll für ihren Bruder vorbereitet hatte. »Oh, Jase, ich bin so froh, dass du hier bist! Henrik und ich haben Meemaws Torte gebacken und ihren Kuchen und den

Apfelkuchen, den du Weihnachten vor zwei Jahren so gern gegessen hast, und …«

Aber Jason Ahlström schenkte der Aufzählung seiner Schwester nicht die geringste Aufmerksamkeit. Normalerweise verbrachte er die ersten Stunden seiner Besuche völlig fokussiert auf Mia, die er offensichtlich sehr vermisste. Aber dieses Mal war alles anders. Statt der unbeschwerten Energie, die ich gewohnt war, wenn zwei Ahlströms zusammenkamen, herrschte in der Küche eine seltsame Anspannung. Woher kam das nur?

Henrik saß ganz normal neben mir, und Mia war so fröhlich wie immer. Blieb nur noch Tyr, der seine Freundin stolz anstrahlte, mit dem Rücken zum Tresen und den Armen vor der Brust verschränkt. Und Jason.

Oh. *Oh.*

Ich konzentrierte mich auf Jason und beobachtete, wie er die Kücheninsel immer fester umklammerte. Er fuhr sich mit einer Hand durch sein schokoladenbraunes Haar und musterte die Göttin, die einige Schritte vor mir in die Küche gestürmt war. Seine veilchenblauen Augen wanderten an Freyas ungerecht langen, wohlgeformten Beinen in ihrer Jeans hinauf, an der Strickjacke entlang, die ihre straffe Taille und ihre kräftigen Arme umschloss, und ließen sich dann auf ihrem Porzellangesicht nieder. Ein Mundwinkel zog sich zustimmend nach oben. Er lehnte sich vor und stützte sich mit den Ellbogen auf der Insel ab.

Oh. Das wird bestimmt interessant.

Mein Blick wanderte beiläufig zu Freya, um zu sehen, was meine Freundin von dem Sterblichen hielt, der sie anstarrte, als wäre sie das letzte Stück Pizza. Ich erwartete höfliche Ablehnung oder bestenfalls leichte Belustigung. Aber Freya, deren

Wangen einen rosigen Farbton hatten, den ich noch nie bei ihr gesehen hatte, starrte Jason mit einer Mischung aus Faszination und Frustration an, die ich nur zu gut kannte. Denn ich hatte sie selbst jeden Tag zur Schau getragen in den Jahren, in denen ich an Henriks Seite stationiert war und meinen Gefühlen nicht hatte nachgeben dürfen. Ich hatte gewusst, dass sich die Liebe meines Lebens direkt vor meiner Nase befand, ich aber durch den Walküren-Kodex verpflichtet war, keinen Partner zu wählen, bevor mich Freya zur Kommandantin befördert hatte – ein Rang, von dem ich geglaubt hatte, dass ich ihn erst erreichen würde, wenn Henrik längst verheiratet war und Kinder und Enkelkinder hatte.

Als ich mich fragte, worüber Freya wohl gerade nachdachte, änderte sich ihre Stimmung schlagartig. Ihr Blick wurde wütend und voller Abscheu. Es war eine Intensität, die ich bei meiner Freundin seit Langem nicht mehr gesehen hatte. Und obwohl ich es zu schätzen wusste, dass Freya endlich wieder lebendig wirkte, ließ der Zorn, der von der Göttin ausging, meinen Puls in die Höhe schnellen. Schließlich bestand ihre Aufgabe eigentlich darin, unsere Reiche mit Liebe zu erfüllen.

Ich warf Henrik einen stummen Blick zu, der *Sollen wir eingreifen?* besagte. Doch Freyas Wut verflog so schnell, wie sie gekommen war, und meine Freundin atmete tief ein und aus, während sie offenbar darum kämpfte, die Kontrolle wiederzuerlangen. Und dann …

Das kann doch nicht wahr sein!

Und dann blinzelte Freya, die Göttin der Liebe, der die Nornen verboten hatten, ihr Herz zu verschenken, damit die Reiche nicht ins Chaos stürzten, Mias sterblichen Bruder an, als wäre er gleichzeitig die faszinierendste und die abscheulichste Kreatur, die je in ihr Leben getreten war. Die Erkenntnis traf mich wie ein Schlag, als mir klar wurde, dass Freyas Nickerchen nicht das Geringste mit ihrer verbesserten Gesundheit zu tun hatte. Es war Jasons Ankunft – das Erwachen von lange schlummernden Gefühlen und einer Hoffnung, die sich Freya nur selten gestattete –, die meine Freundin so lebendig wirken ließ wie seit Monaten nicht mehr. Aber wenn das der Fall war ... Was sollten wir dann bloß tun?

Vier

Freya

Jason Ahlström sah wesentlich besser aus, als ich erwartet hatte. Hohe Wangenknochen, ein beeindruckendes Charakterkinn, und in seinen Augen lag die zeitlose Intelligenz, die älteren Seelen innewohnte. Trotz der Studentenverbindungsvibes, die sein Flanellhemd und die strategisch zerrissene Jeans ausstrahlten, war klar, dass Jason ein Mann war, der sich und seine Welt im Griff hatte. Die Leichtigkeit, mit der er sich in einem Raum voll nordischer Alpha-Götter bewegte, bewies, dass er kein Problem damit hatte, sich zu behaupten – eine Eigenschaft, die sterbliche Mädchen höchst attraktiv finden mussten. Ich fand es ja sogar attraktiv. Nicht dass ich das je zugeben würde.

Niemals.

Irgendwo in Arcata registrierte Jasons perfektes Gegenstück die Nähe des attraktiven Sterblichen. Ich wusste das, weil der Quadrant meines Gehirns, der für meine Pflichten als Liebesgöttin zuständig war, wie ein Peilsender aufblinkte und anzeigte, dass ein passendes Paar in der Nähe war. Normalerweise überwachte ich keine menschlichen Beziehungen – diese Aufgabe übernahmen die Gehilfen der obersten Norne Verdandi, die mir den Titel als Kupplerin weitergereicht hatte. Aber Jason hatte wohl Anspruch auf eine Sonderbehandlung – entweder aufgrund der Verbindung seiner Schwester mit dem Gott des Krieges oder weil es für die Reiche irgendwie lebenswichtig war, dass er mit seiner perfekten Partnerin zusammenkam, denn die Benachrichtigung, die eigentlich an einen von Verdandis Gehilfen hätte gehen sollen, ging direkt an mich. In meinem Hinterkopf leuchtete es auf wie bei einem midgardischen Weihnachtsbaum. Und das bereitete mir ziemliche Kopfschmerzen.

Ich lenkte das Licht mental um und schickte es an eine Nornen-Niederlassung in Asgard. Dann richtete ich meine Aufmerksamkeit auf den Sterblichen vor mir.

Jason lehnte sich vor, die Unterarme leicht auf die Arbeitsplatte der Kücheninsel gestützt. Er hatte den Kopf zur Seite geneigt und musterte mich mit einer gespielten Ruhe, die sein wahres Interesse nur erahnen ließ. Ich nahm an, dass dies nachvollziehbar war – schließlich war ich das einzige Mitglied von Mias neuer Clique, das er noch nicht kennengelernt hatte. Zweifellos hatte er mich von Kopf bis Fuß gemustert. Und offenbar gefiel ihm, was er sah.

Schade, dass ich nicht dasselbe sagen konnte.

Trotz Jasons selbstbewusstem Auftreten und seiner zugegebenermaßen attraktiven Erscheinung war er für mich vor allem der Kerl, der eine meiner Walküren in einem Meer von Betrunkenen sich selbst überlassen hatte. Ein Gentleman war er also schon mal nicht. Und trotz des anerkennenden Blicks, den er mir zuwarf, oder vielleicht gerade deswegen, sollte ich mir unbedingt ins Gedächtnis rufen, was für ein Typ Mias Bruder wirklich war.

»Jason! Hörst du mir eigentlich zu?« Mia stemmte eine Hand in die Hüfte.

Jasons blasse rosa Lippen verzogen sich zu einem halben Lächeln. Er reichte mir zur Begrüßung die Hand. »Hey«, sagte er mit einem Hauch von Südstaaten-Akzent. »Wir kennen uns noch nicht. Ich bin Jason.«

»Freya«, sagte ich höflich. Wie von selbst schoss meine Hand heraus, zweifellos angetrieben von der Wärme, die nach meinem Nickerchen in mein Herz zurückgekehrt war. »Tyr und ich sind zusammen aufgewachsen.«

»In Schweden?« Jason schlang eine große Hand um meine und drückte sie fest. Ein Kribbeln schoss durch meinen Arm. Jasons Griff strahlte Zuversicht aus. Er fühlte sich eindeutig wohl in seiner Haut, eine Eigenschaft, die ich respektierte … auch wenn ich den Menschen, der sie besaß, nicht respektieren konnte. »Freya?«

»Äh, genau.« Ich schüttelte den Kopf. »Tyr und ich waren Nachbarn. In Schweden.« Ich hoffte, dass ich mich an unsere Tarngeschichte richtig erinnerte.

»Und jetzt bist du hier. Studierst du auch an der Redwood State?« Jason hatte meine Hand immer noch nicht losgelassen.

»Ähm …« Das Warnblinken in meinem Kopf setzte mit aller Macht wieder ein. *Aufwachen, ihr Nornen. Ich hab hier was für euch.* »Äh …«

»Freya?« Brynn drehte sich zu Henrik um. »Sie schwankt. Vielleicht sollte sie sich hinlegen.«

»Nein, ich … äh …« Bei allen Göttern, ich wünschte, ich könnte die Lightshow in meinem Kopf ausschalten. Irgendwo in Asgard machte eine untergeordnete Norne ihren Job nicht.

Das Blinken wurde intensiver, als Jason direkt vor mich trat. Er hob seine freie Hand an meine Stirn und verwandelte das Innere meines Kopfes in eine Disco. »Du fühlst dich nicht fiebrig an, aber du bist kreidebleich. Und Brynn hat recht, du schwankst ein bisschen. Sich hinzulegen ist vielleicht keine schlechte Idee.«

Jasons Worte brachten mich wieder zur Besinnung. *Nicht er auch noch.*

Ich riss meine Hand los. »Ich fühle mich gut. Alles bestens.« Das kam mit mehr Nachdruck, als ich es beabsichtigt hatte, aber ich hatte es so satt, verhätschelt zu werden. Wie sollte ich gesund werden, wenn alle darauf bestanden, mich so zu behandeln, als wäre meine Zeit bald abgelaufen? Selbst der Typ, den ich gerade mal zwei Minuten kannte?

»Mir geht es bestens«, sagte ich wieder, diesmal mit zusammengebissenen Zähnen.

Jason kniff die Augen zusammen. »Sorry, Babe. Nichts für ungut. Ich wollte mich nur vergewissern, dass es dir gut geht.«

Meine Augenbrauen schossen erbost in die Höhe.

»Er nennt alle Mädchen Babe«, erklärte Tyr beschwichtigend.

»Naja, eigentlich nur Mädchen, die ihm besonders gut gefallen«, kicherte Mia, was ihr ein Augenrollen von ihrem Bruder einbrachte. »Tut mir leid. Aber ist doch wahr.«

»Wie auch immer.« Henrik lockerte die Spannung mit einer Handbewegung. »Mia und ich haben wie verrückt gebacken, also hoffen wir, dass du hungrig bist. Willkommen, *kille.*«

»Danke, Mann. Schön, dich wiederzusehen.« Jason durchquerte die Küche, ging vorsichtig um mich herum und bewies damit, dass er nicht ganz blöd war. Er gab Henrik ein High-Five und umarmte Brynn fest. »Hey, Brynn.« Sie quietschte, als ihre Füße den Boden verließen.

»Ich hab dich vermisst!« Brynn strahlte zu Jason hoch. »Wann ist das Billardturnier? Ich habe mich schon so darauf gefreut, Tyr wieder verlieren zu sehen.«

»Hey«, warnte Tyr. »Ich habe geübt.«

»Nicht annähernd genug, da bin ich mir sicher.« Jasons Lachen erfüllte die Küche. »Wenn ich mich richtig erinnere, bin ich immer noch ungeschlagen.«

»Deshalb will ich dich auch in meinem Team«, erklärte Brynn. »Tyr, du kannst Mia haben.«

»Was bin ich, gehackter Lutefisk?« Henrik runzelte die Stirn.

»Freya und du könnt ein Team sein«, schlug Mia vor.

»Oh Mann.« Henrik stöhnte auf. »Freya wird immer voll fies beim Billard.«

»Ich werde nicht fies«, konterte ich. Ich ignorierte das Kribbeln in meinem Magen, als Jason wieder zu seinem Platz an der Kücheninsel zurückkehrte. Es war ja nicht so, dass ich ignorieren konnte, wie die Jeans seinen Hintern umspielte. Oder die Art, wie sich sein Bizeps unter dem T-Shirt abzeichnete.

Ich meine, ich hatte schließlich Augen im Kopf.

»Freya, bitte. Hast du mich beim letzten Mal auf die Reservebank geschickt, weil ich einen Stoß verbockt habe, oder nicht?« Henrik zog eine Augenbraue in die Höhe. »Und hast du oder hast du nicht gesagt, dass ich wie ein Kleinkind spielen würde? Direkt vor Brynn, während ich versucht habe, sie zu beeindrucken?«

»Ich …«

»Und hast du meiner Schwester nicht gesagt, dass ihre ›magischen Steine‹ bessere Spielpartner wären als ich?« Tyr warf ihr ebenfalls einen strengen Blick zu.

»Na ja, wenn du …«

»Jetzt wo ich darüber nachdenke, hast du mir zwei Wochen Mülldienst angedroht, wenn ich nicht mitmache, als wir letzten Monat Jungs gegen Mädchen gespielt haben.« Brynn zuckte mit den Schultern.

»Das hast du«, stimmte Mia zu. Sie zwinkerte mir zu, und mir wurde klar, dass meine Freunde auf ihre seltsame Art versuchten, mich aufzumuntern. Da ich mich darauf konzentrierte, mich zu verteidigen, hatte ich aufgehört zu schwanken … und meine Kopfschmerzen waren fast verschwunden.

Raffiniert.

Jasons Blick wanderte von Henrik zu Brynn, bevor er auf seiner Schwester ruhen blieb. Er zog eine Augenbraue hoch, und auf Mias knappes Nicken hin verzogen sich seine Lippen zu einem Lächeln. »Das klingt ja spannend. Wann ist die erste Runde?«

»Nach dem Mittagessen … und dem Dessert. Geh auspacken, großer Bruder. Tyr hat deine Tasche auf dein Bett gestellt.« Mia drehte sich mit einem unschuldigen Lächeln zu mir um. »Freya, warum zeigst du Jason nicht sein Zimmer?«

»Ich?« Wäre nicht jemand, den er nicht erst vor fünf Minuten kennengelernt hatte, eine bessere Wahl?

»Wir haben ihn im unteren Gästezimmer untergebracht«, ergänzte Mia.

Ich schaute Hilfe suchend zu Tyr. Mein bester Freund zuckte nur mit den Schultern. *Idiot.*

»Gut. Hier geht's lang.« Ich gab Jason ein Zeichen, mir aus der Küche zu folgen. Als wir fast an der Haustür waren, zeigte ich auf das Schlafzimmer direkt gegenüber dem Wohnzimmer – das mit dem Blick auf die vordere Veranda und dem beeindruckend großen Bad, das Mia bewohnt hatte, als Fenrir noch frei herumgelaufen war, vor meiner Zeit in Helheim. Das kam mir wie eine Ewigkeit vor.

»Hier schläfst du.« Ich zeigte mit dem Daumen auf das Gästezimmer.

Jason verschränkte die Arme und lehnte sich gegen den Türrahmen. »Du magst mich nicht besonders, oder?«

»Wie kommst du darauf?« Ich spiegelte seine Haltung.

»Nur so ein Gefühl.« Jason blinzelte. »Mach dir keine Sorgen, Babe. Ich bringe dich schon wieder auf den rechten Weg.«

Wieder dieser furchtbare Spitzname. Ich zog eine perfekt geformte Augenbraue in die Höhe. »Du hältst schrecklich viel von dir selbst.«

»Und du denkst, du hast mich durchschaut.« Jason streckte eine Hand aus, um eine verirrte Haarsträhne hinter mein Ohr zu streichen. »Vorsichtig, Freya. Ich könnte dich überraschen.«

Und mit einem zuversichtlichen Lächeln schlüpfte er ins Schlafzimmer und schloss mich mit einem leisen Klicken aus. Mir fiel die Kinnlade herunter, als ich auf die glänzende weiße Tür blinzelte. Jasons Ego übertraf alles, was ich je erlebt hatte – was eine Menge bedeutete, wenn man bedachte, dass ich unter betitelten Göttern aufgewachsen war. Aber ich würde nicht zulassen, dass er mir auf die Nerven ging. Nicht, wenn ich mich zum ersten Mal seit mehr als einem Jahr endlich wieder wie ich selbst fühlte.

Ich war Freya Skönsten, die Göttin der Liebe und Oberbefehlshaberin von Odins hohem Orden der Kampfgöttinnen, den Walküren. Und nichts, nicht einmal der arroganteste Sterbliche von Midgard, konnte mir die Laune verderben.

Nicht, wenn Ragnarök vor der Tür stand. Und absolut alles auf dem Spiel stand.

**

»Gelbe Kugel, Ecktasche.« Mia richtete ihren Queue aus und kaute auf ihrer Unterlippe herum.

»Das hast du schon letztes Mal gesagt«, murmelte Tyr. Er hatte sein typisches Henley ausgezogen, und als er die Arme verschränkte, zeichnete sich sein Bizeps gegen sein T-Shirt ab. Mias Wangen erröteten bei dieser Bewegung.

»Diesmal meine ich es ernst«, erklärte Mia. Sie kniff konzentriert die Augen zusammen und führte ihren Stoß aus. Der gelbe Ball segelte sauber auf sein Ziel zu, bevor er im letzten Moment abwich. »Argh! Ich verstehe das nicht. Das widerspricht der Physik.«

»Tut es das?« Henrik zog eine Augenbraue hoch.

Mias Fingerknöchel verkrampften sich um ihren Queue. »Henrik Andersson, ist das dein Werk? Denn so wahr mir Gott helfe …«

»Henrik ist kein Zauberer, Mees. Er kann keine Kugel durch den Raum bewegen. Du bist nur richtig schlecht im Billard geworden. Verweichlicht dich Kalifornien?« Jason schob Mia aus dem Weg, um seinen eigenen Stoß vorzubereiten.

»Ach, halt die Klappe, Jason.« Mia starrte ihren Bruder an.

Ich warf Henrik einen fragenden Blick zu. War er vielleicht wirklich der Grund für Mias schlechtes Spiel? Ich traute es ihm definitiv zu – er lebte geradezu dafür, sie zu ärgern. Mia war schnell zu der Schwester geworden, die er nie gehabt hatte. *Das arme Mädchen.*

»Wie geht's deinem Bruder, Henrik?«, fragte ich, um die angespannte Atmosphäre zu lockern. »Alles in Ordnung mit ihm?«

»Gunnar geht es gut. Er und Inga sind immer noch drüben in Wales. Es sieht so aus, als würden sie ihren Aufenthalt verlängern. Sobald Ull und sein Mädchen zurück sind von … ach, Mann!« Henriks Gesicht verzog sich, als Jason seinen Schuss versenkte.

64

»Woohoo!« Brynn hob ihre Hand. Jason klatschte sie ab.

»Das war's. Sieht aus, als wäre mein Rekord weiterhin ungeschlagen … es sei denn, dir und Henrik gelingt ein Wunder.« Jason reichte den Queue an mich weiter, während Brynn die Kugeln vorbereitete. Ich bemühte mich sehr, das Kribbeln zu ignorieren, das meinen Arm hinaufschoss, als sich unsere Fingerspitzen berührten. Offensichtlich war meine Umleitung fehlgeschlagen – die Verbindung zwischen Jason und seiner Midgarderin, wo immer sie auch sein mochte, lief immer noch über mich.

»Träum weiter.« Ich schnappte mir den Queue und beugte mich tief über den Tisch. Mia kaute nervös auf ihrer Unterlippe herum, und ich schenkte ihr ein Grinsen. »Keine Sorge, Mia. Henrik und ich werden sie zerquetschen. Wir nehmen die Vollen.«

»Du willst wohl unsere Glückssträhne ausnutzen?« Jason lachte, als er zwischen mir und der Wand herging. Dabei berührte sein Oberschenkel meinen Hintern. Wenn er dachte, er könne mich so aus der Fassung bringen, hatte er sich getäuscht.

»Nein.« Mit geübter Ruhe machte ich den Anstoß und sah zu, wie mehrere Kugeln leicht in die Löcher rollten. »Ich weiß nur zufällig, dass Brynn die Halben hasst. Die Bewegung von Mustern bringt ihr ordnungsliebendes Hirn durcheinander. Okay, gelbe Kugel, Ecktasche.« Ich richtete den Queue aus und machte meinen Stoß. »*Skit.*«

»Freya.« Mia schnalzte mit der Zunge, als mein Ball an der Wand abprallte. »Das kannst du doch besser.«

Konnte ich auch. Aber ich war es auch nicht gewohnt, mit Mias Bruder direkt hinter mir zu spielen. Das nächste Mal würde ich erst dann meinen Stoß machen, wenn Jason sicher auf der anderen Seite des Billardtisches saß. Dieser miese Schummler.

»Schon okay, wir schlagen sie in der nächsten Runde. Wir wissen doch alle, dass Brynn nicht mit den Halben umgehen kann.« Henrik nickte aufmunternd.

»*Danke*«, formte ich lautlos mit den Lippen.

»Sie sind so ablenkend«, beschwerte sich Brynn, als sie mir den Queue abnahm. »Okay, rote Kugel, mittlere Tasche.« Sie versenkte den Stoß mit Leichtigkeit, verfehlte jedoch den nächsten. »Blöde Halbe«, murmelte sie.

»Komm, ich zeige dir, wie man das macht, *sötnos*.« Mühelos räumte Henrik den Tisch bis auf zwei Kugeln ab und reichte dann den Queue an Jason weiter. »Dein Rekord sieht jetzt nicht mehr so sicher aus, was, *kille*?«

»Ich mach mir keine Sorgen.« Jasons indigoblaue Augen funkelten amüsiert, und er zwinkerte mir frech zu. Dann versenkte er zwei Kugeln und nahm gerade eine dritte ins Visier, als mich Schritte aus dem ersten Stock aufsehen ließen.

»*Hei, hei.*« Elsas musikalischer Tonfall schallte die Treppe hinunter und erfüllte den Keller.

»Vielleicht sollten wir einfach wieder gehen.« Forses tiefe Stimme ließ seine übliche Leichtigkeit vermissen. »Ich will keine Ablenkung sein. Jetzt wo mein Vater weg ist, wissen wir nicht, wie es weitergehen wird.«

»Deshalb solltest du deine Freunde für dich da sein lassen, solange wir noch alle zusammen sein können. Hast du die beiden Kristalle, die ich dir gegeben habe?«

»In meiner Tasche.«

»Gut. Sie werden dich erden. Wir bleiben nur fünf Minuten, und wenn es zu viel wird, erfinde ich eine Ausrede, und wir gehen wieder nach Hause. Okay?«

66

»Meinetwegen.« Forses Stimme klang mürrisch.

Zweifellos hatte es ihn unvorstellbare Kraft gekostet, die Hütte zu verlassen – vor allem, wenn er glaubte, uns zuliebe stark sein zu müssen. Das war so typisch für Forse – sich niemals etwas anmerken zu lassen. Aber das war nicht nötig – zumindest nicht bei uns.

Ich griff in mein Herz, um meinem trauernden Freund Energie zu schicken. Meine Haut kribbelte, als ich einen kleinen Vorrat an Liebe entdeckte, der darauf wartete, dass ich ihn teilte. Lange hatte ich diese Quelle für ausgetrocknet gehalten. Doch nun kanalisierte ich alles, was ich konnte, zu Forse und hoffte inständig, dass meine Fähigkeit endlich zurückgekehrt war, selbst wenn sie erst mal nur beschränkt war.

»Armer Forse«, sagte Brynn. Henrik, Mia, Tyr und sie tauschten besorgte Blicke aus. Niemand hatte erwartet, dass er auf den Beinen war, geschweige denn, dass er vorbeikommen würde, um Jason zu begrüßen. Den Schein zu wahren, gehörte zu unserem Job, aber wir alle hätten es verstanden, wenn ihm nach dem Tod seines Vaters nicht danach gewesen wäre.

»*Hei, hei?*«, rief Elsa. »Wo sind denn alle?«

»Bestimmt noch am Flughafen. Lass uns zurückgehen.« Forse klang erleichtert.

»Nein, sie sind hier. Schau mal. Hier stehen überall Kekse herum. Hallo?«, rief Elsa erneut.

»Wir sind hier unten!«, rief Mia. »Im Keller!« Dann wandte sie sich flüsternd an uns. »Verhaltet euch ganz normal.«

»Warum sollten wir uns nicht normal verhalten?«, fragte Jason.

»Weil Forse gerade seinen Vater verloren hat«, erklärte Mia leise.

»Oh. Mann.« Jason fuhr sich mit einer Hand durch die Haare. »Das ist hart.«

Er hatte ja keine Ahnung, wie hart.

»Ich gehe sie holen.« Mia joggte die Treppe hinauf, während Jason einen weiteren Stoß durchführte. Kurz darauf kam sie zurück, einen Teller mit Keksen in den Händen und Elsa und Forse hinter sich. Elsas lange blonde Locken hingen schlaff über eine Schulter. Sie hatte die Ärmel ihrer hellblauen Strickjacke über die Handflächen gezogen und spielte nun mit einer Hand am Saum, während sie Forse mit der anderen die Treppe hinunterführte.

»*Hei*, Leute. Jason, schön, dich zu sehen.« Elsas Stimme war ruhig, aber als sie den Fuß der Treppe erreichte, warf sie einen besorgten Blick auf den Gott, der sich neben sie stellte.

»Hallo«, sagte Forse nüchtern. Er schob seine freie Hand in seine Tasche, zweifellos um die Kristalle zu greifen, die Elsa ihm gegeben hatte. *Oh, Forse.*

Ich kanalisierte den letzten Rest meiner Liebesreserve auf ihn, in der Hoffnung, dass es genug sein würde, um ihn durch diese Situation zu bringen.

»Hey, Elsa. Forse.« Jason nickte dem Gott der Gerechtigkeit zu. Er zog die Stirn in Falten und spitzte die Lippen, aber ein subtiles Kopfschütteln seiner Schwester unterbrach jede Gefühlsregung, die er gerade ausdrücken wollte.

»*Normal*«, formte Mia lautlos mit den Lippen.

Jason nickte und machte seinen Stoß, verfehlte und fluchte. Als er mir den Queue reichte, verbeugte er sich übertrieben. Ich achtete darauf, dass sich unsere Finger diesmal nicht berührten. »Wenn du die beiden versenkst, gehört die Meisterschaft dir, Babe.«

»Warum nennt er sie Babe?«, fragte Elsa leise.

»So nennt er wohl Mädchen, die er mag«, flüsterte Brynn zurück.

»Haltet die Klappe«, knurrte ich. »Ich versuche, mich zu konzentrieren.«

»Du kannst dich konzentrieren, so viel du willst. Aber das wirst du niemals schaffen.« Jason verschränkte die Arme und lehnte sich gegen den Tisch. Bei allen Göttern, er hatte wirklich einen exquisiten Hintern.

Argh! Nornen, jetzt übernehmt endlich diese blöde Verbindung – Sterbliche sind nicht mein Job!

»Natürlich kann Freya das schaffen«, sagte Brynn und zwinkerte zweideutig. »Wenn sie den Ball im Auge behalten kann.«

Tyrs Auflachen machte mich noch wütender.

»Pass bloß auf, Fredriksen«, warnte ich.

»Sie schafft das nicht. Die Halben blockieren alle denkbaren Stöße. Wenn Henrik nicht doch ein Zauberer ist, werde ich wohl der größte Billardmeister aller Zeiten bleiben.« Jason zwinkerte mir zu. »Aber versuch es ruhig.«

»Oh, das werde ich«, schwor ich. Stirnrunzelnd studierte ich den Tisch. Jason lachte.

»Was?«, schnaubte ich.

»Du bist zu angespannt, um das durchzuziehen.« Er lachte. »Bist du immer so verklemmt?«

»Wie bitte?«, erwiderte ich, während sich Brynn gleichzeitig zu Wort meldete: »Ist sie.«

»Halt die Klappe, Brynn«, schnauzte ich.

Brynn zuckte mit den Schultern. »Siehst du?«

»Ich bin nicht verklemmt.« Ich blickte erst Brynn, dann Jason an. »Und ich habe wirklich keine Ahnung, was das mit Billard zu tun haben soll.«

»Ist das dein Ernst? Es hat alles damit zu tun.« Jason trat

einen Schritt näher, sodass uns nur noch die Ecke des Tisches trennte. »Deine Schultern sind verkrampft, du beißt die Zähne zusammen, und deine Fingerknöchel sind weiß. Eine solche Anspannung führt zwangsläufig zu einem Ausrutscher – so kannst du nicht richtig zielen. Vielleicht brauchst du jemanden, der dir hilft, dich zu entspannen …«

Ich merkte gar nicht, wie ich mich nach vorn lehnte, bis mein Ellbogen einknickte und ich mit dem Gesicht auf Jasons Brust landete. Im Ernst jetzt?

»Tut mir leid«, murmelte ich und rappelte mich wieder auf. Jasons Hände legten sich um meinen Arm und stützten mich.

Kaum hatte ich mein Gleichgewicht wiedergefunden, riss ich mich los. Aus den Augenwinkeln sah ich, wie Tyr und Henrik sich in stummem Gelächter krümmten. Brynns unverwechselbares Kichern war noch unausstehlicher. Und als ich es wagte, Jason in die Augen zu sehen, wurde sein Grinsen noch breiter, und ein Grübchen erschien auf seiner rechten Wange. *Ein Grübchen.*

Jetzt wollten mich die Nornen einfach nur noch quälen.

Ich schnappte mir den Queue, schob meine Demütigung so gut es ging beiseite und konzentrierte mich wieder auf das Spiel. Jason hatte recht; die Halben blockierten die Vollen, aber das machte meine Aufgabe nur schwieriger – nicht unmöglich. Schnell fand ich den besten Winkel heraus und richtete meinen Queue aus.

»Blaue Kugel, Mitte«, erklärte ich. »Diesmal werde ich einlochen.«

»Nötig hättest du es auf alle Fä… autsch!«, jaulte Henrik auf, als ihm Brynn den Ellbogen in die Rippen stieß.

»Auf keinen Fall schaffst du das«, konterte Jason.

»Freya hat schon schwierigere Stöße gemacht«, sagte Elsa hilfsbereit.

»Danke, Elsa«, sagte ich.

Ich versuchte sie alle auszublenden und zielte. Mit einem beruhigenden Atemzug entspannte ich meine Schultern, löste meinen verkrampften Kiefer und machte den Stoß. Mein Ball folgte der vorgesehenen Flugbahn, prallte von der gegenüberliegenden Wand ab und fiel sauber ins mittlere Loch.

»Ja!« Henrik klopfte mir auf den Rücken. »Und jetzt mach genau das noch mal.«

Ein Lächeln umspielte meine Mundwinkel, als ich mich um den Tisch herum bewegte, um meinen letzten Stoß zu machen.

»Bitte schlag meinen Bruder«, bettelte Mia. »Er ist so schrecklich arrogant.«

Tyrs und Henriks Schultern zitterten immer noch von ihrem kaum zu bändigenden Lachanfall.

»Ach, werdet erwachsen«, rügte Elsa.

»Na ja, sie hat es gesagt.« Forses Schmunzeln erhellte mein Herz. Wenn er nach allem, was er durchgemacht hatte, die Kraft zum Lächeln fand, dann war mir das jede Demütigung wert.

Tyr und Henrik würde ich trotzdem töten.

Ich setzte zu meinem letzten Stoß an.

»Du schaffst das!« Mia drückte die Daumen.

»Daneben, daneben, daneben«, skandierte Brynn.

Ich ignorierte sie, konzentrierte mich und zielte. Die Kugel rollte über den Filz, prallte an der Kante der mittleren Tasche ab und rollte sauber in die Ecke. Mit einem befriedigenden Geräusch fiel sie ins Loch, was unseren Sieg zementierte und Jason den Titel kostete.

»*Ja!*« Henrik nahm mich in die Arme und wirbelte mich im

Kreis herum, bevor er mich wieder auf die Füße stellte. »Nimm das, Brynnie!«

»Ugh. Glückwunsch«, murmelte Brynn. »Vielen Dank, Freya. Jetzt muss ich eine Woche lang seine Wäsche waschen.«

»Igitt.« Ich rümpfte die Nase.

»Wem sagst du das?« Sie verzog ihr Gesicht.

»Herzlichen Glückwunsch.« Jason streckte seine Hand aus. »Das war beeindruckend.«

»Das war es wirklich, oder?« Ich schüttelte meine Haare, und eine erdbeerblonde Strähne fiel mir über die Schulter. Jasons Augen funkelten. »Du musst mir zeigen, wie du das gemacht hast.«

»Ich kann dir doch nicht alle meine Geheimnisse verraten.«

Kaum hatten die Worte meine Lippen verlassen, biss ich mir auf die Zunge, bevor das hier in eine völlig falsche Richtung lief. Es war offensichtlich, dass Jason mit mir flirtete. Aber seine Seelenpartnerin musste irgendwo in der Nähe sein – das war die einzige Erklärung für die Lightshow, die gerade wieder in meinem Kopf losging. Und selbst wenn sie es nicht war, und selbst wenn ich Gefühle für ihn hätte, was *absolut* nicht der Fall war, dann würde das Ausleben dieser Gefühle nur zu einer Katastrophe führen.

Bei allen Göttern. Das durfte ich auf keinen Fall zulassen.

Die Nornen hatten gewartet, bis ich volljährig war, um mich als Liebesgöttin und Anführerin der Walküren zu bestätigen, weil sie sichergehen wollten, dass ich den Vertrag, an den ich mich gebunden hatte, vollständig verstand. Im Gegensatz zu den übrigen Göttern Asgards hatte ich eine Doppelrolle inne, die nicht nur Verständnis für die Individualität und Kompatibilität der Seelen erforderte, sondern auch die absolute Kontrolle über meine eigene Welt. Das Anbahnen von Beziehungen und der Abbau von Ängsten durch wachsende Liebe, während ich *gleichzeitig* meine Armee befehligte, erforderte eine Konzentration und ein Bewusstsein, das man einfach nicht haben konnte, wenn man sich um einen Partner sorgte. Aus diesem Grund waren meine Titel an eine Bedingung geknüpft: Ich durfte unter den Asen leben, Freundschaften schließen und sogar lockere Beziehungen eingehen. Aber ich durfte mich niemals mit meinem Seelenpartner zusammentun – konnte mein Herz nicht verschenken –, bis die Nornen entschieden, dass ich damit die Sicherheit des Kosmos nicht gefährden würde. Meine Aufgabe, mein Daseinszweck – etwas, bei dem ich derzeit versagte – war es, die Reiche vor dem Chaos zu schützen, indem ich sie mit Liebe erfüllte. Es war meine Pflicht, mein Herz zum Wohle des Reiches zu schützen, damit ich die Sicherheit Asgards nicht gefährdete.

Und die Pflicht gegenüber Asgard hatte Vorrang vor allem anderen.

»Morgen. Du, ich, eine Revanche. Was sagst du?«, drängte Jason.

»Wohl eher nicht«, antwortete ich sanft.

»Gibt es etwa etwas Dringenderes, um das du dich kümmern musst?«, erwiderte Jason.

Ich ordnete die Kugeln neu an, während ich mir den Kopf zerbrach. *Die Pflicht gegenüber Asgard hat Vorrang vor allem anderen.*

Ich wusste genau, was ich zu tun hatte. Nicht um zu vermeiden, dass ich mit dem nervigeren Teil der Ahlström-Geschwister allein war, was mir nur Energie rauben würde, die ich zur Heilung brauchte, sondern um einen proaktiven Schritt zu machen, um nicht weiterhin in meinem Job zu versagen.

»Eigentlich habe ich einen Termin«, sagte ich ruhig. »Oder ich glaube, ich habe einen.«

»Du glaubst, du hast einen Termin?« Jason sah mich skeptisch an.

»Ja.« Obwohl ich mich heute so gut gefühlt hatte wie seit Monaten nicht mehr, war ich immer noch nicht ganz gesund. Und da Ragnarök unmittelbar bevorstand, war es wichtiger denn je, dass ich meinen Verstand wieder in den Griff bekam. Es gab ein Wesen, das ich noch nicht konsultiert hatte, das mich vielleicht heilen konnte … wenn sie noch verfügbar war. »Elsa, glaubst du, Lornara ist immer noch bereit, uns zu helfen?«

Elsa sah mich überrascht an. Ich hatte das Angebot ihrer Feenfreundin monatelang abgelehnt. Aber wenn man keine Möglichkeiten und keine Zeit mehr hatte, war ein Mädchen offen für Kristalle und *Älva*-Staub und all die anderen Verrücktheiten, die Alfheims Hohe Heilerin sicher mit sich bringen würde. Aber wenn es bedeutete, meinem Reich zu helfen, würde ich es tun.

Für Asgard.

»Lornara?« Elsa neigte den Kopf zur Seite. »Sie würde dir bestimmt gern helfen. Ich werde sie fragen.«

»Gut.« Ich nickte. »Ich bin bereit.«

»Wer ist Lornara?« Jason runzelte die Stirn.

»Eine Arbeitskollegin.« Ich winkte mit der Hand. »Lasst uns wieder hochgehen. Hier unten wird's mir zu stickig.«

»Oder zu heiß?« Henrik grinste.

Ich warf Tyrs Leibwächter einen bösen Blick zu, bevor ich mir den Teller mit den Keksen schnappte. Auf der Treppe nach oben biss ich in einen mit Schokolade, dann in einen anderen und kaute. »Haben wir schon über die hier abgestimmt?

74

Die Kekse von Mia sind köstlich. Henriks sind ein bisschen trocken.«

Henrik keuchte entsetzt auf. »Okay, das war gelogen«, gab ich zu. »Sie sind fantastisch. Aber sei gewarnt, Andersson. Wenn du mich weiter ärgerst, werde ich deine Backkünste kritisieren.«

»Zur Kenntnis genommen«, sagte Henrik. Während er hinter mir die Treppe hinaufjoggte, hörte ich, wie er Brynn zuflüsterte: »Ich habe dir doch gesagt, dass sie richtig fies wird, wenn sie Billard spielt.«

Fünf

Brynn

Bei allen Göttern, Jason war großartig. Ich hatte Mias Bruder
schon immer gemocht, aber zu sehen, wie er Freya unter die
Haut ging, war einfach fantastisch. Und unendlich unterhalt-
sam. Er stand ganz offensichtlich auf sie. Freya war nicht nur
eine wilde Kriegerin und die lebende Verkörperung der Liebe,
sondern sie war auch umwerfend schön. Und sie ging ihm völlig aus dem Weg, was natürlich dazu führte, dass er sie noch
mehr wollte. *Typisch Mann.*

Jason war klug genug, die Sache ruhig anzugehen. Er verbrachte den Rest des Nachmittags damit, Freya abwechselnd
zu ignorieren und ihr das Leben schwer zu machen. Laut Mia
war das seine bewährte Umwerbungstechnik, und offenbar
funktionierte sie bei den Sterblichen an Jasons schickem Ost-
küsten-College wirklich gut. Freya hingegen schien es einfach
nur zu nerven, was sie nervös und angespannt und … frustriert
werden ließ.

Die Göttin der Liebe war sehr frustriert. Odin allein wusste,
wie lange es her war, dass sie ein Date gehabt hatte, und dieser
sexy, smarte Typ in ihrem Haus machte sie verrückt. Es war
nur eine Frage der Zeit, bis sie einknickte.

Ich konnte es kaum erwarten.

»Mach dich fertig, Brynnie.« Henrik stürmte in die Küche,
wo ich gerade einen weiteren Keks aß und gar nicht mitbekam,

wie Jason Freya noch einmal erklärte, wie verspannt sie sei und dass sie wirklich einen Wellness-Tag gebrauchen könnte, *oder was auch immer ihr Mädels in Kalifornien macht, um zu entspannen.*

»Fertig machen?«, fragte ich mit dem Mund voller Krümel. »Warum?«

Henrik sagte nichts mehr, sondern sah nur zu Jason, bevor er den Kopf in Richtung Flur neigte. Seufzend schob ich mir den Rest des Kekses in den Mund und folgte ihm aus der Küche. Ich hätte den beiden noch stundenlang zusehen können. Doch wie es schien, war die Show für mich vorbei.

Für den Moment.

»Ich hoffe, es ist wichtig«, sagte ich. Mit vollem Mund klang es allerdings eher wie »Ihoffefifwichich.«

»Ich verstehe kein Wort, *sötnos.*«

Ich sah ihn genervt an und schluckte. »Vorsicht, sonst sage ich, der Keks sei zu trocken gewesen. Könnte gut einer von deinen gewesen sein.«

»Oh, bitte.« Henrik verdrehte die Augen. »Meine Kekse sind nie trocken. Freya hat nur schlechte Laune, weil sie schon lange keine mehr bekommen hat.«

»Henrik!« Ich schlug ihm auf den Arm, der jedoch so muskulös war, dass er nicht einmal zusammenzuckte.

»Ja, das stimmt. Aber das tut nichts zur Sache. Schnapp dir ein paar Waffen und dein Reisegepäck, und triff mich in fünf Minuten am üblichen Startpunkt. Du, Tyr und ich machen uns auf den Weg nach Alfheim.«

»Was? Das können wir nicht machen. Jason wird den Bifröst sehen.«

»Daran haben wir schon gedacht.« Henrik öffnete den Kleiderschrank im Flur und warf mir eine Jacke zu. »Mia wird ihn zu einer Revanche beim Billard im Freizeitkeller herausfordern, weil er sie als verweichlicht bezeichnet hat. Das wird ihn lange genug beschäftigen, damit wir von hier wegkommen.«

»Na gut.« Ich zuckte in meiner Jacke zusammen. »Alles in Ordnung in Alfheim? Warum ziehen wir uns Jacken an? Ist dort nicht Sommer?«

»Sollte es sein.« Henrik zog den Reißverschluss seines Parkas zu. »Aber dieser seltsame Wintereinfall hat mehr als nur Midgard getroffen. Ragnarök steht definitiv bevor.«

Ich warf einen Blick in Richtung Küche, um sicherzugehen, dass Jason nicht zuhörte. Das Letzte, was unser sterblicher Gast mitbekommen sollte, war, dass das Ende der Welt nahte.

»Ich werde dich vor Ort über die Situation informieren. Zieh dich einfach warm an, und bereite dich auf das Schlimmste vor.«

Na, großartig.

Ich stürmte die Treppe hinauf, wohl wissend, dass Details unwichtig waren. Es war immer das Gleiche bei diesen Missionen – rein, die Bedrohung beseitigen, die *andere* Bedrohung beseitigen, die hinter der ersten lauerte, nach Hause kommen, mit Henrik feiern. Alles, was ich brauchte, waren mein Dolch, mein Degen und vielleicht ein oder zwei technische Gimmicks. Nur für den Fall der Fälle.

»Hey!« Nachdem ich meine Klingen verstaut hatte, steckte ich meinen Kopf aus meinem Zimmer und rief in Richtung der Männerhöhle, wo sich Henrik vermutlich gerade bewaffnete: »Nimm den …«

»Schon dabei!« Henrik trat in den Flur und steckte den Schließer in seinen Rucksack. »Wer braucht schon eine Betaphase, wenn man sie an einem Drachen testen kann?«

»An einem Drachen?« Ich blinzelte. »Ich dachte, Nidhogg

hätte seine Kinder zurückgerufen? Ist der Drachenkönig uns nicht etwas schuldig, weil wir seine Brut in Helheim nicht getötet haben?«

»Das hat er. Und das ist er.« Henrik zog sich den Rucksack über die Schultern, bevor er sein Breitschwert aus dem Zimmer holte. Wir mussten wirklich aufhören, diese Dinger herumliegen zu lassen, wenn wir Besuch hatten.

»Wer greift dann Alfheim an?«

»Die Späher haben diese Rasse noch nie gesehen, aber es ist wahrscheinlich, dass sie mit Hymir zusammenarbeiten.« Henrik steckte das Schwert ein und gab mir ein Zeichen, ihm die Treppe hinunterzufolgen.

»Ich hasse Tyrs biologischen Vater so sehr. Was hat er jetzt wieder angestellt?« Ich ging hinter Henrik her.

»Wir wissen es nicht. Seit er den Arm in Svartalfheim verloren hat, versteckt er sich, aber man munkelt, dass er sich mit einer Truppe Abtrünniger zusammengetan hat – einer mit Zugang zu Drachen. Zweifellos hat er sich neu aufgestellt, seit wir Runa in Gewahrsam genommen haben.«

Ich erschauderte bei der Erinnerung an Runa, Tyrs leiblicher Schwester und Halbriesin, die sowohl Fenrir auf die Fredriksens losgelassen als auch Elsa in ihrem Svartalfheim-Albtraumturm gefangen gehalten hatte. Auf Tyrs Drängen hin war Runas Todesurteil in eine lebenslange Haftstrafe umgewandelt worden. Es hatte niemanden überrascht, dass Runa alle Rehabilitationsversuche abgelehnt und das letzte Jahr damit verbracht hatte, sich in einer Ecke ihrer Zelle vor- und zurückzuwiegen und etwas vor sich hin zu murmeln. Einige von uns befürchteten, sie könnte mit Hymir kommunizieren, aber Forse versicherte uns, dass das Gefängnis selbst für dunkle Magie undurchdringlich sei. Und als Gott der Gerechtigkeit sollte er es wissen.

Ich hoffte inständig, dass er sich nicht irrte.

»Stimmt. Bei allem, was hier los ist, sollten wir dafür sorgen, dass Runa in unserer Obhut bleibt.« Ich folgte Henrik zur Haustür hinaus und sprang von den Stufen der Veranda unserer Hütte.

»Genau mein Gedanke.« Henrik joggte neben mir her, sodass wir gemeinsam die Stelle erreichten, wo uns die Regenbogenbrücke stets abholte. »Bist du bereit?«, fragte Tyr mit tiefer Stimme. Die Ader an seinem Kinn trat vor Anspannung deutlich hervor. Es würde also eine *dieser* Missionen werden.

»Bin ich immer.« Ich trat auf die Lichtung und biss mir auf die Innenseite meiner Wange. *Nicht kotzen. Nicht kotzen.* Eines Tages würde ich die Reiseübelkeit, die mich jedes Mal überkam, wenn ich den Bifröst benutzte, überwinden. Bis dahin würde ich mich auf schiere Entschlossenheit und Glück verlassen müssen.

Und auf Henriks magische Hände. Er legte eine auf meinen unteren Rücken, als er hinter mich trat. Ich lehnte mich mit einem leidgeprüften Seufzer gegen ihn.

»Du schaffst das, *sötnos*«, sagte er.

Ich wünschte, er hätte recht.

»Heimdall!« Tyr lehnte seinen Kopf zurück und rief in den Himmel. »Jetzt!«

Mit einem Zischen in der Luft und einem Blitz aus vielfarbigem Licht schoss die Regenbogenbrücke von Asgard herunter. Meine Knochen vibrierten, wurden fast aus meiner Haut gesaugt, und mit einem einzigen Brechreiz verursachenden Sog wurden wir aus Midgard herausgezogen, quer durch den Kosmos geschossen und schmerzhaft am Rande eines Wasserfalls in Alfheim abgesetzt.

Der Anblick, der sich mir bot, als ich es schaffte, meine Augenlider zu öffnen, ließ mich mit noch größerer Übelkeit zurück als der Bifröst.

»Hyro! Halt!« Ich stolperte rückwärts und stieß gegen Henriks Rücken, als ich die süße junge Feuerriesin erblickte, die wir aus Muspelheim umgesiedelt hatten und die gerade Feuer auf die sich kaum noch bewegenden Überreste eines Babydrachens hauchte. Die Brust der kleinen Kreatur bebte bei jeder neuen Flamme, und ihre Augen flackerten auf und enthüllten einen Blick der puren Qual. Es war mir egal, was die bösen Drachen Hyro angetan hatten. *Nichts* rechtfertigte es, ihre Jungen zu verletzen.

»Hyro!«, schrie ich. »Hör *sofort* auf!«

»Bleib zurück, Brynn! Ich will nicht, dass du verletzt wirst!« Die junge Feuerriesin streckte eine blassviolette Handfläche aus. Sie warf mir einen Blick des kaum zu bändigenden Schreckens zu, bevor sie sich wieder dem kleinen Drachen zuwandte und eine weitere Flammenwelle auf die Brust des Babys sandte.

»Hör auf! Wenn du diesen Drachen tötest und sich herausstellt, dass er zu Nidhogg gehört, wird er …«

»Er gehört nicht zu Nidhogg.« Henrik meldete sich von hinten zu Wort. »Ich habe noch nie Widerhaken am Schwanz und am Kopf eines Drachen gesehen und auch keine leuchtenden Schuppen – aber das könnte daran liegen, dass sie ihn verbrennt. Das muss einer der Eindringlinge sein, die da durchgekommen sind.«

»Durch was?«, fragte ich.

»Dreh dich um«, knurrte Tyr.

Ich wandte mich auf dem Absatz um und sah, dass die

Jungs auf eine dunkle, wirbelnde Form zeigten, die hundert Meter entfernt schwebte. Funken schossen aus den Rändern des zitternden Rechtecks und glühten im Dreck der einst unberührten Wiese.

»Heiliger *skit*«, fluchte Tyr. »Seht euch diesen Ort an.«

Ich warf einen Blick über meine Schulter zu Hyro und den nun völlig glühenden Drachen, dann drehte ich mich schnell im Kreis, um die geschwärzten Bäume zu betrachten, die Alfheims höchsten Wasserfall umgaben. Was einst ein Heiligtum gewesen war, war nun ein Kriegsgebiet mit verbrannten Baumstümpfen, Ruß, wo einst Gras gewachsen war, begraben unter einer dünnen Ascheschicht, die wie Schnee in der Luft wirbelte. Ein einsamer grüner Baum stand in der Mitte des ehemaligen Feldes, ein letztes Zeugnis der Schönheit, die hier einst gediehen war.

»Was ist hier nur passiert?« Ich hob meinen Degen auf Augenhöhe und drückte meinen Rücken gegen Henriks.

»Keine Zeit für Fragen. Runter!« Henriks Hand auf meinem Arm zog mich Richtung Boden. Ein Zischen in der Luft, gefolgt von einem reptilienartigen Kreischen, machte mich auf die Anwesenheit eines zweiten, viel größeren Drachen aufmerksam. Dieser flog in einem weiten Bogen über uns hinweg. Als ich meinen Kopf in den Nacken legte, um einen besseren Blick zu erhaschen, schoss er einen Feuerstrahl direkt auf den letzten Baum. Der Stamm ging in Flammen auf und verbrannte in wenigen Sekunden.

Skit.

»Ja, definitiv keiner von Nidhogg«, stimmte ich zu. »Es sei denn, der Vertrag ist null und nichtig. Pass auf!« Ich schubste Henrik zur Seite und warf mich in die Luft, um mit einem gekonnten Salto einem weiteren Feuerstrahl zu entkommen. »Wir müssen hier weg. Hyro!«

»Mach dir keine Sorgen um mich!« Sie winkte erneut mit der Hand. »Die Höhle hinter dem Wasserfall – sie sind noch nicht in den Berg eingedrungen. Sie sollte sicher sein!«

Ich ignorierte die Feuerriesin, der offenbar der Selbsterhaltungstrieb abhandengekommen war, sprang auf und öffnete Henriks Rucksack. Nachdem ich einen handtellergroßen Gegenstand herausgenommen hatte, stürmte ich auf das klaffende schwarze Loch im Himmel zu.

»Wo willst du hin?«, rief Tyr.

»Ich habe den Schließer«, rief ich über meine Schulter. »Ihr kümmert euch um den Drachen und versucht zu verhindern, dass Hyro getötet wird. Oder dieses arme Drachenbaby. Ich werde das Portal versiegeln. Hoffe ich.« Die letzten Worte sagte ich eher zu mir selbst, aber Henriks Warnung ließ mich wissen, dass wir uns einig waren.

»Sei vorsichtig«, rief er. »Wir wissen nicht, ob es stabil ist.«

»Als ob mir das nicht klar wäre.« Ich rannte noch schneller, und meine Stiefel gruben sich in die weiche Asche der verkohlten Wiese. Das Portal war fünfzig Meter entfernt. Fünfundzwanzig. Nicht mehr lange, und ich würde … »Argh!«

Ein stechender Schmerz durchzuckte meinen Knöchel. Ich ging zu Boden. Mein Knie stieß gegen etwas Hartes, und warmes Blut tränkte im nächsten Moment den dünnen Stoff meiner Hose. Mit der einen Hand hielt ich den Schließer fest, mit der anderen umklammerte ich meinen Degen. Ein Blick auf den Boden offenbarte ein verworrenes Geflecht aus Ranken – ich war über das gestolpert, was von einem Wurzelsystem übrig geblieben war, und obwohl der Baum, zu dem es einst gehört hatte, jetzt die Luft mit Aschepartikeln erfüllte, war seine

Grundstruktur immer noch intakt ... nur unter einer dicken Rußschicht begraben.

Fabelhaft.

Ich ignorierte den Schmerz, der durch mein rechtes Bein schoss, zog meinen Stiefel aus dem Wurzelgeflecht und humpelte weiter auf das funkelnde Rechteck am Himmel zu. Ein zweiter großer Drache schoss aus dem Portal, und ich warf mich gerade noch rechtzeitig auf den Boden, um nicht von ihm getroffen zu werden.

»Henrik!«, rief ich. »Noch einer!«

Ich wusste nicht, ob er mich hörte, und ich hatte nicht vor, länger als unbedingt nötig zu brauchen, um dieses Portal zu versiegeln ... wohin auch immer es führen mochte. Ich musste darauf vertrauen, dass Henrik und Tyr es schaffen würden. Das taten sie immer.

Zumindest normalerweise.

Außer, wenn sie es nicht taten.

Arbeite schnell, Aksel.

Ich untersuchte das Portal in aller Eile und steckte meinen Degen in die Scheide, während ich die Koordinaten ausrechnete. Es war nicht das runde Standardmodell, das ich bisher gesehen hatte. Dieses hier war von vier Seiten eingerahmt und durch blaugraue Strahlen geviertelt. Es ähnelte eher einem Eisentor zu einem verborgenen Garten als dem Eingang zu einem dunklen Reich. Nur die rötlich-violetten Funken, die von seinen Rändern ausgingen, und das überwältigende Gefühl der Verzweiflung, das seine Oberfläche durchdrang, ließen mich auf seinen dunklen Ursprung schließen. Nun, das und all die verkohlten Bäume, die den Wasserfall umgaben. Aus diesem Tor konnte nichts Gutes kommen.

Es war an der Zeit, es zu schließen.

Ich hob das Gerät auf Augenhöhe, drückte den Knopf an der Seite und wartete, bis das grüne Diagramm auftauchte. Henrik und ich hatten diese Funktion so programmiert, dass sie genau auf die Spezifikationen des jeweiligen Portals kalibriert wurde. Sobald es das getan hatte, würde es ein Protoplasma ausstoßen, das das Portal in voller Größe umhüllen, es mit einem leichten magischen Film überziehen und auf die Größe eines Kieselsteins schrumpfen lassen sollte. Der Kieselstein konnte aufgenommen und im Schließer aufbewahrt werden, um nach Asgard gebracht zu werden, wo er untersucht oder zerstört werden konnte. Es war eine der brillantesten Technologien, die das Team Henrik/Brynn je entwickelt hatte.

Oder wäre es gewesen, wenn sie denn funktioniert hätte.

Ich drückte erneut auf den Knopf. Ein kleines grünes Flackern erschien am oberen Rand des Schließers. Es blinkte zweimal auf, bevor es ganz erlosch.

Nein.

Ich drückte fester darauf und versuchte das Gerät mit purer Willenskraft zum Laufen zu bringen. Ein schmaler Strahl schoss volle acht Zentimeter aus dem oberen Teil des Schließers, flackerte erbärmlich und erlosch.

Skit.

Ich klickte erneut, dann noch einmal und fragte mich, was zum Teufel wir nicht bedacht hatten, als wir das Gerät für den Transport zwischen den Reichen präpariert hatten. Wir hatten ein aus Nidavellir beschafftes Metall verwendet, von dem mir unser Zwergenfreund Berry versichert hatte, es sei echt. Dieses Material sollte unempfindlich gegen die Widrigkeiten der Elemente sein, sodass seine Funktionsfähigkeit weder durch die Atmosphäre Alfheims noch durch das überschüssige Kohlendioxid der verbrannten Bäume beeinträchtigt werden sollte.

Henrik hatte einen Pufferzauber um das Gerät gelegt, sodass ihm auch die Bifröst-Kräfte nichts hätten anhaben sollen. Wenn ich den Schaltplan nicht irgendwie vermasselt hatte, hätte die Technik funktionieren müssen, genau wie sie es getan hatte, als …

»Brynn! Runter!« Tyrs Ruf durchdrang die Luft, und ich warf mich auf den verkohlten Boden. Ein orangefarbener Lichtblitz und ein Hitzeschwall verrieten mir, wie kurz davor ich gewesen war, von einem wütenden Drachen verbrannt zu werden.

Schon wieder.

»Komm schon«, murmelte ich und drückte immer wieder auf den Knopf. Bei meinem zwanzigsten Versuch drang endlich ein gleichmäßiges Licht aus dem oberen Teil des Schließers. Es war so stark, dass ich die Augen schließen musste und das Gesicht verzog.

»Beeil dich, *sötnos!* Es wird langsam … *Autsch!*«, Henriks Aufschrei ging mir durch Mark und Bein, »… echt heiß hier!«

»Ich arbeite daran!«, rief ich. Ich biss die Zähne zusammen und bohrte meinen Ellbogen in den Ruß, wobei ich darauf achtete, dass der Schließer so weit wie möglich von meinem Körper entfernt war. Das Licht sollte ein Hologramm sein – kein Laser. Nur die Götter wussten, was es mit meiner Haut anstellen würde, wenn ich es falsch ausrichtete.

Ich zwang meine Augen auf und richtete den Schließer auf das Portal. Der grüne Lichtstrahl, der aus dem Behälter schoss, war zu intensiv, als dass ich hätte hinsehen können, und ich hoffte inständig, dass ich mein Ziel treffen würde.

»Pass auf, Brynn!«, rief Tyr erneut.

Hitze brannte auf meinem Rücken. Ich schrie vor Schmerz auf. Es kostete mich all meine Kraft, die Kontrolle über das

Gerät zu behalten, während ich mich auf den Rücken rollte, um die Flammen zu löschen.

»Lockt den Drachen weg von mir!«, schrie ich.

»Schließt endlich das *förbaskat* Portal!«, brüllte Tyr zurück.

»*Versuche. Ich. Ja!*«

Ein kupfriger Geschmack erfüllte meinen Mund, als ich auf meine Wange biss. Ich hielt den Schließer mit beiden Händen, riss ihn zur Seite und warf einen Blick auf das Portal am Himmel. Es war nur noch teilweise geöffnet, und Flammen züngelten an seinen Rändern. Ein Stachelschwanz peitschte durch den Rahmen und versuchte die Öffnung zu vergrößern. Das Portal erzitterte, als der Drache dagegenstieß, dann hob er seinen schuppigen Kopf und spuckte einen gewaltigen Feuerstrahl auf mich. Ich warf mich zur Seite, ignorierte den Stein, der sich in meinen Oberarm bohrte, und rollte mich mit ausgestreckten Armen ab, um die Verbrennungen durch Drachenfeuer nicht gegen die des Lasers einzutauschen.

»Brynn!«, brüllte Henrik.

»Hab's gleich!«

Ich hob die Hände und winkelte den Schließer direkt auf die Tür zu. Der Drache stieß seinen Kopf durch den Rahmen, aber bevor er sein Maul wieder öffnen konnte, verwandelte sich das grüne Licht des Schließers in ein Rechteck. Es schimmerte, passte sich der Form des Portals an und schoss dann vorwärts. *Den Göttern sei Dank.*

Das Licht hüllte die Tür, den Drachen und die zurückbleibenden Funken in einen dicken Schleim, der sich verhärtete, bevor er ein letztes Mal aufblitzte. Das Portal fiel in sich zusammen und schrumpfte auf die Größe eines Golfballs – nicht wie geplant ein Kieselstein, aber hey, das war nur Feinschliff. Der Ball landete auf dem geschwärzten Boden. Das Portal, das er einmal gewesen war, war nun in dieser kleinen Kugel gefangen.

Mission erfüllt. Jetzt galt es, die Beweise zu bergen.

Ich nahm den Schließer in die andere Hand und rannte los. Während ich auf den Rußhaufen zulief, auf dem der Golfball gelandet war, riss ich mir den Stein aus der Schulter. Warmes Blut überzog schnell meine Jacke, und ich drückte meine Handfläche auf die Wunde. Meine Verletzung würde schnell genug von selbst heilen, aber in diesem Moment tat es höllisch weh. *Dämlicher Drache.*

Ein schrilles Fauchen und ein langgezogener Gurgellaut hinter mir ließen mich den Kopf drehen. Erleichterung stieg in mir auf, als ich Tyr auf dem erschlagenen Drachen sitzen sah.

»Meiner ist tot«, sagte er ohne Umschweife. Ich rannte weiter, während Tyr sein blutverschmiertes Schwert herauszog und zu der Stelle eilte, an der Henrik mit seinem reptilienartigen Angreifer kämpfte. »Keine Sorge, Andersson. Ich helfe dir aus deiner Bredouille.«

Ein wütendes Brüllen dämpfte Henriks Erwiderung. Sosehr ich es auch liebte, meinem Mann dabei zuzusehen, wie er Drachen tötete, musste ich meinen eigenen Job zu Ende bringen, um den Jungs helfen zu können – und vielleicht sogar den fehlgeleiteten Teenager evakuieren, der *immer noch* Feuer auf den armen Babydrachen spuckte.

»Okay, kleiner Ball. Wo bist du?« Mein Blick schweifte über den Boden, bis ich eine grün gefärbte Kugel entdeckte, die leicht unter schwarzer Asche begraben war. »Hab ich dich.«

Ich schnappte mir das, was von dem Portal übrig geblieben war, und öffnete die Klappe des Schließers. Die Kugel passte genau hinein, und ich versiegelte das Fach, indem ich meinen Daumen auf den Riegel drückte, um den Fingerabdruck-Scan zu aktivieren, den wir installiert hatten. Für den Fall, dass dieses Ding jemals in die falschen Hände geriet, hatten Henrik und ich dafür gesorgt, dass niemand, der nicht zu unserem Team gehörte, Zugang dazu hatte. Tyr, Henrik, Forse und ich hatten die Freigabe für den Einsatz. Sollten wir alle gleichzeitig unseren linken Daumen verlieren, hatten die Reiche Pech.

Ich steckte den Schließer in die Seitentasche meines Rucksacks und machte mich dann daran, Henrik und Tyr dabei zu helfen, den verbliebenen Drachen zu erledigen. Aber die Jungs hatten die Situation im Griff – Henriks Breitschwert schlug mit einem entschlossenen Hieb durch den Hals der Kreatur, durchtrennte ihre Schuppen und befreite das Reptil von seinem Kopf. Tyrs wiederholte Stiche in die Brust waren plötzlich gegenstandslos geworden.

»Hey, Krieg. Ich glaube, er ist tot«, rief ich.

Tyr warf mir einen seiner typischen Blicke zu.

»Nein, wirklich. Es ist schwer, ohne Kopf am Leben zu bleiben«, drängte ich.

»Aber nicht unmöglich«, konterte Tyr.

Punkt für Fredriksen. Wir hatten definitiv schon seltsamere Dinge gesehen.

»Kein Herzschlag mehr, *kille*. Wir haben beide erledigt.« Henrik wischte sein blutgetränktes Schwert an der Wange des Drachen ab, bevor er zurücktrat, um unser Werk zu begutachten.

Die Drachen waren tot, und das Portal war geschlossen ... Aber auf der Wiese brannten jetzt sechs weitere Feuer, und der einsame Baum, den wir bei unserer Ankunft entdeckt hatten, war ebenfalls zu Asche verbrannt. Wer auch immer diese Bestien auf Alfheim losgelassen hatte, hatte nicht vor, Überlebende zu hinterlassen.

Henrik hob den Kopf. »Wissen wir, mit wem wir es zu tun haben?«

Ich schloss die Lücke zwischen den Jungs und mir, während Tyr von dem kopflosen Leichnam heruntersprang. Er hob seine Handflächen zum Wasserfall und lenkte das Wasser so, dass es die Flammen löschte, die die Landschaft erhellten.

Ich zog eine Augenbraue hoch. »Angeber.«

»Neid ist nicht dein bester Look.« Tyr blinzelte. »Und keine Ahnung. Ich vermute, dass Hymir dahintersteckt, aber Odin allein weiß, wo er sich versteckt hält. Und wie wir schon sagten, diese Drachen waren definitiv nicht aus Nidavellir. Trotzdem …«

Fast einmütig schweiften unsere Blicke zu Hyro. Sie stand immer noch vor dem kleinen Drachen, aber zumindest hatte sie aufgehört, Feuer auf ihn zu speien.

Endlich.

»Hyro.« Henriks Stiefel wirbelten Ruß auf, als er an die Seite der Feuerriesin trat. »Wir müssen dich von hier wegbringen. Wir, äh, kümmern uns um den Drachen.«

»Ihr dürft ihn nicht töten! Ich habe ihn geheilt.« Hyro blinzelte Henrik mit großen Augen an. »Er ist jetzt gut!«

»Wie bitte?« Henrik und ich tauschten einen Blick aus. *Was hat der verrückte Teenager gerade gesagt?*

»Ich habe das Böse aus ihm herausgebrannt.« Hyro zog stolz die Schultern zurück und streckte ihre Brust heraus.

»So funktioniert das Böse nicht«, erklärte Henrik sanft.

»Doch, bei Feyndralen schon! Wenn sie jung sind, haben sie noch keine Zugehörigkeit zu Licht oder Dunkelheit. Sie können sich selbst entscheiden. Die meisten von ihnen entscheiden sich für die Dunkelheit, denn wenn man in Svartalfheim lebt, entscheidet man sich automatisch für das Einzige, das man je gesehen hat, oder? Aber …«

»Svartalfheim? Es gibt keine Drachen mehr in Svartalfheim«, erwiderte Tyr barsch. In der jüngeren Geschichte hatte es in Svartalfheim keine einheimischen Drachen gegeben – Asgard hatte sie während eines Krieges vor einigen Jahrhunderten ausgerottet, obwohl es gelegentlich ein abtrünniges Reptil durch ein Portal schaffte … oder zusammen mit einem besonders bösartigen Verbrecher eingeschleust wurde. Aber wenn irgendeine der einheimischen Spezies überlebt hatte … wenn sie untergetaucht waren …

»Hyro, woher weißt du von Feyndralen? Sie sind ausgestorben, lange bevor du geboren wurdest.« Wahrscheinlich. Ich hatte immer noch nicht ganz herausgefunden, wie Feuerriesen alterten.

»Zwei kamen durch Muspelheim, als ich noch sehr jung war.« Hyro streichelte den roten Hals des kleinen Drachen neben ihr. »Meine Eltern nahmen mich mit in den Wald, um ihr Nest zu sehen. Sie sagten mir, wie selten sie seien und dass die Drachen in Gefahr wären, wenn ich jemandem von ihnen erzählte – Drachenschuppen waren in meinem alten Reich viel Geld wert. Und sie hatten drei Eier …«

So rührend Hyros Geschichte auch war, ich musste sie davon abhalten, einen Krieg mit den Feyndralen anzuzetteln – falls sie überhaupt existierten. Wir hatten bereits zwei ausgewachsene Exemplare getötet – zugegebenermaßen in Notwehr. Aber wenn sich Hyro irrte, dass sich diese Kreaturen für eine Seite entscheiden konnten, würde uns das Flambieren eines Babys definitiv nicht helfen, den Frieden zu wahren.

»Warum glaubst du, dass du das Böse aus diesem Drachen herausbrennen kannst?«, fragte ich sanft.

»Meine Eltern haben mir gesagt, dass ich das kann.« Hyros Augen leuchteten so vertrauensvoll und unschuldig, dass ich sie plötzlich am liebsten umarmt hätte. Ihre Eltern waren vor ein paar Jahren bei einer Vulkanexplosion gestorben. Und sie hatte ganz allein in den Wäldern von Muspelheim gelebt, bis unser Team sie gefunden und nach Alfheim umgesiedelt hatte. Sie sprach selten von ihrer Familie – der Schmerz über ihren Verlust war noch zu groß. Und obwohl ich es hasste, sie einer ihrer Erinnerungen zu berauben, konnte ich nicht zulassen, dass sie Babydrachen verbrannte, um sie vor sich selbst zu retten.

Henrik sah mich an, und ich nickte.

»Hör zu, Hyro.« Er ließ sich auf die Knie fallen, um ihr in die Augen sehen zu können. »Meine Eltern haben mir auch viele Dinge erzählt, als ich jung war. Aber die meisten Geschichten, die sie mir erzählten, waren einfach nur Geschichten. Meinst du, deine Eltern wollten dich vielleicht über die Babydrachen aufklären, die du gesehen hast? Ich meine, da Feyndralen ja böse sind, mussten deine Eltern die Monster wahrscheinlich töten, um dich zu beschützen … *Autsch!*«

Henrik rieb sich den Ellbogen, den ich gerade getreten hatte.

»Takt, Andersson«, zischte ich.

Aber Hyro schüttelte energisch den Kopf. »Meine Eltern haben die Babys nicht getötet. Als Surtrs Wachen ein paar Tage später den Wald besuchten, sahen wir, wie die Feyndralen in den Himmel stiegen, um ihr Nest zu verteidigen. Die Wachen töteten sie fast auf der Stelle, und meine Eltern befahlen mir, im Haus zu bleiben, während sie nach den Babys sahen. Natürlich waren die Wächter nicht klug genug, um zu erkennen, warum die Feyndralen sie angegriffen hatten – dass sie nur ihre Jungen hatten beschützen wollen. Meine Eltern behielten die Kleinen so lange wie möglich in unserem Haus, und als sie alt genug waren, entschieden sich zwei für das Licht und das dritte für die Dunkelheit. Mein Vater war Heiler und hat mir gezeigt, wie man die dunklen Fäden isoliert, die in einer Seele Wurzeln schlagen wollen, und sie dann ausbrennt. So wie ich es gerade mit diesem Kerl gemacht habe.«

Wir alle starrten den kleinen Drachen an, der friedlich auf dem Boden lag. Er hatte seinen Kopf liebevoll in Hyros Schoß geschmiegt, und sein runder Bauch hob und senkte sich mit tiefen Atemzügen im Schlaf.

»Was ist aus ihnen geworden?«, fragte ich.

»Sie konnten nicht in Muspelheim bleiben – die Wachen hätten sie gefunden und wegen ihrer Schuppen getötet. Als sie groß genug waren, kontaktierte mein Vater einen Freund in Svartalfheim. Das war die Heimatwelt der Feyndralen, bevor sie ausgestorben waren – na ja, bevor wir alle dachten, sie seien ausgestorben. Mein Vater hat die Babys aus dem Reich geschmuggelt, und offenbar gab es noch andere wie sie.«

»Andere, die uns gerade zum Mittagessen braten wollten«, brummte Henrik.

»Es war nicht ihre Schuld! Sie sind in der dunklen Welt aufgewachsen – sie haben nie eine andere Art zu leben gesehen. Aber dieses kleine Kerlchen … Ich kann ihm zeigen, wie man gut ist. Ehrlich.« Hyro blickte liebevoll auf den nun schnarchenden Drachen in ihrem Schoß. Bei jedem Ausatmen stiegen winzige Rauchwölkchen aus seiner Nase auf. Zugegeben, das war irgendwie niedlich.

»Das ist eine große Verantwortung«, mahnte Tyr. Er trat näher an Hyro heran, sein Breitschwert immer noch gezogen.

»Ich schaffe das schon.« Hyro hob trotzig das Kinn. »Es ist ja nicht so, als hätte ich etwas anderes zu tun.«

Henrik und ich tauschten einen Blick aus. Wir wussten, dass die *Älva* von Alfheim alles andere als begeistert waren, eine Feuerriesin in ihrer Mitte zu haben, aber ich hätte gedacht, dass die Wiesenelfen ziemlich gastfreundlich sein würden. Trotzdem war klar, dass Hyro einsam war. Und jetzt hatte sie ein Haustier gefunden …

»Okay, wie wäre es damit, Hyro.« Ich rieb mir den schmerzenden Nacken. »Du kannst den Drachen behalten, wenn du ihm beibringst, für unsere Seite zu kämpfen. Jetzt wo zufällige Portale aus Svartalfheim in befreundeten Gefilden auftauchen, werden wir jede Hilfe brauchen, die wir bekommen können.«

Henrik griff nach meinem Nacken, ersetzte meine Hand durch seine eigene und drückte sie leicht. Meine Anspannung ließ nach. »Im Ernst.«

»Bist du sicher, dass du damit umgehen kannst?«, fragte Tyr.

»Ich schaffe das«, versicherte Hyro. »Versprochen.«

Ich nickte. »Tyr, wir sind hier fertig – du kannst Odin informieren. Henrik und ich werden in der Nähe bleiben und dafür sorgen, dass alles sicher ist. Wir bringen Hyro in die Nähe des Wiesenelfendorfs und kümmern uns darum, dass sie eine Extraportion … äh, Güte an … Willst du dem Drachen einen Namen geben?«

»Marshmallow«, sagte Hyro, ohne zu zögern.

»Marshmallow?« Tyr zog eine Augenbraue hoch.

»Ja. Seine kleinen Atemzüge sehen aus wie Marshmallows.«

Ich beobachtete die weißen Wölkchen, die aus der Nase des Drachen stiegen. Hyro hatte nicht unrecht. »Okay. Du und Marshmallow werdet also mit uns kommen. Wir werden euch an einem neuen Ort unterbringen, da dieser nicht mehr sicher geschweige denn bewohnbar ist, und dann machen wir uns wieder auf den Weg. Hat etwas von deinen Sachen das Feuer überlebt?«

»Ich habe alles hinter den Wasserfall gebracht«, sagte Hyro. »Forse hat mich gewarnt, dass Ragnarök ausgelöst wurde, also wollte ich lieber auf Nummer sicher gehen.«

»Hat er das?« Das war neu für mich. Ich hatte nicht gewusst, dass er die Kommunikation weitergeführt hatte, während er um seinen Vater trauerte. Diese Selbstlosigkeit hatte Hyro wahrscheinlich das Leben gerettet.

Auf jeden Fall hatte es ihre Sachen gerettet.

»Okay, dann schnapp dir dein Zeug, und wir bringen euch an einen anderen Ort. Tyr, ist das okay?«

»Ja.« Der Kriegsgott nickte knapp. »Ich werde so schnell wie möglich aus Asgard zurückkehren. Aber beeilt euch. Ich mag es nicht, wenn Mia so lange unbeaufsichtigt ist. Vor allem bei dem, was gerade los ist.«

»Klar.« Henrik beäugte das schnarchende Reptil am Boden. »Müssen wir es aufheben, oder …«

»Wenn ihr meine Sachen nehmt, trage ich ihn. Alles ist gleich dahinter.« Hyro deutete zum Wasserfall.

Henrik und ich eilten zur Höhle und kehrten schnell mit weit weniger zurück, als wir erwartet hatten. »Wir haben nur die zwei Taschen gefunden«, entschuldigte ich mich. »Wenn du uns sagst, wo der Rest ist, können wir …«

»Ihr habt alles.« Hyro hob den Drachen in ihre Arme und wiegte ihn im Gehen. Ich warf Henrik einen überraschten Blick zu. »Du hast nur zwei Taschen?«

Hyros Schultern hoben und senkten sich. Ob es ein Achselzucken oder ein Seufzen war, konnte ich nicht sagen. »Beeilt euch«, rief Tyr uns hinterher.

»Machen wir«, versprach ich.

Als Henrik und ich Hyro über das verkohlte Feld in Richtung des bewaldeten Dorfes folgten, in dem die Wiesenelfen seit Jahrhunderten lebten, gab ich mir ein weiteres Versprechen. Wir hatten Hyros Situation durch die Umsiedlung offensichtlich nicht verbessert. Sobald Ragnarök hinter uns lag, wollte ich für sie das beste Zuhause in allen Reichen finden – eines, in dem sie eine ebenso wunderbare Freundesfamilie wie die unsere haben würde. Sie hatte gerade einen Drachen von der Dunkelheit befreit, um Odins willen. Das hatte sie verdient … und mehr.

Ich würde einen Weg finden, ihr das zu geben.

Sechs

Freya

Keine Panik. Nur keine Panik.

»Also, du sagst ... was genau?« Ich umklammerte die Armlehnen des Sessels in meinem Schlafzimmer, als würde es die lähmende Angst in meinem Bauch irgendwie beruhigen. Lornara hatte noch keine eindeutige Diagnose gestellt. Meine Ängste waren unbegründet.

Für den Moment.

Alfheims Hohe Heilerin spitzte die Lippen. »Was ich sagen will ... na ja ...« Ihre Flügel flatterten, als sie sich umdrehte und Elsa einen flehenden Blick zuwarf. »Vielleicht kannst du es erklären.«

Elsa kniete sich so hin, dass sich ihr weißblonder Kopf auf gleicher Höhe mit Lornaras rabenschwarzen Locken befand. Beide Gesichter trugen den gleichen Ausdruck der Besorgnis. Elsa öffnete den Mund, jedoch konnten ihre klaren blauen Augen nicht ganz in meine schauen. »Die Sache ist die ... äh ...«

Das war lächerlich. »Sagt mir einfach, ob ich sterbe oder nicht.«

Elsa schnappte nach Luft. »Du stirbst nicht«, sagte sie vehement.

»Aber dir geht es auch nicht gut«, ergänzte Lornara. »Fühle noch mal in dein Herz – gibt es dort Reserven der Liebe?«

Ich überprüfte mein Herz zum dritten Mal innerhalb weniger Minuten. Seit dem Billardturnier, als ich mich so darüber gefreut hatte, Forse etwas schicken zu können, *irgendetwas*, war die Quelle weitgehend versiegt. »Nur noch ein paar Tropfen.«

»Mmh.« Lornara öffnete meine Handfläche und nahm den gold-orangefarbenen Stein heraus, den ich auf ihre Anweisung hin hatte festhalten sollen. »Und sag mir ganz ehrlich, hast du dich auch nur ein bisschen anders gefühlt, seit wir dich damit verbunden haben?«

»Nein«, gab ich zu. »Tut mir leid, Lornara. Ich weiß, du denkst, dass Steine magisch sind, aber …«

»Kristalle«, korrigierte sie mich. »Kristalle sind heilend – wenn die Quelle der Verletzung energetisch ist, und ich glaube immer noch, dass dies bei dir der Fall ist.«

Na klar. Und durch das Halten dieses magischen Steins kann ich bestimmt geheilt werden. Wenn Brynn hier wäre, hätte sie die Augen verdreht.

»Aber sie hat auf den Pfirsich-Aventurin überhaupt nicht reagiert«, sagte Elsa leise. Sie richtete sich auf und begann am Fußende meines Bettes auf- und abzugehen. »Ich habe ihre Zentren beobachtet – ich dachte, die Bewegung in der Nähe des Herzens sei eine positive Reaktion. Aber was es auch trübt, hat sich immer noch nicht aufgelöst, und wenn dieser Stein nicht funktioniert … und meine Reinigungen, Essenzanwendungen und Affirmationen auch nicht …«

»Dann hast du keine Möglichkeiten mehr«, sagte ich dumpf. Ich lag also doch im Sterben.

»Nein. Ein paar habe ich noch. Versuch mal die hier.« Elsa drückte mir zwei weitere Steine in die Hand. »Ich habe den klaren Quarz und den schwarzen Turmalin noch nicht miteinander kombiniert. Ersterer sollte Energie in den Turmalin leiten und jegliche Negativität oder Toxizität beseitigen, um die Heilkraft der beiden zu maximieren.«

Ich wollte erwidern, dass ich weder negativ noch toxisch war, aber in Elsas Blick lag so viel Hoffnung, dass ich einfach meine Augenlider schloss und darauf wartete, dass die magischen Steine irgendetwas taten …

Nichts. Ich hatte Elsa sehr gern, aber diese ganze Kristallsache war ungefähr so hilfreich wie ein verschmähter Zwerg.

»Wie sieht es aus, Freya? Hat sich irgendetwas verändert?«

Ich schüttelte den Kopf. »Nichts.«

»Das ist nicht gut«, flüsterte Elsa.

»Jetzt haben wir also wirklich keine Möglichkeiten mehr.« Ich reichte Elsa die nicht ganz so magischen Steine zurück.

»Wir werden nicht aufgeben«, sagte Lornara fest. »Wir müssen uns nur neu orientieren. Gab es in den letzten Monaten überhaupt eine Zeit, in der du dich wieder mehr wie du selbst gefühlt hast? Oder war alles nur ein riesiger Nebel?«

»Ich habe mich diese Woche besser gefühlt. Na ja, mit Unterbrechungen. Ich hatte einen Blackout, als ich aus Asgard zurückkam – nachdem Balder …« Ich schüttelte mich. »Aber als ich gestern aufgewacht bin, habe ich eine Veränderung gespürt, als wäre das Gewicht, das auf meinem Herzen lastet, ein klein wenig leichter geworden. Heute ist es wieder schlimmer, aber ich denke, das kannst du sehen.«

»Wir können nur sehen, was du uns sehen lässt«, erinnerte mich Elsa. Und ich fragte mich zum hundertsten Mal, ob sie wirklich nicht geguckt hatten. Ich hätte es getan.

»Hat sich heute in Arcata etwas verändert?« Lornaras Locken fielen ihr über die Schulter. »Proteste an der Universität, Künstlerfestivals in der Stadt, vielleicht ein Zustrom von Touristen?«

»In der Stadt ist nichts los. Hier bei uns sind heute weniger Leute, aber Freya reagiert normalerweise gut auf eine ruhigere Umgebung, also glaube ich nicht, dass das der Grund ist«, sagte Elsa.

»Was heißt weniger Leute?«, fragte Lornara.

»Brynn, Henrik und Tyr sind mit einem Problem in Alfheim beschäftigt«, erklärte Elsa. »Und ich habe Mia gebeten, ihren Bruder aus dem Haus zu schicken, damit wir uns um Freya kümmern können. Sie ist mit Jason an die Küste gefahren, um ihm die große Farnschlucht aus einem ihrer Lieblingsfilme zu zeigen.«

»Mias Bruder ist hier?« Lornara blinzelte Elsa an. »Interessant.«

»Nein, nicht interessant«, konterte ich. »Er ist eine furchtbare Nervensäge.«

»Wie lange ist er schon hier?«, fragte Lornara.

Ich zuckte mit den Schultern. »Ein paar Tage?«

»Er ist gestern angekommen«, erklärte Elsa.

»Etwa zu der Zeit, als Freya aus ihrem Nebel nach dem Blackout erwachte?« Lornara hob eine perfekt geformte Augenbraue.

Elsa riss die Augen auf. »Ja!«

»Mmh.« Zwischen den beiden Priesterinnen fand eine stille Kommunikation statt.

»Mmh was?« *Worauf wollten sie hinaus?*

»Und hat Jason im Haus übernachtet, während er hier war?« Lornara ignorierte meine Frage.

»Hat er. Aber … er ist kein … Und sie ist … Das ist keine Option.« Elsa ging zum Fenster und starrte hinaus.

»Vielleicht hat Ragnarök die Regeln geändert. Vielleicht

100

wird die Beschränkung endlich aufgehoben.« Lornara fuhr sich mit den Händen durch ihr Haar.

Ich stöhnte frustriert. Wenn sie mich nicht bald in ihre Gedanken einweihten, würde jemand ein Kissen auf den Kopf bekommen. Oder Schlimmeres.

»Freya«, sagte Lornara vorsichtig, »hast du … hast du Gefühle für Jason?«

»Jason?« Meine Augenbrauen schossen bis zu meinem Haaransatz. »Bist du wahnsinnig? Er ist das arroganteste Wesen, das ich je getroffen habe. Und das heißt eine Menge, wenn man bedenkt, dass ich Thor kenne.«

»Bist du sicher?« Elsa drehte sich vom Fenster aus zu mir.

»Hundertprozentig«, erklärte ich. Und ich meinte es ernst. Jason Ahlström war arrogant und egoistisch und hielt sich an keine der Regeln, die die Gesellschaft der Sterblichen vor dem Zusammenbruch bewahrten. Die Sicherheit der anderen schien ihm völlig egal zu sein. Und er hatte keinerlei Respekt vor Grenzen. Die Diskussion um meine »Verklemmtheit« im Freizeitkeller hatte das bewiesen. *Mistkerl.*

»Mmh.« Lornara legte den Kopf schief.

»Mmh *was*? Warum seht ihr mich beide so an?«

Elsas Blick wanderte zu Lornara, die leicht den Kopf schüttelte. »Nur so.«

Wenn sie damit andeuten wollten, dass Jason irgendetwas mit meinem verbesserten – und jetzt wieder verschlechterten – Gesundheitszustand zu tun hatte, dann irrten sie sich gewaltig. »Hört mal, selbst wenn ich Gefühle für Jason hätte – was ich ganz bestimmt nicht habe –, wäre das egal. Ich stehe unter Vertrag.«

»Die Nornen haben dir verboten, dich mit deinem Seelenpartner zu vereinen, ja. Aber enthält dieser Vertrag nicht eine

Klausel, die es erlaubt, diese Beschränkung aufzuheben, wenn die Zeit reif ist?«

»Elsa, fang nicht damit an«, warnte ich.

»Ich meine ja nur, mit Ragnarök vor der Tür, vielleicht ist es diesmal …«

»Lass. Es«, zischte ich.

Elsas zarte Hand flog an ihre Brust. »Entschuldige. Ich habe ja nur gemeint …«

»Ich weiß, was du gemeint hast. Und ich kann mich dem nicht noch mal aussetzen. Tut mir leid.«

»Ich verstehe.« Elsa sprach so leise, dass sie kaum noch zu verstehen war. »Lornara, ich glaube, Freya hat für heute genug. Lass uns ein paar Kristalle in ihrem Zimmer aufstellen und ihr etwas Freiraum geben.«

Lornara warf Elsa einen neugierigen Blick zu, stellte aber keine weiteren Fragen. Sie griff einfach in ihre Tasche und holte einen verschnürten Beutel heraus. Sie löste das Band und durchquerte den Raum, um den Inhalt in Elsas Handflächen zu legen. »Verteile sie paarweise in den Ecken. Ich werde ergänzende Steine an den Fenstern und unter dem Bett platzieren.«

Die beiden machten sich an die Arbeit und schmückten mein Zimmer schnell mit ihren »magischen« Steinen. Elsa hielt dabei die ganze Zeit den Kopf gesenkt und eilte durch das Zimmer, ohne Blickkontakt aufzunehmen.

Ich bekam Gewissensbisse. »Bitte entschuldige, Elsa. Ich hätte dich nicht anschnauzen sollen.«

»Und ich hätte nicht drängen sollen. Ich weiß ja, wie schwierig die Situation ist …« Sie sah auf. »Na ja, zumindest weiß ich, dass es immer noch wehtut. Tut mir leid.«

Ich zwang mich zu einem schwachen Lächeln, weil ich Elsa nicht noch mehr verletzen wollte. »Es geht mir gut.«

Ich ignorierte Lornaras besorgten Blick und Elsas mitleidiges Stirnrunzeln und kam mit ein wenig Mühe auf die Beine. »Danke, dass ihr es versucht habt, aber Elsa hat recht – ich habe jetzt so viel Heilung bekommen, wie ich vertragen kann. Wenn es euch nichts ausmacht, werde ich ein kleines Nickerchen machen.«

»Natürlich.« Lornara hob ihre Tasche auf und öffnete meine Schlafzimmertür. »Ich bleibe den Rest des Tages hier, also ruf einfach, wenn du etwas brauchst.«

»Danke.« Ich brachte meine Hände zusammen und nickte der Fee höflich zu, während sie in den Flur huschte. Elsa machte Anstalten, ihr zu folgen, aber ich rief ihr nach, bevor sie durch die Tür verschwinden konnte. »Hast du noch einen Moment?«

Elsa hielt inne. »Lornara, ich treffe dich unten«, sagte sie. Als das Flattern von Lornaras Flügeln verhallt war, kam Elsa zurück ins Zimmer und zog die Tür zu.

»Ich bin zu weit gegangen«, entschuldigte sie sich erneut.

»Nein, du hattest recht.« Ich hasste die Art und Weise, wie sich mein Post-Helheim-Ich meinen Freunden gegenüber verhielt. »Es tut immer noch weh. Und ich weiß nicht, was ich dagegen tun kann.«

»Ich schon.« Elsa begegnete meinem Blick. »Bevor du deinen Schmerz loslassen kannst, musst du ihn erleben. Das bedeutet nicht, dass du vergisst – sondern dass du dich weiterentwickelst.«

»Das kann ich nicht.« Ich schüttelte den Kopf. »Noch nicht.«

»Ich bin hier, falls du deine Meinung änderst«, sagte Elsa.

Sie begann auf ihrer Unterlippe herumzukauen. »Spuck es aus, Elsa.«

»Wenn du deine Meinung änderst ...« Sie atmete aus. »Na ja, du solltest es bald tun. Die Zeit wird knapp.«

»Ich weiß.« Mein schwaches Lächeln kehrte ebenso zurück wie die Angst in meinem Bauch. Ich machte mir nicht die Mühe zu fragen, ob Elsa Ragnarök oder meine Gesundheit meinte. Wir wussten beide, dass die Zeit an allen Fronten knapp wurde.

Und wenn ich mich nicht mit meiner Vergangenheit versöhnen konnte, stand mir eine schwere Zeit bevor.

**

Das Nickerchen war eine willkommene Erleichterung. Ich wachte auf, als die Sonne tief vor meinem Fenster stand und ein würziger Duft mein Zimmer durchdrang – Tomaten und Basilikum, die sich zu einem appetitlichen Tanz aus süß und würzig zusammenfanden. Henrik musste nach seiner Rückkehr direkt in die Küche gegangen sein. Mein knurrender Magen erinnerte mich nicht gerade sanft daran, dass ich seit dem Frühstück nichts mehr gegessen hatte – vor zehn Stunden, wenn nicht mehr. Vorsichtig kletterte ich aus dem Bett und erwartete, dass entweder der Hunger oder mein Zustand mich schwanken lassen würde. Aber zu meiner Überraschung hatte sich die Schwere in meinem Herzen wieder gelegt – ein Beweis für das Wunder, das Henriks Kochkunst war. Fröhlich zog ich mir eine Röhrenjeans und ein luftiges, ärmelloses Oberteil an und eilte in den Flur.

»Das riecht unglaublich«, sagte ich, als ich am unteren Ende der Treppe ankam und um die Ecke in die Küche ging. »Henrik Andersson, ich danke Odin jeden Tag dafür, dass deine Mutter alle Familienrezepte an jemanden weitergegeben hat, der eine so brillante Gabe hat …«

Beim Anblick des braunhaarigen, blauäugigen Sterblichen, der auf dem Herd in der Sauce rührte, blieb ich stehen.

»Lass dich von mir nicht aufhalten.« Jason machte eine auffordernde Geste. »Erzähl ruhig weiter von meiner Gabe.«

»Ich dachte, du wärst Henrik.«

»Nein. Er und Brynn haben angeboten zu kochen, als sie nach Hause gekommen sind – na ja, zumindest Henrik. Brynn hat nur gelacht. Aber dann hat Elsa angerufen und gesagt, sie und ihre Freundin Lornara müssten mit ihnen reden, also sind sie zum Abendessen in die Hütte.« Jason klopfte mit dem Holzlöffel auf den Rand des Topfes und legte ihn auf einem Teller ab. Dann goss er die Sauce über eine Pfanne mit Brathähnchen und Nudeln und schob das Ganze in den Ofen.

»Ach so. Also sind es heute Abend nur du, ich, Tyr und Mia?«, fragte ich. Jason hatte eindeutig schon einmal mit Tyr gegessen. Die Pfanne reichte für zehn.

»Nur wir beide. Tyr führt Mia in eine Pizzeria aus.« Jason gab eine Prise Knoblauchsalz in eine Pfanne, in der grüne Bohnen in Öl schmorten. Bei allen Göttern, Mias Chicken Parmigiana mit grünen Bohnen war mein absolutes Lieblingsessen. Es war das Rezept ihrer Großmutter, und offenbar hatte sie es an ihre beiden Enkelkinder weitergegeben.

Wieder begann in meinem Hinterkopf eine Lightshow, und ich fragte mich zum x-ten Mal, warum die Nornen Jasons Seelenpartnerin nicht schon längst ausfindig gemacht hatten. Schon vor Tagen hatte ich ihnen das Signal geschickt, gefolgt von der strikten Anweisung, mich damit zu verschonen. Sie hatten behauptet, sie könnten nicht auf das Signal zugreifen, und der einzige Grund dafür wäre, dass Jasons Verbindung mit seinem perfekten Gegenstück irgendwie lebenswichtig für die Reiche war. Oder …

Nein, Freya. Kein »oder«. Du bekommst keinen eigenen Seelenpartner. Du bringst sie nur zusammen.

»Isst Forse nicht mit uns?« Es war ein letzter verzweifelter Versuch, denn ich wusste genau, wo Elsa kochte, aß Forse.

»Brynn sagte etwas davon, dass Forse nach seiner Mutter sieht. Es sind nur du und ich, Babe.« Jason zwinkerte mir zu. »Du Glückspilz.«

»Vielleicht habe ich schon Pläne fürs Abendessen.«

»Hast du nicht. Brynn hat es mir gesagt.« Jason nahm zwei Teller aus dem Schrank und trug sie zu dem Tisch. Ich nahm mir vor, ein Wörtchen mit Brynn zu reden.

»Na, dann habe ich vielleicht einfach keine Lust, mit dir zu essen.« Ich stemmte eine Hand in die Hüfte.

»Ach, bitte. Mein Chicken Parmigiana ist legendär. Die meisten Mädchen würden töten, damit ich es für sie koche.«

Ich musterte ihn kühl. »Du wirst feststellen, dass ich nicht wie die meisten Mädchen bin.«

Jason hielt vor der Besteckschublade inne. Sein Blick wanderte langsam von meinem vom Schlaf etwas wirrem Haar zu meinen nackten Füßen und wieder nach oben, wobei er einen Moment zu lange auf meinem Dekolleté verweilte. Eilig verschränkte ich die Arme vor der Brust. »Nein, Freya. Du bist definitiv nicht wie die meisten Mädchen.«

Ähem.

»Leg das für mich auf den Tisch.« Jason griff in die Schublade und hielt mir Besteck hin. »Ich muss nach dem Brot sehen.«

»Meinetwegen.« Ich nahm das Besteck und gab mein Bestes, das Kribbeln zu ignorieren, das meinen Arm hinaufschoss, als sich unsere Finger berührten. Und die Art, wie mein Herz pochte, als er wegging. Und die Hitze in meinen Wangen, als er sich vorbeugte, um den Ofen zu überprüfen.

»Noch etwa fünf Minuten.« Jason richtete sich auf. »Hast du mir auf den Hintern gestarrt?«

»Was?«, fragte ich entrüstet. »Nein.«

Ja.

Jasons Mundwinkel verzogen sich zu einem Grinsen.

»Hab ich wirklich nicht!«, beharrte ich, wirbelte herum und stürmte zum Tisch, wo ich das Besteck wahllos neben die Teller legte.

»Hey, vorsichtig. Setz dich einfach hin. Wenn dich mein Hintern nicht genug beeindruckt hat, werden es meine Kochkünste mit Sicherheit tun.«

Bei allen Göttern. Das würde ich mir noch lange anhören müssen.

Jason wartete, bis ich saß, bevor er nähertrat. Sein Oberschenkel streifte meinen Arm, als er über den Tisch griff, um eine Kerze anzuzünden. *Seit wann haben wir Kerzen?*

Ehe ich michs versah, saßen wir uns gegenüber, der Raum zwischen uns gefüllt mit dampfenden Tellern und einer gewissen Anspannung.

»Prost.« Jason hob sein Glas. »Auf einen unvergesslichen Abend.«

»Das hättest du wohl gern«, murmelte ich, hob widerwillig mein eigenes Glas und sagte laut: »Auf das Abendessen.« Jason grinste. »So nennt ihr das also in Schweden.«

Also wirklich.

Mit einem Augenzwinkern führte Jason sein Glas an die Lippen. Ich tat dasselbe und erlaubte ihm, mir eine großzügige

Portion Chicken Parmigiana auf den Teller zu geben, während ich die grünen Bohnen verteilte. Der Brotkorb dampfte zwischen uns, als ich meine Gabel zum Mund führte und versuchte, nicht laut aufzustöhnen, als ich meinen ersten Bissen nahm.

»Schmeckt ganz gut«, sagte ich leise, während ich mir den Mund mit dem mit Sauce beträufelten Hühnchen vollstopfte.

»Freut mich, dass du das so siehst.« Jason grinste. »Besser als das von Mia?«

»Ich …«

Jason setzte sich aufrecht hin, jegliche Spur von Belustigung aus seinem Gesicht verschwunden. »Im Ernst, es muss besser sein als das von Mia. Wir haben eine Wette laufen, und ich kann auf keinen Fall verlieren.«

»Warum ist bei euch immer alles ein Konkurrenzkampf?« Mit meiner Gabel spießte ich ein weiteres Stück Hühnchen auf.

»Ist einfach so. Und jetzt sag schon.« Jason legte die Unterarme auf den Tisch und lehnte sich näher heran. »Ist zu viel Basilikum drin? Ist die Sauce zu weinlastig? Braucht sie mehr Zucker?«

»Du hast die Sauce komplett selbst gemacht?«, fragte ich überrascht. Kein Kerl, den ich kannte, machte seine Saucen selbst – außer Henrik, für den Kochen eine Art Therapie war. Ich war beeindruckt.

»Freya, konzentriere dich für mich. Was braucht die Sauce?« Jason musterte mich eingehend.

»Mmh …« Ich kaute, ließ mir Zeit zum Nachdenken und bemühte mich, die Schmetterlinge in meinem dämlichen Bauch zu ignorieren. »Vielleicht Oregano? Noch etwas Würziges, um die ganze Süße auszugleichen.«

Jasons Blick wanderte von meinem Gesicht in die Ecke des

Raumes. Er starrte an die Decke, scheinbar in Gedanken versunken. »Ja. Oregano. Und ... ah!«

»Ah, was?«

Jason antwortete nicht, sondern marschierte durch die Küche, durchwühlte den Gewürzschrank und kam mit zwei kleinen Gläsern zurück. »Mach die Augen zu.«

»Mir wurde immer gesagt, ich solle bei moralisch fragwürdigen Jungs beide Augen offen halten.«

»Ich bin nicht moralisch fragwürdig.« Jason verdrehte die Augen. »Unter dem strengen Blick von Mama, Meemaw und Mia kann ich gar nicht anders, als ein Gentleman zu sein.«

Empörung stieg in mir auf. »Dann würden sie es also gutheißen, dass du eine Minderjährige mitten in einer College-Bar sich selbst überlassen hast?«

»Was?« Jason ließ sich auf seinen Platz fallen, seine Mission, die perfekte Pastasauce zu kreieren, völlig vergessen.

»Und ich nehme an, dieses Mädchen sitzen zu lassen, weil sie dich nicht ranlassen wollte, entsprach dem aufgeklärten Frauenbild, das du von deiner Mutter, Großmutter und Schwester übernommen hast?«

Jason klappte die Kinnlade herunter. »Ich habe keine Ahnung, wovon du redest.«

»Sagt dir der Name Rayn Vindahl nichts? Die große blonde Austauschstudentin, die du vor etwa einem Jahr angemacht hast. Etwa achtzehn Jahre alt?« Eigentlich war Rayn um die achthundert. Aber das brauchte Jason nicht zu wissen.

Jason runzelte die Stirn. »Rayn ... oh. Oh.«

»Oh ist richtig, Kumpel. Wie viele Mädchen hast du in kompromittierende Situationen gebracht, weil sie sich geweigert haben, mit dir zu schlafen?«

»Hat sie dir das erzählt?« Jason stellte die Gewürzgläser auf den Tisch – Oregano und rote Chiliflocken. »Warte, woher kennst du Rayn überhaupt?«

»Die Welt ist klein.«

»Ja, aber sie war nicht sehr ehrlich zu dir.« Jason fuhr sich mit einer Hand durch die schokobraunen Haare. »Rayn war es, die mich in dieser Bar angesprochen hat. Sie wollte, dass ich mit ihr nach Hause komme, aber sie war völlig betrunken. Morgens hätte sie sich an nichts mehr erinnern können. So was mache ich nicht.«

Ich kniff skeptisch die Augen zusammen. »Ja klar.«

Jason zuckte mit den Schultern. »Ob du es mir glaubst oder nicht, es ist die Wahrheit. Ich würde nie mit einem Mädchen schlafen, das nicht weiß, worauf sie sich einlässt. Ich hab Rayn gesagt, dass sie ihren Rausch ausschlafen sollte – hab sie nach draußen gebracht und ein Taxi gerufen, das sie nach Hause bringen sollte. Aber als sie gemerkt hat, dass ich nicht vorhabe, sie zu begleiten, ist sie wieder in der Bar verschwunden. Wahrscheinlich hat sie sich einen anderen Kerl aufgerissen, ich weiß es nicht. Danach hab ich sie nicht mehr gesehen.«

Mir schwirrte der Kopf. Ich suchte Jasons Körpersprache nach verräterischen Anzeichen von Unehrlichkeit ab, aber sein Augenkontakt war stabil, seine Stimme zitterte nicht, und seine Hände ruhten leicht auf dem Tisch, ohne jede Anspannung. Entweder war er wirklich gut im Lügen, oder Rayn hatte den Walküren-Kodex ernsthaft verletzt. Sie hatte den Rang einer Kommandantin noch nicht erreicht und durfte daher keine wie auch immer geartete Beziehung eingehen – erst recht nicht mit dem Zielobjekt, das sie untersuchen sollte.

»Warte, magst du mich *deshalb* nicht?« Jason riss die Augen auf. »Weil du denkst, ich hätte deine Freundin angemacht?«

»Weil ich dachte, du hättest meiner Freundin wehgetan«,

korrigierte ich. Oder sie in eine kompromittierende Lage gebracht. Oder ... Meine Gedanken waren völlig durcheinander. Ich würde mich ausführlich mit Rayn unterhalten müssen, wenn ich wieder in Asgard war.

»Tja, ich hab deiner Freundin aber nicht wehgetan.« Jason lehnte sich zurück und verschränkte die Arme. »Kannst du dann jetzt bitte aufhören, mir gegenüber die Eiskönigin zu spielen?«

Ich presste die Lippen aufeinander. In Wahrheit war die Sache zwischen Jason und Rayn nur ein Teil des Problems. Der andere bestand darin, dass ich ihn irgendwie doch mochte – er war der Einzige hier, der mich nicht behandelte, als stünde ich mit einem Fuß im Grab. Aber das letzte Mal, als ich mir erlaubt hatte, an jemandem Interesse zu zeigen, war er ...

Er war ...

»Freya.« Jason stieß meinen Fuß unter dem Tisch an. »Kannst du die Eiskönigin abschalten?«

Ich warf ihm einen bösen Blick zu. »Ich bin keine Eiskönigin.«

»Beweise es.« Wieder flackerte dieser wetteifernde Funke in Jasons Augen auf. Was war nur mit diesen Ahlströms los? »Wie bitte?«

»Beweise mir, dass du keine Eiskönigin bist. Geh nach dem Essen mit mir spazieren, ohne die ganze Zeit die Augen zu verdrehen oder mir böse Blicke zuzuwerfen. Sei einfach nur nett. Ich wette, das schaffst du nicht.«

»Jason, das ist doch lächerlich. Ich werde nicht ...«

»Mann.« Jason schüttelte den Kopf. »Du hast nicht mal einen einzigen Satz ohne Augenrollen geschafft.«

»Das ist nicht wahr! Ich ...«

»Und da ist wieder der böse Blick.« Wieder verschränkte Jason die Arme vor der Brust. »Du bist echt schlecht darin, nett zu sein.«

Ich öffnete den Mund, um ihm meine Meinung zu sagen, aber das Funkeln in seinen Augen überraschte mich.

Trotz meiner Vorbehalte genoss ich Jasons Gesellschaft. Und ich genoss definitiv seine Kochkünste.

»Gut. Wenn du darauf bestehst, will ich aber zumindest, dass es sich für mich lohnt.«

»Ich bin ganz Ohr.«

»Wenn ich gewinne, bringst du deine Schwester und ihren Freund dazu, mich normal zu behandeln. So wie du es tust. Ich weiß, dass sie sich Sorgen machen, aber die Art, wie alle um mich herum wie auf Eiern gehen, macht mich wahnsinnig.« Wenn sich Mia und Tyr zurückhielten, würden die anderen ihrem Beispiel folgen.

Hoffte ich zumindest.

Jason lehnte sich im Stuhl zurück. »Darf ich fragen, warum sie sich so sehr um dich sorgen?«

»Darfst du nicht. Akzeptierst du meine Bedingungen?«

Jason zuckte mit den Schultern. »Abgemacht. Und wenn ich gewinne, musst du dich mit mir hinsetzen und herausfinden, was dieser Sauce fehlt. Die hier ist bereits fertig; sie im Nachhinein zu verfeinern, ist nicht so effektiv, wie die Aromen einkochen zu lassen.«

»Du willst Mia wirklich schlagen, oder?« Ich strich mit den Fingern über den Rand meiner Serviette.

»Unbedingt.«

Ich zuckte mit den Schultern. »Dann ist es abgemacht.«

»Großartig.« Jason nahm seine Gabel in die Hand. »Und jetzt sag mir, Freya, warst du schon immer so eisig oder bringe ich nur das Beste in dir zum Vorschein? Denk dran, dass du sofort verlierst, wenn du die Augen verdrehst.«

»Was? Nein. Wir fangen erst nach dem Essen an. Das waren deine Bedingungen.«

»Babe, du wirst *viel* Übung brauchen.« Jason grinste. »Am besten, du fängst sofort damit an.«

Bei allen Göttern. Worauf hatte ich mich da bloß eingelassen?

**

Es war eine gefühlte Ewigkeit vergangen, seit wir die Wärme der Hütte in Arcata verlassen hatten. Obwohl Jason die meiste Zeit damit verbracht hatte, mich zu provozieren, hatte ich meine teilnahmslose Miene beibehalten. Schließlich hatte Jason aufgegeben, und wir hatten die letzten Minuten in recht angenehmem Schweigen verbracht, während wir durch die dichten Farne und hoch aufragenden Redwoods spazierten. Eine leichte Kühle lag in der frühsommerlichen Luft, sodass ich meinen dünnen Pullover zu schätzen wusste. Eigentlich hätte es um diese Zeit in der kalifornischen Küstenregion gut fünfzehn Grad wärmer sein sollen – ein sicheres Zeichen dafür, dass Ragnarök immer näher rückte.

»Also.« Ich brach das Schweigen, hauptsächlich um meinen morbiden Gedankengang zu unterbrechen. »Kochen ist dein Ding, hm?«

Jasons athletische Figur bewegte sich mühelos neben mir. »Mom hat es uns beigebracht, als wir klein waren. Am Anfang war ich nicht so begeistert, aber irgendwann habe ich gemerkt, dass es auch seinen Nutzen hat.«

»Zum Beispiel, als du gemerkt hast, dass Mädchen auf Männer stehen, die für sie kochen?«

Jason drehte seinen Kopf mit peitschenartiger Geschwindigkeit. »Komm schon. Ist das dein Ernst? Kein Augenrollen bei dem Satz?«

»Hab ich dir doch gesagt.« Ich hob trotzig mein Kinn. »Ich bin keine Eiskönigin.«

»Das werden wir ja sehen.« Jason lachte. »Aber ja, Frauen scheinen meine Kochkünste zu schätzen. Schließlich haben sie dich dazu gebracht, mit mir spazieren zu gehen, oder?«

»Das war also die ganze Zeit über dein Plan? Mich mit deinem Hühnchen beeindrucken und mich dann in den Wald locken, um ...« Um was? Jason ging gut anderthalb Meter links von mir – weit außerhalb meiner Reichweite. Er hatte offensichtlich nicht vor, mich zu verführen. Hatte ich ihn völlig falsch eingeschätzt? War ich überhaupt sein Typ? Große Rothaarige waren nicht jedermanns Sache. Bei allen Göttern, stand Jason vielleicht überhaupt nicht auf mich?

»Ich habe keinen Plan.« Die Quelle meiner Verwirrung hob beide Hände in gespielter Kapitulation. »Ich gehe nur spazieren und versuche, eine Wette zu gewinnen, damit ich meine Schwester beim Kochen schlagen kann. Daran ist nichts Hinterhältiges.«

»Klar.« Im Ernst, war er etwa gar nicht an mir interessiert? *Du bist doch auch nicht an ihm interessiert. Schon vergessen?*

Stimmt ja.

»Was ist mit dir? Ich weiß nichts über dich, außer dass du mit meiner Schwester befreundet bist, dass du mit ihrem Freund und ihrer Mitbewohnerin aufgewachsen bist, und dass mein Chicken Parmigiana das Beste ist, was du je gegessen hast«, sagte Jason.

»Es war ganz gut«, räumte ich ein. »Aber Henriks Pfannkuchen sind besser.«

»Autsch.« Jason presste sich die Hände ans Herz, als hätte ich ihm einen Dolch hineingerammt. »Geschlagen vom Macho Man.«

»Macho Man?« Ich lachte. »Wohl kaum. Henrik ist ein Softie.«

»Ja, aber er ist riesig. Ich habe schon Baumstämme gesehen, die kleiner waren als die Arme von dem Kerl.« Jason schüttelte den Kopf. »Wie viel stemmt er wohl? Hundertzwanzig Kilo?«

»Keine Ahnung.« Zuzugeben, dass Henrik und Tyr in Asgard Felsbrocken gehoben hatten, wäre zu viel verraten. Geheimhaltung war das A und O, wenn man sich mit Sterblichen einließ.

Nicht dass ich das gerade tat. Ich erfüllte die notwendige Aufgabe, den Bruder von Tyrs Freundin zu beschäftigen und dabei zu helfen, unseren Unterschlupf und unsere Identitäten zu bewahren. Also ließ ich mich hier auf *niemanden* ein.

Egal, was die dumme Lightshow in meinem Kopf dazu sagte.

»Erzähl doch mal was von dir. Was ist mit deiner Familie? Ist es für sie in Ordnung, dass du in Kalifornien lebst? Das ist ziemlich weit weg von Schweden.«

»Ah. Na ja.« Ich starrte auf den Boden und achtete darauf, nicht auf die vereinzelten Blumen zu treten, die durch das Moos brachen. Mia hatte gute Arbeit geleistet. Ihr Bruder hatte ihr unsere »Austauschstudenten aus Schweden«-Geschichte abgekauft. Wahrscheinlich hatte sie nicht mehr über uns verraten als unbedingt nötig, aber ich wollte es jetzt austesten, nur für den Fall. »Sonst hat dir Mia nichts über meine Familie erzählt?«

»Nein.« Jason schüttelte den Kopf. »Warum? Gibt es da eine interessante Geschichte?«

Verwaist, von der Norne Verdandi aufgezogen und von den Walküren bewacht, das galt in Midgard wahrscheinlich als interessant. Aber da ich ihm natürlich nichts davon erzählen konnte, zuckte ich nur lässig mit den Schultern und sagte: »Eigentlich nicht.«

»Jetzt komm schon, Babe. Erzähl mir von der jungen Eiskönigin.« Jason ließ nicht locker und stupste mich mit dem Ellbogen an.

»Ich bin keine – ach, vergiss es.« Ich schnaubte. »Na schön. Meine Eltern starben, als ich noch klein war, also wurde ich aufgezogen von …« Ich zerbrach mir den Kopf über einen plausiblen midgardischen Ersatz. »Von meiner Patentante.«

»Whoa.«

Ich war schon einige Schritte gegangen, als ich merkte, dass Jason stehen geblieben war.

»Wow, was?« Ich drehte mich um.

»Das mit deinen Eltern wusste ich nicht. Mia hat es mir nie erzählt. Tut mir leid.«

»Muss es nicht.« Ich zuckte erneut mit den Schultern. »Sie starben einen ehrenvollen Tod. Beide waren Soldaten.«

»Kein Wunder, dass du so zäh bist.« Jason warf mir einen Blick zu, der an Respekt grenzte. »Ich kann mir nicht vorstellen, ohne meine Eltern aufzuwachsen. Hattest du noch andere Familie in der Nähe?«

»Meine Vorstellung von Familie ist ziemlich weit gefasst«, antwortete ich sanft. »Für mich ist die Familie, die man sich aussucht, genauso wichtig wie die, in die man hineingeboren wurde. Ich hatte also keine leiblichen Tanten, Onkel oder Cousins, aber an Familie hat es mir trotzdem nicht gemangelt.

Meine Patentante hatte viele … Freunde« – *Walküren* – »die ständig da waren« – *in dem Walkürenquartier, das die Nornen zu meinem Schutz errichtet hatten* – »und mit mir spielten« – *mich zu einer Kriegerin ausgebildet hatten, damit ich nicht zur größten Belastung für mein Reich wurde.* »Und als ich in die Schule kam, lernte ich Tyr, Elsa und die anderen kennen, und meine Familie wurde noch größer. Also … war alles gut.«

Jason stieß einen leisen Pfiff aus, bevor er sich mit der Hand durch die Haare fuhr. »Und du sagst, du hättest keine interessante Geschichte.«

»Wo ich herkomme, ist sie vergleichsweise uninteressant.« Das war sie auch. Mein bester Freund war ein Halbriese, der von Asgards damaligem Kriegsgott adoptiert worden war, und ein Drittel der mir unterstellten Walküren hatte mindestens ein Elternteil bei der Verteidigung des Reiches verloren. Aber Jason brauchte die Geschichten der anderen nicht zu kennen – nicht mal die vollständige Version meiner Geschichte.

Noch nicht.

Mein ganzer Körper erstarrte, als ich mich fragte, was das zu bedeuten hatte.

»Freya? Alles in Ordnung mit dir?«

Ich schüttelte meine Schultern und zwang mich, mich zu konzentrieren. »Ging mir nie besser. Und was ist mit dir? Wie war es, in … Connecticut aufzuwachsen? Richtig?«

»Richtig.« Jason steckte die Hände in die Taschen seiner Puffer-Weste. »Es war ziemlich normal. Sonntagsessen mit den Großeltern, Campingausflüge im Sommer, Sport – jede Menge Sport. Football und Baseball waren meine Lieblingssportarten.«

»Mia spricht in den höchsten Tönen von eurer Familie. Es ist wunderbar, dass ihr euch so nahesteht.«

»Ja, da haben wir echt Glück.« Jason warf mir einen Blick zu. »Tut mir leid, ich wollte nicht …«

»Bitte.« Ich hob eine Hand. »Jeder hat eine Geschichte. Ich will nicht, dass mich jemand wegen meiner bemitleidet.«

»Okay.« Jason machte ein paar Schritte nach rechts und neigte den Kopf zum Himmel. Nach einem kurzen Schweigen richtete er seinen Blick auf mich. »Magst du Sterne?«

»Wer mag denn keine?«

»Komm her.« Jason gab mir ein Zeichen, mich zu ihm zu gesellen. Vorsichtig schritt ich über den moosbewachsenen Waldboden.

»Ja?«

»Schau mal nach oben.« Jason legte seine Hände auf meine Schultern. Als er mich direkt vor sich positioniert hatte, legte er einen Arm um mich und deutete in den Himmel.

Ich ignorierte das Kribbeln auf meiner Haut an den Stellen, wo wir uns berührten. »Was sehe ich mir an?«

»Ursa Major – den Großen Wagen.« Jasons Atem kitzelte mich am Ohr. Ich erinnerte mich unwillkürlich daran, dass ich von den Nornen noch keine Vertragsaktualisierung erhalten hatte und Jason deshalb nichts für mich war. Obwohl er furchtbar gut aussah. Vielleicht könnte ich einfach …

Nein, Freya. Schlechte Idee.

Ist es das?

»Jeder kennt das Sternbild, aber ich mag die Geschichte dahinter«, sagte Jason.

»Wieso das?« Es war eine reine Frage des Gleichgewichts, die mich dazu brachte, mich an ihn zu lehnen, während er sprach. Ich hatte mich vollkommen unter Kontrolle.

Denn so stand es ausdrücklich in meinem Vertrag.

»Weil diese besondere Konstellation als Sehtest für antike

Kämpfer diente. Einer der Sterne ist ein Doppelstern – wenn ein Mann erkennen konnte, welcher, wurde ihm der Status eines Kriegers verliehen.«

»Nur die Männer?« Ich zog eine Augenbraue hoch. »Patriarchalische Gesellschaften waren so rückständig.«

»Stimmt, aber sie waren auch ritterlich«, konterte Jason. »Jemandem zu erlauben, dich zu beschützen, macht dich nicht schwach. Im Gegenteil, wenn man jemandem so viel Vertrauen schenkt, um ihm seine Schwächen zu zeigen, ist das ein Zeichen von Stärke. Und von Liebe.«

Diese Worte lockerten etwas in meinem Herzen und lösten einen der unendlichen Knoten, die mich an meinen Schmerz fesselten. Aber auch wenn Jasons Gedankengänge stimmten, musste er etwas Wichtigeres verstehen.

»Ich brauche keinen Schutz«, sagte ich leise.

»Mia hat mir erzählt, dass du krank warst.« Jasons Atem war kühl an meinem Ohr. »Es ist offensichtlich, dass du sehr unabhängig bist und dass dich die Art, wie dich deine Freunde jetzt in Watte packen, verrückt macht. Würde es mich auch. Eine ständige Erinnerung daran, dass ich anders bin, als sie es gewohnt sind? Nicht besonders hilfreich. Aber nach allem, was ich gesehen habe, wollen deine Freunde – deine Wahlfamilie – einfach nur für dich da sein. Lässt du sie?«

»Ich …« Ich schloss meine Augen. »Ich versuche es.«

»Gut.« Jason legte leicht eine Hand auf meine Hüfte. Das sandte einen Energiestoß durch meinen Körper, der meinen Puls in die Höhe trieb und mich gleichzeitig zum Zittern brachte. *Schlechte Idee, Freya. Schlecht, schlecht, schlecht.* Schnell trat ich einen Schritt vor, um etwas Abstand zwischen uns zu bringen. »Freya?«

»Ich … äh … hast du das gehört?«, platzte es aus mir heraus.

»Was gehört?«

»Nichts. Hab ich mir wohl nur eingebildet. Also, äh, die Sterne.« *Wie lahm.*

Jason runzelte die Stirn. »Warte mal. Jetzt höre ich es auch.« *Was?* »Was ist das?«

»Es klingt groß.« Jason zog mich hinter sich her und stellte sich breiter auf. »Es kommt vom Rand der Lichtung. Ich sehe mir das mal an.«

Ein leises Knurren schallte durch den Wald und jagte mir einen Schauer über den Rücken. Was, wenn es einer unserer Feinde war? Sie hatten schon einmal ein Portal in diesen Wäldern geöffnet – und niemand wusste besser als ich, wie schrecklich eine Gefangennahme sein würde. *Ich kann Jason da nicht blind hineinlaufen lassen.*

»Nein, bleib hier!«, sagte ich schnell. »Ich gehe.«

»Den Teufel wirst du tun«, erwiderte Jason. »Geh zurück in die Hütte. Ich werde es ablenken, bis du weg bist, dann folge ich dir. Aber wenn es mich erwischt, rennst du einfach lo… Hey, wo willst du hin?«

»Bleib, wo du bist!«, rief ich über die Schulter, während ich in den Wald stürmte. Ich würde Jason nicht in die Nähe des unbekannten Wesens lassen, das im Wald lauerte. Ich rannte schneller und tippte dabei auf das Kommunikationsgerät an meinem Handgelenk. »Tyr, möglicher Feind in der nordöstlichen Ecke der Lichtung, westlich der Haupthütte. Ich gehe der Sache nach, aber Jason ist allein. Holt ihn raus, wenn ich nicht zurückkomme.«

»Was zum Teufel machst du da?« Tyrs tiefe Stimme drang

aus meinem Kommunikator. »Freya, Rückzug. Ich kann bei euch sein in ...«

»Keine Zeit. Es könnte ein ...« Ich blinzelte beim Anblick der riesigen, pelzigen Kreatur, die sich auf ihre Hinterläufe stellte. »Vergiss es. Keine Verstärkung nötig. Es ist nur ein Bär.«

Ein extrem wütender, möglicherweise den Nachwuchs verteidigender Bär. Aber ein midgardisches Säugetier war sehr viel besser zu handhaben als ein wütender Feuerriese. Oder Schlimmeres.

»Bist du sicher?«, fragte Tyr. »Warum seid ihr überhaupt im Wald? Jason sollte doch im Haus auf dich aufpassen.«

Frustration stieg in mir auf. »Niemand muss auf mich aufpassen. Ich bin kein kleines Kind!« Die Ohren des Bären zuckten, und ich zwang mich, leiser zu sprechen. »Ich muss los. Wir sehen uns zu Hause.«

Unter großer Selbstbeherrschung tippte ich mit einem Finger auf den Kommunikator und senkte den Kopf. Ich achtete darauf, mich so klein wie möglich zu machen, und wich langsam von dem riesigen braunen Tier zurück. Gleichzeitig suchte ich die Gegend nach Jungtieren ab. Tatsächlich tummelten sich zwei braune Fellknäuel etwa zwanzig Meter von ihrer Mutter entfernt zwischen den Farnen. Kein Wunder, dass die Bärin auf ihren Hinterläufen stand – Jason und ich hatten unwissentlich eine Bedrohung für das dargestellt, was sie mehr als alles andere auf der Welt liebte. Und die Biologie verlangte von ihr, diese Liebe mit allem zu schützen, was sie hatte.

Und zwar mit diesen gewaltigen scharfen Zähnen.

»Tut mir leid, Mama«, sagte ich leise, während ich weiter rückwärts ging. »Deine Kleinen sind in Sicherheit.«

Ich rief die letzten Tropfen meiner Reserven ab und sandte

121

der Bärin eine Welle der Liebe entgegen. In der Regel nahmen Tiere Energie schnell auf, und hier war es nicht anders. Sie hörte auf, die Zähne zu fletschen, ließ sich wieder auf ihre vier Pfoten fallen und watschelte lautlos auf ihre Jungen zu. Sie stupste sie mit der Nase an und schob sie von der Wiese weg, tiefer in den Wald hinein, wobei sie einen letzten Blick über die Schulter warf, bevor sie im Wald verschwand. Der ganze Austausch hatte weniger als eine Minute gedauert, und als ich mich umdrehte, kam Jason auf mich zugerannt.

»Freya! Ich konnte dich nicht finden.« Jason eilte an meine Seite, einen riesigen Stock in der Hand. »Wo ist das Tier?«

Hatte er etwa vorgehabt, mit dieser improvisierten Waffe einen Bären anzugreifen? Oder, wenn mein Bauchgefühl richtig gewesen wäre, einen Dunkelelfen? *Oh, Jason.*

»Es ist weg. Es war nur eine Bärin mit ihren Jungen.« Ich drückte den Stock sanft nach unten, bis er an Jasons Seite hing. »Und ich hatte dir gesagt, dass du bleiben sollst, wo du bist.«

»Und ich hab *dir* gesagt, du sollst zurück ins Haus gehen. Eine Bärin? Dir hätte sonst was passieren können.«

»Ich brauche keinen Schutz, weißt du noch?«, erinnerte ich ihn.

»Offensichtlich.« Jason grinste. »Du bist wirklich was Besonderes. Weißt du das?«

»Danke.« Obwohl ich das Kompliment nach außen abtat, breitete sich tief in meiner Brust ein warmes Gefühl aus. »Komm. Lass uns zurückgehen, bevor uns noch etwas anderes auffrisst. Du hast mir als Letztes von den Sternen erzählt.«

»Bist du sicher, dass es dir gut geht?« Jason warf den Stock weg.

»Alles bestens. Ehrlich. Komm jetzt.« Ich ging den Weg zurück, den wir gekommen waren, und war sicher, dass Jason mir folgen würde. Und tatsächlich, seine Schritte waren leise hinter meinen zu hören. »Und? Gibt es noch andere Sternbilder, die ich kennen sollte?«

»Also, das da ist eine meiner Lieblingskonstellationen.« Jason trat neben mich und zeigte auf ein Fleckchen Himmel direkt über der Baumgrenze. »Corona Borealis. Diese sieben Sterne bilden die Nördliche Krone.«

»Was steckt da für eine Geschichte dahinter?« Ich schlang die Arme um mich, doch es war ein sinnloser Versuch, die ungewöhnliche Kühle dieses Sommers abzuwehren.

»Es war einmal ein schreckliches Monster namens Minotaurus, das auf Kreta sein Unwesen trieb. Den Menschen gelang es, den Minotaurus in einem Labyrinth gefangen zu halten, aber sie hatten Angst, dass er ausbrechen würde. Dieser Held, Theseus, machte sich auf, das Ungeheuer zu vernichten. Aber er schaffte es nicht allein – er brauchte Hilfe von seiner wahren Liebe.« Jason drehte sich zu mir um. Sein Blick ließ meine Wangen aufflammen.

»Wer war das?«, murmelte ich und ignorierte die Schmetterlinge in meinem Bauch.

»Seine brillante, kämpferische Verlobte. Prinzessin Ariadne wusste, dass Theseus, selbst wenn es ihm gelänge, das Monster zu töten, niemals allein aus dem Labyrinth herausfinden würde. Genau darum ging es ja – das Labyrinth war erbaut worden, um sicherzustellen, dass der Minotaurus niemals entkommen konnte. Ariadne gab Theseus ein Knäuel Schnur, das er auf seinem Weg hindurch abwickeln sollte. Nachdem er das Tier getötet hatte, folgte er der Schnur durch das Labyrinth zurück zum Eingang, wo Ariadne auf ihn wartete, um ihn zu heiraten. Die sieben Sterne bilden die Spitzen der Krone, die Ariadne an ihrem Hochzeitstag trug. Sie erscheinen jede Nacht am Himmel, um uns daran zu erinnern, dass Respekt, Liebe und Teamwork alles sind, was wir brauchen, um jedes Monster zu besiegen – egal ob es der Mythologie entstammt oder nicht.«

Mein Herz pochte wie wild gegen meinen Brustkorb.

Halt dich zurück. Er ist nicht dein Seelenpartner.

Ist mir egal.

Ist es nicht. Du kannst das nicht noch einem Mann antun. Erinnere dich, was passiert ist …

Ich schob den Gedanken beiseite, bevor der Schmerz völlig von mir Besitz ergriff.

»Das ist … wunderschön«, flüsterte ich. Ich riss meine Augen von Jasons durchdringenden Blick los und blinzelte zu den Sternen hinauf. »Hast du das alles im Astronomieunterricht gelernt?«

»Da bringen sie einem nur die Namen und Formen der Sternbilder bei. Aber ich mag die Geschichten hinter der Wissenschaft. Die Dinge sind selten so, wie sie an der Oberfläche erscheinen.«

Der Tonfall in Jasons Stimme lenkte meine Aufmerksamkeit vom Himmel ab. Er hatte den Kopf zur Seite geneigt und musterte mein Gesicht mit unbändiger Neugier.

»W-was meinst du?« Ich schlang die Arme fester um mich.

»Anfangs dachte ich, du wärst eine Eiskönigin. Aber es hat sich herausgestellt, dass du eine echt coole Frau bist. Klug. Intensiv. Unglaublich stark. Und ich glaube, ganz tief in dir steckt ein weicher Kern, den irgendein glücklicher Kerl mal entdecken wird. Wenn du dich jemals entscheidest, jemanden an dich ranzulassen.«

»Ich … äh …« Jason Ahlström war dabei, meine sorgfältig

errichteten Schutzmauern zu durchbrechen. Und ich war mir nicht sicher, ob mir das gefiel oder nicht.

»Na sieh mal einer an.« Jason kam so nah, dass mir sein würziges Aftershave in die Nase stieg. Mein Herz begann wild in meiner Brust zu hämmern.

Ich steckte richtig in Schwierigkeiten.

»Was?«, flüsterte ich.

»Die Eiskönigin wird rot.« Jasons Fingerrücken strichen sanft mein Kinn entlang.

Wieder fühlte es sich an, als würde mein Gesicht in Flammen stehen. Alle Vernunft flog aus dem Fenster, als ich mich gegen die Berührung lehnte. Jason drehte seine Hand um, sodass seine Handfläche meine Wange berührte. Er strich mit dem Daumen über meine Kieferpartie. Unwillkürlich teilten sich meine Lippen.

»Was tust du da?«, flüsterte ich. Was auch immer es war, es konnte nur in Herzschmerz enden. Oder in Schlimmerem.

»Freya«, murmelte Jason. Er kam noch etwas näher und legte einen Arm um meinen schmalen Rücken. In einer schnellen Bewegung zog er mich zu sich heran, und ich schnappte überrascht nach Luft. Wir waren uns jetzt so nahe, dass mir der Pulsschlag seines Herzens an meiner Brust nicht entging, ebenso wenig wie die Elektrizität, die von den zu intensiven Augen ausging, die jetzt genau auf meine gerichtet waren.

»Jason, ich denke nicht, dass …«

»Genau.« Jason ließ seine Hand von meiner Wange in meinen Nacken wandern. Er fuhr mit den Fingern durch mein Haar. »Nicht denken.«

Ich hob meine Hand und drückte sie leicht gegen Jasons Brust. »Ich …«

125

Jason starrte mich an. Sein Blick verriet sein Verlangen auf eine Weise, wie es Worte niemals könnten.

Ich musste es nur sagen, und er würde mir gehören, so lange ich wollte.

Oder bis ihn mir die Nornen wegnahmen. Mit Gewalt.

In diesem Augenblick verwandelte sich Jasons Gesicht in meine letzte Erinnerung an Rhylark – der gequälte Schmerz in seinen Augen, Unausgesprochenes auf den Lippen und seine unerschütterliche Bereitschaft, sich für Asgard zu opfern, damit das Reich überleben konnte. Meine Hand begann zu zittern, und ich nahm sie schnell von Jasons Brust. Ich konnte ihm das nicht antun – es gab nur einen Weg, wie das Ganze enden konnte, und er sollte diesen Preis nicht zahlen müssen. Mia konnte ich das ebenfalls nicht antun – sie war immer nur nett zu mir gewesen … und sie schenkte Tyr unvergleichliches Glück, der jetzt mehr denn je Stabilität brauchte. Und ich konnte mir das ganz sicher nicht noch einmal antun. Ich war ohnehin kaum noch bei Verstand. Einen weiteren Verlust dieses Ausmaßes konnte ich mir nicht leisten.

Nicht, wenn meine Gesundheit so zerbrechlich war.

Nicht, wenn mein Herz schon so zerrissen war.

Und nicht, wenn die Zukunft der Reiche auf dem Spiel stand. Die Nornen hatten mich gelehrt, dass diese Art Liebe eine Schwäche war – und zwar eine, die ich mir nie wieder leisten konnte.

»Freya?« Jason sah mich mit großen Augen an. »Geht es dir gut?«

»Ja. Nein. Ich … äh …« Jasons Gesicht verschwomm und wurde unscharf. Ich würde nicht der Grund für den Untergang unseres Reiches sein. Ich würde nicht der Grund sein, warum die Welt dunkel wurde. Und ich blinzelte gegen die Tränen an, als die Erinnerung an das letzte Mal, als mich Rhylark umarmt hatte, meine Gedanken flutete. *Nein.* Ich würde *nicht* der Grund dafür sein, dass Jason seine Zukunft genommen wurde. Er hatte Besseres verdient.

Er verdiente es, zu leben.

»Freya! Was ist mit dir? Du bist eiskalt ...«

Doch Jasons Stimme verlor sich, während sich meine Welt auf einen einzigen Punkt verengte. Ich starrte ein letztes Mal in seine unwissenden, vertrauensvollen blauen Augen, dann trübten sich meine Gedanken. Starke Arme stützten mich, als die Welt schwarz wurde.

Sieben

Brynn

»Mia! Tyr! Wo sind denn alle? Ich brauche Hilfe!«

Jasons panische Stimme schallte durch die Hütte. Meine Finger umklammerten die Kanten der Kücheninsel. Henrik warf mir einen Blick zu, der eindeutig sagte: *Was denn jetzt?* Bei allen Göttern, wenn ich das wüsste. Wir waren vorhin erst vom Abendessen bei Elsa nach Hause gekommen und wollten uns gerade einen zweiten Nachtisch von dem nicht enden wollenden Berg von Mias Backwerk nehmen, aber anscheinend rief die Pflicht.

Schon wieder.

»Wir sind hier.« Henrik stand auf und warf einen wehmütigen Blick auf die Kekse mit weißer Schokolade und Macadamianüssen. »Besteht die Möglichkeit, dass es sich um eine kleine Krise handelt und ich ein paar davon mitnehmen kann?«

»Die Chance besteht immer«, erwiderte ich.

»Keine Ahnung, was mit ihr los ist!« Jason erschien in der Küchentür, Freya in den Armen. Ihr Körper war ihm zugewandt, sodass wir ihr Gesicht nicht sehen konnten, aber ihre erdbeerblonden Haare hingen schlaff bis zu Jasons Knien herab, und sie bewegte sich nicht.

»*Skit.*« Henrik und ich eilten an Jasons Seite.

»Bring sie zur Couch, und leg sie hin«, sagte Henrik.

»Brynn, hol Elsa und Lornara her. Und wenn Tyr nicht schon auf dem Weg ist …«

»Mir klingeln die Ohren.« Tyrs Stimme im Flur klang ziemlich gut gelaunt. Er und Mia mussten ein wirklich gutes Date gehabt haben.

Leider mussten wir seiner guten Laune nun einen Dämpfer verpassen.

»Beweg dich, Jason. *Los.*« Henrik schubste Jason regelrecht in den Flur.

Zwei Paar schwere Schritte stürmten im Gleichtakt in Richtung des Wohnzimmers. Ich eilte ihnen hinterher und tippte währenddessen auf meinem Kommunikator herum, um Elsa eine kurze Nachricht zu schicken. Ich betrat den Flur gerade noch rechtzeitig, um zu sehen, wie Mias und Tyrs Abend ruiniert wurde. Die beiden standen wie erstarrt an der Eingangstür. Mia hatte ihre zarten Hände auf den Mund gepresst, während Tyrs Gesicht wutverzerrt war.

»Wer hat ihr das angetan?«, knurrte er.

»Niemand«, erwiderte Jason. Er legte Freya sanft auf die Couch und zog eine Decke von der Lehne, um sie um ihre Beine zu wickeln. »Wir haben uns die Sterne angesehen, und dann …«

Tyrs Blick riss ab. »Der Bär im Wald. Hast du ihn gesehen? Oder war es … etwas anderes?«

»Ich, äh …« Jason wich einen Schritt zurück, als Tyr ins Wohnzimmer stürmte. Ich konnte es ihm nicht verdenken. Tyr war halb Riese – nicht dass Jason das wusste –, und er war fast zwei Meter groß, ein Eindruck, der sich noch verstärkte, wenn er wütend war.

»Tyr.« Ich legte eine warnende Hand auf seinen Arm, aber er riss sich los.

»Ich muss genau wissen, was passiert ist«, knurrte Tyr. »Wenn einer der Frostriesen einen Weg hergefunden hat ...«

»Frostriesen?« Jason starrte Tyr an. »Alles okay, Alter?«

»Rivalisierende Gangs!«, sagte Mia schnell. »Da gibt es diese Gang in, äh, Eureka.« Dabei handelte es sich um Arcatas Nachbarstadt. »Sie nennen sich die Frostriesen, und manchmal machen sie, äh, schlimme Sachen in der Stadt.«

Ich blinzelte meine Freundin an. Mia war gut. Aber Jason wirkte immer noch nicht restlos überzeugt.

Er war ihr Bruder – er wusste, wenn sie log. »Mia«, sagte Jason mit leiser Stimme. »Was ist hier los?«

»Wir sind da! Wo sind denn alle?« Elsa knallte die Haustür zu.

»Hier!«, rief Henrik.

Elsa und Lornara stürmten mit besorgten Mienen ins Wohnzimmer und ließen sich neben der Couch auf die Knie sinken. Elsa musste Jason aus dem Weg drängen, um ihren Platz neben Freya einzunehmen.

»Tut mir leid, Jason, aber wir müssen dich bitten zu gehen«, sagte Elsa sanft. »Das ist eine Familienangelegenheit.«

»Eine ... Familienangelegenheit?« Jason wirkte verwirrt, ob wegen Elsas Worten oder Lornaras Flügeln, war nicht klar. »Ja. Unsere mag ein wenig unkonventionell sein, aber Familien gibt es in allen Formen und Größen, jede so einzigartig wie die Vielzahl der Wesen, die sie ausmachen. Lornara, öffne die Heiltasche, und ziehe den Pfirsich-Aventurin, einen Selenit-Stab und eine Phiole heraus.«

»Du hast Flügel.« Jason starrte Lornara an.

»Cosplay«, log Mia eilig. »Jason, das ist Lornara. Sie arbeitet auf, äh, einem Mittelaltermarkt.«

Sicher.

»Hi. Und ich werde Freya nicht verlassen«, sagte Jason mit fester Stimme.

Elsa blickte überrascht auf. »Das musst du aber. Stimmt's, Tyr?«

Tyr warf seiner Schwester einen frustrierten Blick zu. »Es ist mir inzwischen völlig egal, was Jason weiß oder nicht weiß. Das Einzige, worüber ich mir Sorgen mache, ist Freya. *Förbaskat*, warum habt ihr sie nicht schon längst geheilt?«

»Was glaubst du denn, was ich ununterbrochen versuche?« Elsa warf eine Hand hoch. »Das ist seit *über einem Jahr* mein Hauptziel!« Sie nahm den leicht trüben Kristallstab, den Lornara ihr reichte, und strich damit von Kopf bis Fuß Freyas Körper entlang. »Jason, es tut mir leid, aber du kannst im Moment wirklich nicht hier sein.«

»*Skit.*« Tyr warf einen Blick auf sein Handy, bevor er auf dem Absatz kehrtmachte und aus dem Zimmer stapfte. »Odin. Ich muss da rangehen. Elsa, *bring sie in Ordnung.*«

»Ich versuch's ja! Hör auf, mich anzuschreien!«

»Ich schreie nicht!«, brüllte Tyr über seine Schulter.

»Odin? Wie Thors Vater? Aus diesen Filmen?« Jason drehte sich zu seiner Schwester um. »Was zum Teufel ist hier los?«

»Odin ist ein, äh, sehr häufiger Name in Schweden.« Mias Blick wanderte zur Seite. Es war offensichtlich, dass sie log.

»Schwachsinn.« Jason verschränkte die Arme. »Wenn ihr mir nicht sagen wollt, was hier los ist, gut. Aber ich bin ganz bei Tyr. Tut alles, was nötig ist, damit es Freya besser geht. Ich weiß nicht, was mit ihr los ist. Ich weiß nicht, wieso sie ohnmächtig wurde. Aber ich … ich mag sie sehr. Und ich möchte ihr helfen.«

Freya holte zittrig Luft, blieb aber ansonsten regungslos.

Elsa und Lornara tauschten einen Blick aus. Die beiden

hatten schon immer in einer geheimen Heilersprache kommuniziert, die wir anderen nie verstehen würden. Ohne ein Wort zu sagen, reichte Lornara einen pfirsichfarbenen Kristall weiter, und Elsa drückte ihn an Freyas Herz. Elsa runzelte die Stirn, als der Stein bräunlich pulsierte, bevor er wieder zu seinem ursprünglichen Farbton zurückkehrte.

»Okay, Jason, komm her.« Elsa winkte ihn heran.

Jason kniete sich zwischen sie und Lornara. »Und was jetzt?«

»Wir wollen etwas ausprobieren«, erklärte Lornara. »Nimm Freyas Hände in deine, und sag ihr, was du uns gerade gesagt hast.«

»Dass ich helfen will?«, fragte Jason verunsichert.

»Das.« Lornara nickte. »Und dass du sie magst.«

»Äh …« Jason starrte auf die bewusstlose Freya.

»Vertrau uns«, sagte Elsa sanft.

»In Ordnung.« Jason holte tief Luft und nahm Freyas Hände in seine. »Freya.« Er warf einen Blick über seine Schulter, wo Henrik, Mia und ich fasziniert zusahen.

Oh. Richtig.

»Tut mir leid«, sagte ich schnell. »Leute, schaut weg.«

»Klar.« Henrik drehte sich zum Fenster und zog mich mit sich. Mia folgte uns, und wir alle interessierten uns plötzlich ungemein für die Abenddämmerung. Jason murmelte etwas hinter uns, zu leise, als dass ich die Worte hätte verstehen können. *Verdammt.* Nach einer langen Pause folgte ein scharfes Einatmen, gefolgt von einem Schimpfwort, das ich noch nie über Elsas Lippen kommen gehört hatte.

»Wir hatten recht«, flüsterte Lornara.

»Recht?« Freyas zittrige Stimme ließ mich herumwirbeln. Jetzt war Schluss mit der Rücksicht – was hatte Jason getan, um sie nicht nur zu wecken, sondern auch wieder stark genug zu machen, um zu sprechen? Freya war kurz davor, sich wieder aufsetzen zu können, während sie noch vor wenigen Sekunden völlig weg gewesen war. Was war in diesem magischen Stein? »Vorsichtig.« Lornara positionierte Freya so, dass sie sich gegen die Sofakissen lehnen konnte. »Wie fühlst du dich?«

»Mir ist schwindelig«, gab Freya zu. »Aber gut. Das Gewicht in meiner Brust ist weg, genau wie die Angst, die ich mit mir herumtrage, seit Hel mich in diesen Käfig gesperrt hat, und ich dachte, ich säße für immer in Helheim fest ...« Sie brach ab, als ihr Blick sich auf den Sterblichen richtete, der zu ihren Füßen kniete. »Bei allen Göttern«, flüsterte sie. »Ich habe nicht ... ich meine ...«

»Gott sei Dank geht es dir gut.« Jason legte vorsichtig die Arme um Freya.

Ihre steifen Schultern wurden in seiner Umarmung weicher, und sie lehnte ihren Kopf an seinen. Ihre erdbeerblonden Haare berührten Jasons braune, und ihre Wangen nahmen ein gesundes Rosa an, als sie die Augen schloss. Plötzlich hatte es sich zu einem sehr persönlichen Moment entwickelt.

Ich wollte Henrik gerade befehlen, sich wieder umzudrehen, als Jason den Kopf zurückzog. »Hast du gerade gesagt, jemand namens Hel hätte dich in einen Käfig gesperrt?«

Freyas Augen flogen auf. »Ich ... äh ...«

»Eine Metapher«, platzte es aus Mia heraus. »Es ist der metaphorische Käfig von Freyas, ähm, Depression?«

»Ich bin nicht depressiv.« Freya runzelte die Stirn. »Zumindest glaube ich, dass ich es nicht bin. Aber ja, der Käfig war ... eine Metapher. Für das, was tatsächlich mit mir los ist.«

»Aha.« Jasons Gesichtsausdruck war unleserlich. Ich hatte den Eindruck, dass er uns unsere Tarngeschichte nicht ganz abnahm. Um fair zu sein, wir bekleckerten uns auch nicht gerade mit Ruhm.

Henrik stupste mich an der Schulter an, als Schritte die Treppe herunterdonnerten. Ich folgte dem Blick meines Freundes zum Eingang, wo Tyr ins Wohnzimmer stürmte. Seine Haare standen wild ab, das Weiß seiner Augen war doppelt so groß wie sonst, und er atmete schwer. In der Hand hielt er immer noch sein Handy fest umklammert.

Irgendetwas stimmte ganz und gar nicht.

»Tyr?« Mia eilte an seine Seite. Sie legte sanft eine Hand auf seinen Arm.

»Es hat begonnen.«

Der Raum füllte sich augenblicklich mit gespannter Erwartung.

»*Skit*«, fluchte Henrik. Er legte seine Hand auf meine. Ich genoss seine Wärme, auch wenn flüssiges Eis durch den Rest meines Körpers strömte.

Es hat begonnen.

Mir dämmerte erst nach und nach, was das bedeutete. Ragnarök war da. Und wir waren ganz sicher noch nicht bereit. Wir mussten eine Strategiesitzung abhalten, herausfinden, wohin unser Team geschickt werden würde, um Asgard am besten zu dienen, wer den Angriff der Walküren orchestrieren konnte, da Freya nicht in der Lage war, uns zu führen, die gesamte von uns hergestellte Technologie zusammenstellen und sie per Bifröst an die Kommandanten der Eliteteams senden, die in der Nähe der unmittelbarsten Bedrohungen stationiert waren …

»Was hat begonnen?«, fragte Jason.

Ach ja. Und wir mussten uns überlegen, was wir mit dem besorgten Menschen machen wollten, der immer noch an

134

Freyas Seite kniete. Die vier anwesenden Götter, der *Älva* und Mia strahlten pure Angst aus. Jason kniete inmitten eines wahren Sturms von Gefühlen und nahm alles in sich auf.

Skit.

Elsas Handy summte mit einer eingehenden Nachricht. Langsam und mit zitternden Fingern nahm sie es aus ihrer Gesäßtasche. »Forse muss es gehört haben. Er ist auf dem Rückweg von seiner ...« Als sie einen Blick auf das Display warf, wurde sie kreidebleich. »Seine Mutter«, flüsterte sie.

»Was ist mit seiner Mutter?«, stieß Tyr hervor.

Elsas Handy fiel zu Boden. »Nein«, flüsterte sie. »Nicht Nanna.«

»Elsa? Sprich mit uns!«, verlangte Tyr. Elsas Mund öffnete und schloss sich, aber es kam kein Ton heraus. Mit einem Nicken starrte Tyr seine Schwester an. Zweifellos war er in ihren Kopf eingetaucht und hatte das geheime Kommunikationssystem der Geschwister benutzt, das Odin ihnen geschenkt hatte. Manchmal beneidete ich sie um ihre Fähigkeit, die Gedanken des jeweils anderen lesen zu können.

Selbst wenn die Nachricht, die sie austauschten, so schrecklich war, dass beide Fredriksens weiß wurden.

»Nein.« Tyrs Hände zitterten, ob vor Kummer oder Wut, konnte ich noch nicht sagen.

Lornara griff nach dem heruntergefallenen Telefon. Sie nahm es und las die Nachricht von Forse vor. »Mutter ist wenige Minuten vor meiner Ankunft gestorben. Mein Bruder sagt, sie sei an ihrem Kummer gestorben. Sie und Papa werden eine gemeinsame Trauerfeier bekommen.«

»*Skit.*« Tyr zog die Schultern zurück und brüllte Befehle wie ein Drill-Sergeant. »Er weiß nicht, dass es schon angefangen hat. Elsa, hol Forse hierher zurück. Lornara, du gehst mit ihr –

ich will nicht, dass jemand allein unterwegs ist. Henrik, Brynn, geht nach oben, und nehmt eine Bestandsaufnahme aller vorhandenen technischen Geräte vor. Nehmt, was ihr für unser Team braucht, und bereitet den Rest für die Verteilung vor. Mia.« Tyrs Augen wurden weicher, als er seine Freundin ansah. »Geh mit deinem Bruder auf die Veranda, und sag es ihm.«

Wie bitte?

Freya schnappte nach Luft. »Tyr!«

»Es ihm sagen?« Mias Lippen formten ein kleines O. »Wie viel?«

»Alles.« Tyr zuckte mit den Schultern. »Jemand muss zurückbleiben und Freya beschützen, bis sie wieder in der Lage ist, ihre Pflichten zu erfüllen.«

»Und Jason hat gesagt, dass er helfen will«, mischte sich Elsa ein.

»Tja, sei vorsichtig, was du dir hier wünschst«, versuchte Henrik es mit einem Scherz. Ich stieß ihm mit dem Ellbogen in die Rippen.

»In Ordnung.« Mia nickte entschlossen und ging Richtung Haustür. »Jason, komm mit.«

Jason zog eine Augenbraue hoch, folgte Mia aber ohne Widerworte auf die Veranda. Elsa und Lornara legten einen Haufen Steine vor Freya, bevor sie zurücktraten.

»Er macht, dass es dir besser geht. Das weißt du«, sagte Lornara leise.

»Ich weiß«, flüsterte Freya. »Aber ich kann nicht … Ich meine, das letzte Mal, als ich … Es ist keine Option.«

»Die Dinge ändern sich«, erinnerte Elsa sie. »Vielleicht werden die Nornen dieses Mal …«

Freya unterbrach sie. »Ich kann das nicht!«

Elsa runzelte die Stirn. »Das verstehe ich. Aber versuch, offen zu sein. Wir brauchen dich im Einsatz, sobald du bereit bist.«

»Ich *bin* bereit, also …«

»Du bist nicht in der Lage, die Walküren in den Krieg zu führen. Zumindest nicht heute.« Tyrs Ton ließ keinen Raum für Diskussionen. »Ich weiß, dass die Sache mit Rhylark sehr schlimm für dich war. Und ich weiß, dass du das nicht noch mal durchmachen willst. Aber ich will, dass du alles tust, was nötig ist, um dich so schnell wie möglich wieder einsatzbereit zu machen. Die Reiche brauchen die Liebe. Und die Walküren brauchen ihre Anführerin.«

»Du kannst mir nicht befehlen, dass ich hierbleiben soll!« Freya flehte Tyr mit großen Augen an. »Das geht einfach nicht. Sieh nur, was das letzte Mal passiert ist, als ich jemand anders meine Arbeit machen ließ! Nanna war so damit beschäftigt, meinen Job zu erledigen, dass sie nicht für Balder da war, als er sie brauchte! Und jetzt … jetzt ist sie …«

»Du bist raus, bis du dich von dem geheilt hast, was auch immer mit dir passiert ist. Und du musst eine Nachfolgerin ernennen. Es tut mir leid, aber in diesem Zustand bist du nur eine Belastung.«

Freya ließ die Schultern sinken. Mit einem schweren Seufzer ließ sie sich zurück in die Kissen der Couch fallen. »Ich verstehe.«

Tyr sah sie voller Mitgefühl an. Er ging zur Couch, setzte sich neben seine Freundin und nahm ihre Hand, während sie trübsinnig an die Wand starrte. Nach einem kurzen Moment sah er zur Tür, wo Henrik, Elsa, Lornara und ich noch immer standen. »Worauf wartet ihr noch? Ihr habt eure Befehle, geht jetzt. Wir treffen uns in fünf Minuten wieder hier.«

Ohne ein weiteres Wort machte ich auf dem Absatz kehrt und marschierte aus dem Wohnzimmer. Ich bog nach links ab und joggte die Treppe hinauf, Henrik dicht hinter mir. Das Klicken der Haustür verriet mir, dass Elsa und Lornara aufgebrochen waren, um Forse aus Asgard zu holen, aber ich hatte keine Ahnung, wie sie mit dem Bifröst hin- und wieder zurückkommen wollten, ohne dass Jason es bemerkte, wenn das überhaupt noch ein Thema war. Sie würden ziemlich weit hinter das Gelände verschwinden müssen, um unbemerkt abgeholt werden zu können – obwohl ich annahm, dass noch schwierigere Aufgaben vor uns lagen.

Henrik und ich betraten das Labor im Obergeschoss und machten uns sofort daran, die zahlreichen Gerätschaften aufzuteilen, die wir während unserer Zeit in Arcata entwickelt hatten.

»Ich habe die Aeros und die Hydros hier drüben. Wir können einen Satz behalten und die anderen an den Anführer des Muspelheim-Teams schicken.« Ich stopfte zwei der Feuerlöschgeräte in einen Beutel, den ich aus einer Schublade zog, und ging zum nächsten technischen Gerät über. »Und das Vakuum – es gibt nur eines hier oben, aber ich glaube, wir haben noch mehr im Werkstattlabor, richtig?«

»Richtig«, bestätigte Henrik. Er holte einen Rucksack aus dem Schrank und stopfte die Feuerlöscher hinein, die ich für unser Team vorgesehen hatte. »Als Nächstes gehen wir nach unten. Was ist mit den Meltexern? Die Enteisungsgeräte sollten an das Jotunheim-Team gehen, aber in Nidavellir ist gerade die kalte Jahreszeit. Vielleicht sollten wir dem Kommandanten dort auch eins schicken?«

»Es wäre einfacher zu verteilen, wenn wir wüssten, wo sich die Kampfhandlungen konzentrieren«, brummte ich.

»Das können wir nach unserer Besprechung ändern.« Henrik packte einen der Meltexer in den Rucksack und schob mir den Rest zu. Ich steckte ihn vorsichtig in eine neue Tasche und ging rechts von Henrik weiter.

»Poppler?«, fragte ich. »Diese Transporter sollten an diejenigen gehen, die der offenen Bedrohung am nächsten sind.«

»Auf jeden Fall.« Henrik nickte. »Wir werden entscheiden, wenn wir mehr Informationen haben. Schade, dass wir nicht mehr von den Schließern haben. Die Portale werden überall auftauchen, wenn die schweren Kämpfe erst einmal begonnen haben. Ich wünschte, wir könnten die an jeden Krieger schicken.«

»Ja, aber wir können nur tun, was wir tun können.« Ich zuckte mit den Schultern. »Behalte den hier bei uns – du beschützt Tyr, und wir können es uns nicht leisten, dass Krieg fällt. Oder gefangen genommen wird.«

»Das wird nicht passieren«, sagte Henrik leise.

Ich warf ihm einen Blick zu. Meine Augen sagten die Worte, die meine Lippen nicht auszusprechen wagten.

Wird es nicht?

Ich erschauderte. Tyr war mehr als nur unser Freund – er war der Anführer unserer Armee, ein wichtiges Mitglied in Odins Kabinett und die letzte Verteidigungslinie zwischen der Ordnung Asgards und dem absoluten Chaos. Als sein Leibwächter hatte Henrik eine der wichtigsten Aufgaben, die ein Krieger haben konnte.

Ich legte meine Hand auf Henriks Schulter. »Sei vorsichtig da draußen. Ich weiß nicht, was ich tun würde, wenn dir etwas zustoßen sollte.«

»Oh, *sötnos.*« Er schlang seine kräftigen Arme um mich.

»Du brauchst dir keine Sorgen zu machen. Ich bin der Beste in dem, was ich tue. Das weißt du doch.«

»Ja. Aber das ist Ragnarök«, erinnerte ich ihn. »Regeln gelten nicht mehr.«

»Ich weiß«, murmelte Henrik. »Aber wenn es um dich und mich geht, Brynnie, gibt es eine Regel, die sich nie ändern wird.«

»Und die wäre?«

Henrik drückte mir einen sanften Kuss auf die Nasenspitze. »Ich bin dein Seelenpartner, schon vergessen? Ob in diesen Gefilden oder in Walhalla, wir sind ein Team. Und nichts, nicht einmal die Mutter aller Schlachten, kann uns trennen.«

»Ich liebe dich«, flüsterte ich heftig, bevor ich Henrik zu einem verzweifelten Kuss heranzog. Da ich nicht wusste, wie viele Momente wir noch zusammen haben würden, wollte ich diesen voll auskosten.

Aber viel zu schnell löste Henrik seine Lippen von meinen und drehte mich in Richtung Tür um. Die Pflicht rief.

Das tat sie immer.

»Ich liebe dich auch. Jetzt beweg deinen süßen Hintern nach unten, und fang an, die Geräte aus der Garage einzuteilen. Ich stelle die fertigen Taschen vor der Haustür ab und komme gleich nach.« Henrik gab mir einen Klaps auf den Hintern. Ich drehte mich um und prägte mir sein verspieltes Grinsen genau ein, denn ich wusste, dass ich in den folgenden Tagen etwas brauchen würde, woran ich mich erfreuen konnte.

Ich hoffte inständig, dass es zu diesen Tagen überhaupt noch kommen würde.

**

Als wir uns wieder im Wohnzimmer versammelt hatten, war die Atmosphäre zum Schneiden dick. Freya, Elsa und ich saßen auf der Couch, ein Dreiergespann aus kaum unterdrückter Panik. Lornara stand neben uns, und ihre funkelnden Flügel flatterten, während sie von einem Fuß auf den anderen trat. Tyr marschierte nervös vor dem Kamin auf und ab, die Hände hinter dem Rücken verschränkt. Und Henrik und Forse standen vor dem Fenster. Sobald Forse und Elsa das Haus betreten hatten, waren wir an seine Seite geeilt, um ihn zu trösten, doch er hatte unser Mitgefühl in einer seltenen Demonstration von Strenge abgewiesen. Ich verstand es – er konnte es sich nicht leisten zusammenzubrechen, während Ragnarök in vollem Gange war, und uns auszuschließen war die einzige Möglichkeit, die er kannte, um sich zusammenzureißen. Aber ich hatte einen flüchtigen Blick zwischen ihm und Elsa erhascht, und die völlige Zerrissenheit in seinen Augen hatte mir fast das Herz gebrochen. Forse war eine der freundlichsten Seelen, die ich je kennengelernt hatte. Ausgerechnet er sollte keinen Verlust auf diesem Niveau erleben müssen. Er verdiente Freude. Und Licht. Und Liebe.

Nichts als Gutes.

Elsa würde für ihn da sein, wenn sich der Staub gelegt hatte und er endlich trauern durfte – das würden wir alle tun. Aber im Moment saß sie neben mir auf der Couch und achtete darauf, ihren Verlobten nicht anzusehen ... obwohl wir alle wussten, dass sie ihm gerade Heilschwingungen schickte, die ihn vor einem völligen Zusammenbruch bewahrten.

Ich war so dankbar, dass sie einander hatten.

Henrik zuckte zusammen, als wir von draußen Mias frustrierte Stimme hörten. Er warf einen Blick über die Schulter und schaute zur Veranda, wo sich die Ahlströms stritten.

Durch das Fenster hörte ich Bruchstücke eines immer hitziger werdenden Gesprächs. *Oje.*

»Wie läuft's denn?« Ich beugte mich vor, um Elsa ins Ohr flüstern zu können.

»Nicht so toll«, sagte sie. »Jason hat die Verleugnungsphase hinter sich gelassen und ist jetzt wütend, dass Mia nicht von Anfang an ehrlich zu ihm war.«

»Ich glaube, er hat die Wutphase auch schon überwunden und ist nur verletzt, weil sie ihm nicht genug vertraut hat«, sagte Lornara.

»Hm. Das mag sein«, stimmte Elsa zu.

»Ist er auch wütend auf mich?«, fragte Freya leise von ihrer Ecke des Sofas aus. Die Knie an die Brust gepresst und die Arme um ihre Schienbeine geschlungen sah sie eher wie ein verzweifeltes Schulmädchen aus als die Anführerin einer Legion von Elitekriegerinnen. Alles an Freya brach mir das Herz.

»Er ist nicht wütend auf dich.« Elsa legte liebevoll ihre Hand auf die von Freya. »Und wenn er sich so verhält, denk daran – Wut ist nicht echt. Es ist nur eine Maske für ein tieferes, verletzlicheres Gefühl.«

»Ja«, murmelte Freya in ihre Knie.

»Jason hat dich sehr gern«, mischte sich Lornara ein. »Aber das, was er verarbeiten muss, ist viel. Besonders jetzt.«

Das stimmte. Ausgerechnet jetzt da die Reiche untergingen, hatten wir beschlossen, Mias Bruder die Wahrheit zu sagen. Das war nicht die beste Entscheidung, aber was blieb uns anderes übrig? Freya musste beschützt werden. Und wir Übrigen hatten unsere eigenen Rollen zu spielen.

Rollen, die uns geradewegs nach Walhalla schicken könnten.

Lass das, Aksel.

»Hört mal zu.« Tyr blieb stehen und verschränkte die Arme, sodass sein Bizeps den Stoff seines T-Shirts dehnte.

»Wir hören«, knurrte Henrik.

Ich warf einen Blick zum Fenster, wo Forse und er immer noch standen. Die beiden spiegelten Tyrs Pose wider, bis hin zu den passenden finsteren Blicken. Wenn das so weiterging, war es sehr wahrscheinlich, dass wir demnächst in einem Strudel von Testosteron ertrinken würden.

»Odins Bericht war nicht gut«, fasste Tyr zusammen. »Fenrir ist geflohen. Er plant, Odin und Frigga zu töten. Sie wurden in ein sicheres Versteck gebracht, während Odin seine nächsten Schritte plant, aber ich werde ein paar Mitglieder des Eliteteams in den Palast schicken, um Fenrir ein für alle Mal auszuschalten.«

»Tyr.« Elsa seufzte. »Das tut mir leid.«

»Mir auch. Nichts, was ich getan habe, konnte wohl jemals ändern, wozu er geboren wurde.«

Der arme Kerl. Fenrir war früher einmal Tyrs Haustier gewesen. Die beiden waren unzertrennlich gewesen und hatten die Art von Abenteuern erlebt, die sich nur ein von Jotun gezüchteter Wolf und ein von einem Riesen gezeugter Gott vorstellen konnten. Fenrir hatte einen schlechten Start ins Leben gehabt, aber Tyr hatte wirklich geglaubt, dass er den Wolf ändern könnte ... bis zu dem Tag, an dem Fenrir Tyrs Adoptiveltern getötet hatte. Seitdem sorgte sich Tyr, dass ein vorgegebenes Schicksal nicht zu überwinden war. Und weil sein leiblicher Vater Hymir ein Monster war, fürchtete Tyr, eines Tages ebenfalls böse zu werden.

»Fenrir und du seid nicht *gleich*«, rief ihm Elsa ins Gedächtnis. Mal wieder. »Er hat sich für seinen Weg entschieden, du dich für deinen.«

»Die Hoffnung stirbt zuletzt.« Tyr fuhr fort. »Ich schicke ein zweites Team hinter der Schlange her. Jörmungandr hat vor, Thor anzugreifen, also sind er und Sif ebenfalls auf dem Weg an einen sicheren Ort. Sie können auf sich selbst aufpassen, aber ich schicke trotzdem Verstärkung.«

»Willst du, dass wir es mit der Schlange aufnehmen?«, bot Forse an.

»Nein. Das kann auch das Eliteteam übernehmen. Du, Henrik und ich werden uns um Naglfar kümmern.«

»Naglfar?« Elsa warf Forse einen besorgten Blick zu. »Was für ein Monster ist das?«

»Ein Boot«, antwortete Tyr.

»Ein Boot?« Elsa rümpfte die Nase. »Was ist denn an einem Boot so furchterregend?«

Tyr warf seiner Schwester einen Blick zu. »Das hier ist ganz aus Zehennägeln gemacht.«

Igitt!

»Naglfar ist ein Auslöser. Wenn es segelt, kann es den Himmel öffnen, was eine Kettenreaktion in Gang setzt, die ihm direkten Zugang zum Bifröst verschafft. Laut Odin bricht die Brücke unter Naglfars Gewicht zusammen, sobald es den Bifröst überquert. Das schneidet Asgard von den Reichen ab und lässt es isoliert, sodass unsere Feinde angreifen können. Ein gewisser Riese hat sich freiwillig gemeldet, das Schiff zu steuern. Habt ihr eine Vermutung, wer das sein könnte?«

»Hymir?«, flüsterte ich.

»Natürlich«, bestätigte Tyr.

Bei allen Göttern.

»Das sind eine Menge Elemente, die da zusammenkommen«, sagte ich. »Wer steuert sie alle?«

»Loki.«

»*Skit*«, fluchten Henrik, Forse und ich gleichzeitig. Der Gott der List war also nicht so untätig gewesen, wie wir gehofft hatten – er hatte den Untergang des gesamten Kosmos geplant, während wir uns auf Tyrs verrückten leiblichen Vater konzentriert hatten. Doppel-*skit*.

»Wenigstens ist Hymirs Tochter noch eingesperrt.« Ich klammerte mich an das einzig Positive, das ich finden konnte. »Glaubst du, dass Runa uns vielleicht endlich helfen will? Uns Informationen über Hymir geben im Austausch gegen … was auch immer heutzutage im Gefängnis als Währung gilt?«

»Höchst zweifelhaft«, sagte Tyr, »da sie mit Fenrir geflohen ist und wahrscheinlich für die andere Seite kämpft.«

Forse stieß eine Reihe von Schimpfwörtern aus, die ich noch nie aus seinem Mund gehört hatte.

»Sobald alle Spieler an ihrem Platz sind und ihre Angriffe ausgeführt haben …« Die Ader an Tyrs Hals wölbte sich. »… werden sie die Erde verbrennen und den Himmel verschlingen.«

»Die Prophezeiung«, flüsterte Freya.

Bei allen Göttern, genau das war sie. Die Ragnarök-Prophezeiung endete damit, dass das Feuer die Erde verzehrte und die Dunkelheit den Himmel verschlang. Niemand, weder Gott noch Sterblicher, würde überleben.

Niemand.

Aber mir war heute nicht nach Sterben zumute.

»Okay.« Ich klatschte in die Hände. »Tyr, Henrik und Forse bringen Hymir zur Strecke. Was ist mit uns anderen?«

Tyr rieb sich das Kinn. »Elsa, ich möchte, dass Mia und du so weit wie möglich vom Geschehen entfernt seid. Vorzugsweise an einem sicheren Ort. Kannst du Scanner aus der

Männerhöhle aufstellen und von hier aus deinen Vereinigungszauber wirken?«

»Ich denke schon«, sagte Elsa zögerlich. »Aber als Hohe Heilerin muss ich vor Ort sein.«

»Darum kann ich mich kümmern«, bot Lornara an. »Ich habe ein starkes Team von Heilerinnen in Alfheim. Ich werde sie holen und dorthin gehen, wo die Verletzten sind. Tyr, kannst du jemanden mit mir in Verbindung setzen?«

»Aber sicher. Danke, Lornara.«

»Natürlich.« Lornara schenkte ihm ein angespanntes Lächeln.

Tyr fuhr fort. »Freya wird hierbleiben und sich darauf konzentrieren, so schnell wie möglich gesund zu werden, damit sie in den aktiven Dienst zurückkehren kann. Oder zumindest ihre Kriegerinnen wieder aus der Ferne kommandieren kann.« Tyr reckte sein Kinn zum Fenster, wo laute Stimmen verrieten, dass die Ahlström-Geschwister immer noch diskutierten. »Jason bleibt ebenfalls und wird auf Freya aufpassen.«

Freya zuckte zusammen. Vor Helheim war sie die beste Kriegerin gewesen, die ich je getroffen hatte. Sie musste es hassen, dass Tyr sagte, jemand müsse sich um sie *kümmern*.

»Was ist mit mir?« Ich blickte zwischen Freya und Tyr hin und her. Freya war technisch gesehen meine Befehlshaberin, aber wenn sie nicht im Dienst war, musste ich mich wohl direkt an Tyr wenden.

»Du …« Tyr hob eine Hand zu Freya. »Sag du es ihr.«

»Mir was sagen?«

»Du wirst die Walküren an meiner Stelle anführen.« Freya hob ihr Kinn. Es zitterte.

»Was?«, platzte es aus mir heraus. »Freya, ich bin keine Anführerin.«

»Doch, das bist du«, konterte sie. »Du hast Mia wunderbar in unsere Familie geführt. Du hast fast im Alleingang meine Flucht aus Helheim organisiert – natürlich mit ein wenig Hilfe von Henrik und Tyr.«

»Freya, ich ...«

»Du schaffst das«, versicherte mir Freya. »Ich würde es niemandem sonst zutrauen, meinen Platz einzunehmen. Ich glaube an dich. Jetzt musst du nur noch an dich selbst glauben.«

Mein Herz schwoll an, sowohl vor Liebe zu Freya als auch vor Stolz über ihre Worte. »Ich werde dich nicht enttäuschen«, versprach ich. Ich warf einen panischen Blick zu Henrik, doch in seinen Augen lag eine Zuversicht, die zu sagen schien: *Du schaffst das, sötnos.* Bei allen Göttern, ich hoffte, er hatte recht.

»Brynn, du wirst mit mir, Henrik und Forse den Bifröst nach Asgard nehmen. Du gehst zum Walkürenquartier und übernimmst von dort aus das Kommando. Wir bleiben über unsere Kommunikatoren in Kontakt – Henrik, hast du noch welche von den durchsichtigen, die wir in Svartalfheim benutzt haben? Ich würde lieber auf die umsteigen, falls einer von uns gefangen genommen wird.«

»Ich habe genug für uns alle in meinen Rucksack geworfen. Sogar für dich, Lornara«, bestätigte Henrik.

»*Takk*«, sagte sie.

»Verteile sie, und wir brechen in zehn Minuten auf.« Tyr holte tief Luft. »Ich möchte nur, dass ihr alle wisst, dass ...« Er atmete heftig aus. »Es war mir eine Ehre, mit jedem einzelnen von euch Asgard zu dienen. Und wenn, Odin bewahre, dies das letzte Mal ist, dass wir alle zusammen sind ...«

»Sprich nicht so!«, protestierte Elsa.

»Ich möchte nur, dass ihr wisst, dass ich ... dass ich euch

liebe«, sagte er ruppig. »Und es wird mir eine Ehre sein, an eurer Seite in Walhalla zu kämpfen.«

Bei allen Göttern. Sogar Tyr ging davon aus, dass wir alle sterben würden. Auf der Liste der epischen Motivationsreden landete diese ganz unten. Jemand anders würde einspringen müssen.

Irgendjemand.

Irgendjemand?

Dann war dieser Jemand wohl ich.

»Genug der Verabschiedungen.« Ich sprang auf. »Wir müssen in Schwung kommen. Lasst uns diese Monster ausschalten und den Nornen beweisen, dass sie sich irren. Scheiß auf ihre blöde Prophezeiung. Ich habe noch eine Menge zu erledigen. Und zwar *nicht* von einem stickigen Sitz in Walhalla aus.«

»Ich auch, Brynnie«, sagte Henrik. Mit einem Zwinkern wandte er sich unseren Freunden zu. »Ihr habt die Dame gehört. Lasst uns ein paar Bösewichten in den Arsch treten.«

Ich hob meine Handfläche, und Henrik klatschte sie ab. Wir sammelten unsere Waffen zusammen, holten die weniger stabilen technischen Geräte aus dem verschlossenen Waffenschrank im Flur und reichten unseren Freunden die Taschen mit den besten Technologien, die wir in unserer gemeinsamen Zeit entwickelt hatten. Als alle versorgt waren, schulterten wir unsere eigenen mit Technik beladenen Rucksäcke.

Und wieder einmal machten wir uns auf den Weg, um die Reiche vor der drohenden Zerstörung zu retten.

Acht

Freya

Der bunte Lichtblitz signalisierte die Abreise meiner Freunde. Mit dem rechten Fuß stieß ich gegen den Teppich vor dem Fenster – die Stelle, von der aus ich beobachtet hatte, wie der erste Bifröst Lornara und Tyr nach Alfheim und der zweite Henrik, Forse und Brynn nach Asgard geschossen hatte. Odin allein wusste, was Jason von unserem Regenbogentransport hielt; er und Mia waren immer noch dabei, die Dinge auf der Veranda zu klären. Bei allem, was sie zu besprechen hatten, wollte ich sie nicht stören.

Elsa schloss die Haustür mit einem festen Klicken und eilte die Treppe hinauf. »Schick Mia in die Männerhöhle, wenn sie mit Jason fertig ist. Ich werde den Raum umbauen, damit wir von dort aus mit der Vereinigung beginnen können.«

»Elsa …« Ich kaute auf meiner Unterlippe herum. »Was soll ich tun?«

Elsa drehte sich leichtfüßig um und sah mich traurig an. »Kannst du dein Herz für Jason öffnen?«

Es war, als würde mir ein Schraubstock die Brust zusammendrücken und mir den Atem abschnüren. »Es wäre furchtbar unfair von mir, das zu tun. Du weißt, was es ihn kosten würde.«

»Wir wissen es nicht genau. Es ist Ragnarök – die Nornen

149

müssen dich aus dem Vertrag entlassen. Sie müssen einfach. Und wenn sie es tun … könnte es dieses Mal anders laufen.«

»Oder genauso.« Ich rang mit den Händen. »Und was dann?«

Elsa warf einen Blick aus dem Fenster. »So wie es aussieht, stehen wir am Rande der Vernichtung der Reiche. Viel schlimmer als jetzt kann es nicht mehr werden. Und es tut mir leid, dass ich das anspreche, aber wir haben eine viel bessere Chance zu überleben, wenn unsere Liebesgöttin voll einsatzfähig ist.«

Ihre Worte stachen wie ein Eiszapfen in mein Herz. Elsa hätte diese Worte unter normalen Umständen niemals ausgesprochen, aber wir wussten beide, dass es niemanden mehr gab, der die Arbeit für mich erledigen konnte. Nanna war tot – gestorben an gebrochenem Herzen, weil sie meinen Titel erfüllt hatte, anstatt den Mann zu beschützen, ohne den sie nicht leben konnte. Und obwohl ich absolutes Vertrauen in Brynns Fähigkeit hatte, meine Kriegerinnen zu befehligen, konnte ich niemand anderen bitten, an meiner Stelle die Göttin der Liebe zu sein. Mein Herz für Jason zu öffnen – und mich dadurch dem Schmerz aus meiner Vergangenheit zu stellen –, könnte der schnellste Weg zu meiner eigenen Heilung sein, aber es würde zweifellos sein Ende bedeuten. Es wäre sein Leben für meines, egal wie sehr ich es zu verhindern versuchte.

Und so egoistisch war die Liebe nicht.

Elsa runzelte die Stirn. »Ich verstehe.«

»Ich werde meinen Job machen«, schwor ich. »Aber ich kann Jason nicht zum Tode verurteilen. Er ist … mir zu wichtig. Und ich sorge mich zu sehr um Mia und Tyr. Jason zu verlieren, würde sie zerstören – und das würde ihn zerstören.«

So viel Zerstörung …

»Du bist wirklich die Verkörperung der Liebe, Freya«, sagte

Elsa sanft. »Wir werden uns schon etwas einfallen lassen. Schick Mia nach oben, wenn sie reinkommt, sprich mit Jason über was auch immer du für richtig hältst, und dann komm zu uns nach oben. Wir werden einen Weg finden, deine Liebesreserven zu maximieren, und du kannst sie dorthin lenken, wo wir uns vereinen.«

»Danke«, flüsterte ich. »Für dein Verständnis.«

Elsa zuckte mit den Schultern. »Ich wäre auch nicht in der Lage, jemanden zu verletzen, den ich liebe.«

Damit lief sie die Treppe hinauf und ließ mich mit der Frage zurück, was genau sie damit gemeint hatte. »Du meinst Mia und Tyr, richtig? Nicht Jason?«

»Sag du es mir«, rief sie über ihre Schulter. Bevor sie um eine Ecke verschwand, sah ich ein letztes Mal ihre blonden Haare, hellblauen Chiffon und elfenbeinfarbene Caprihosen.

Moment mal. Wie bitte?

Elsa litt eindeutig an Ragnarök-bedingten Wahnvorstellungen. Ich hatte zugegeben, dass Jason mir wichtig war, aber ich liebte ihn auf keinen Fall. Ich kannte ihn ja kaum. Liebe baute sich langsam auf, über Jahre der Freundschaft, gemeinsamer Erfahrungen und gemeinsamer Träume. Sie kam nicht einfach zu Besuch nach Hause, forderte dich zu einer Partie Billard heraus und schlich sich in dein Herz. Liebe – *wahre* Liebe – war sorgfältiger … methodischer.

Und ich sollte das wissen als Göttin der Liebe.

»Nichts davon ist in Ordnung!«, rief Jason von der Veranda.

Oh, oh. Ich trat näher an die Haustür heran.

»Jason, es tut mir wirklich leid. Aber du musst verstehen, warum ich dir das vorenthalten habe.« Mias Stimme drang durch das Holz. In ihrem Tonfall lag eine unüberhörbare Schärfe. Ihre Familie bedeutete ihr alles, und wenn Jason so wütend war, wie er sich anhörte, musste ich eingreifen. Nichts davon war Mias Schuld.

»Mia?« Ich öffnete die Tür und steckte meinen Kopf nach draußen. Die arme Mia saß auf der Schaukel, die Arme um die Knie geschlungen, und die kastanienbraunen Locken verdeckten ihr Gesicht. Jason marschierte wütend am anderen Ende der Veranda auf und ab. Eine Intervention war definitiv angebracht. »Entschuldigt die Störung, aber Elsa braucht euch oben. Es ist Zeit.«

Mia hob ihren Kopf und warf mir einen panischen Blick zu. »Wir sind noch nicht fertig mit dem Gespräch.«

Ich trat auf die Veranda und schenkte ihr ein mitfühlendes Lächeln. »Ich übernehme das jetzt. Du hast unser Geheimnis gehütet – also ist es nur fair, dass ich etwas von den Folgen abbekomme.«

»Du bist nicht meine Schwester«, verkündete Jason. »Du bist nicht diejenige, auf die ich mein ganzes Leben lang aufgepasst habe. Du bist nicht diejenige, auf die ich wütend bin.«

»Nein«, gab ich zu. »Aber Mia hat nur getan, worum wir sie gebeten haben. Sie hat uns beschützt. Wenn es jemanden gibt, auf den du sauer sein solltest, dann bin ich es. Oder auf Tyr, aber der ist viel größer als du, also würde ich an deiner Stelle eher mit mir vorliebnehmen.«

»Wenn du auch nur eine Minute denkst, dass …«

»Mia.« Ich ignorierte Jasons Wutausbruch. »Geh nach oben. Die Reiche brauchen das, was nur Elsa und du ihnen geben könnt.«

Mia blickte ihren Bruder an. »Es tut mir wirklich leid, Jason. Ich hab dich lieb. Und ich hoffe, du wirst es eines Tages verstehen.«

Jasons Augen waren voller Schmerz. »Es ist meine Aufgabe, auf dich aufzupassen, Mees. Du bist meine kleine Schwester.«

»Sie ist viel zäher, als du denkst«, sagte ich sanft. »Und deine Schwester hat die Aufgabe ihres Lebens vor sich. Sie wird mit Elsa kämpfen, um die dunklen Mächte des Kosmos auf unsere Seite zu bringen. Und sie hat eine viel größere Chance, erfolgreich zu sein, wenn sie einen klaren Kopf hat.« Ich warf Jason einen nachdrücklichen Blick zu.

»Meinetwegen. Hab dich lieb, Mia«, brummte Jason.

»Ich liebe dich auch.« Mias Unterlippe zitterte. Sie sprang von der Schaukel auf und überquerte mit schnellen Schritten die Veranda. Jason sagte kein Wort, als sie sich auf ihn stürzte – er schlang nur seine Arme um seine Schwester und hielt sie fest.

Nach einem langen Moment zog sich Mia zurück und sah Jason an. »Ist alles in Ordnung zwischen uns?«

»Alles in Ordnung«, bestätigte er. »Aber diese Unterhaltung ist noch nicht beendet.«

»Ich weiß.« Mia hielt Jason auf eine Armlänge Abstand. »Es tut mir wirklich leid.«

»Geh.« Jason nickte Richtung Tür. »Rette die Welt. Moment. Hat Freya gesagt, du kämpfst gegen die *dunklen Mächte des Kosmos?*«

»Aus der Ferne«, erklärte ich sanft. »Sie wird weit weg von der Front sein. Mia, mach dich an die Arbeit. Jason und ich müssen reden.«

Mia drückte meine Hand, als sie ins Haus huschte. »Viel Glück«, murmelte sie.

»Danke«, erwiderte ich. Die Götter wussten, dass ich es brauchen würde.

Ich wartete, bis Mia oben war, bevor ich die Haustür schloss

153

und zum Geländer der Veranda ging. Ich stützte meine Unterarme auf den Holzbalken und verschränkte einen Fuß hinter dem anderen. »Ich bin keine Austauschstudentin aus Schweden.«

»Hab ich gehört«, sagte Jason trocken. Er griff nach dem Geländer am anderen Ende der Veranda. »Tyr auch nicht. Und Lornara arbeitet nicht auf einem Mittelaltermarkt. Und ihr habt meine Schwester in eure Endzeitschlacht hineingezogen.«

»Ich verstehe, dass du wütend bist, aber …«

»Nein, Freya. Ich bin nicht wütend. Ich bin verletzt. Ich verstehe, dass Mia versprochen hat, dein Geheimnis zu bewahren – was unglaublich unfair war, wenn man bedenkt, in welche Gefahr ihr sie gebracht habt.«

»Ich weiß«, flüsterte ich. »Aber …«

»Ich bin noch nicht fertig.« Jason hob eine Hand und kam näher heran. Die Kälte in seiner Stimme ließ mich erstarren. »Aber ich verstehe nicht, warum sie immer weiter für euch lügen musste. Wir beide haben uns hier das erste Mal getroffen, aber Tyr, Henrik und Brynn kenne ich nun schon seit fast anderthalb Jahren. In all dieser Zeit hielten sie mich nicht für anständig genug, um das Geheimnis zu erfahren? Damit meine Schwester nicht ganz allein mit alldem zurechtkommen muss?«

»Ich weiß, es scheint viel zu sein – es ist viel.« Ich spielte nervös mit meinen Haarspitzen. »Aber Mia hat alles mit Bravour gemeistert. Ob du es glaubst oder nicht, Elsa hat letztes Jahr mit ihr darüber gesprochen, dich in all das einzubeziehen. Als Mia anfing, für ihre Rolle als Vereinigerin zu trainieren, machte sich Elsa Sorgen, dass ihr die Belastung zu viel werden könnte. Weißt du, was Mia gesagt hat?«

»Was?« Jasons Hände waren so fest geballt, dass seine Knöchel knackten.

»Sie sagte, sie liebe dich zu sehr, um dich zu bitten, dieses Geheimnis für sie zu bewahren. Sie hat sich für uns entschieden – für dieses Leben. Aber sie wollte es ihrem Bruder nicht aufzwingen.«

»Ich bin ihre Familie. Ich hätte für sie da sein müssen.«

»Wir sind auch ihre Familie«, sagte ich sanft. »Wir lieben Mia. Wir haben noch nie einen Menschen wie sie kennengelernt ... außer dir.«

Jasons Blick suchte meinen. »Was soll das heißen?«

»Ihr seid anders – ihr beide. Ihr passt irgendwie zu uns. Sei ehrlich: Du wusstest schon, dass wir keine Austauschstudenten sind, bevor Mia es dir gesagt hat, oder?«

Jason zuckte mit den Schultern. »Ich wusste, dass ihr mehr seid, als ihr vorgebt. Aber ich hätte nicht gedacht, dass ihr ... Götter seid.« Das letzte Wort sprach er fast ehrfürchtig aus. »All die Jahre, die ich in die Kirche gegangen bin, und ... na ja, das habe ich nicht erwartet.«

Wir hatten das schon mit Mia durchgemacht. Tyr und Brynn hatten die Hauptlast dabei getragen, ihrem geordneten Verstand dabei zu helfen, uns in eine unvorstellbare Schublade zu stecken. »Was du in der Kirche gelernt hast, war nicht falsch – nicht ganz. Die menschliche Sichtweise ist begrenzt, was es schwer macht, zu begreifen, dass ein einzelnes göttliches Wesen die Macht hat, sich verschiedenen Zivilisationen auf die Art und Weise zu offenbaren, wie sie es am besten verstehen können. Für dich und Mia war das der christliche Gott. Für andere Sterbliche ist es Allah. Oder Buddha. Oder ...«

»Oder die nordische Göttin der Liebe?« Jason zog eine Augenbraue hoch.

»Ich bin nicht die oberste.« Ich schüttelte den Kopf. »Ich bin nur eine von Odins Titelträgerinnen, die eine einzige Auf-

155

gabe zu erfüllen hat. Na ja, zwei, sobald ich mich wieder zu-
sammengerissen habe.«

»Was meinst du damit?«

Ich blickte stirnrunzelnd in den dämmernden Wald. »Ich
weiß nicht, was Mia dir über meinen Job erzählt hat, aber ich
bin nicht nur Liebesgöttin, sondern auch Oberkommandieren-
de der Walküren – Asgards weiblicher Elitekampftruppe. Aber
letztes Jahr wurde ich von Hel entführt. Sie hielt mich in einem
Käfig in Helheim gefangen, und was immer sie mir angetan
hat, hat mich unfähig gemacht, eine meiner Aufgaben zu erfüllen. Brynn ist gerade in Asgard und beaufsichtigt meine Kriegerinnen. Und die Göttin, die versucht hat, meine Aufgabe in
Liebesdingen zu übernehmen ... Es ging nicht gut für sie aus.
Ich muss also herausfinden, was ich tun muss, um endlich gesund zu werden, damit ich wieder an die Arbeit gehen kann,
und zwar am besten schon gestern.«

Jason musterte mich unter seinen langen Wimpern. »Du
wurdest von Hel gefangen genommen? So wie die Herrscherin
der Unterwelt, Hel?«

»Für uns ist sie einfach nur Hel.«

»Kein Wunder, dass du krank bist. Und ihr habt keine Ahnung, was sie mit dir gemacht hat? Oder wie du wieder gesund
werden kannst?«

»Na ja ...« Ich kaute auf meiner Unterlippe herum. »Elsa
hat eine Idee. Aber sie ist den Preis nicht wert.«

»Nicht wert ...« Jason riss die Augen auf. »Nach dem, was
Mia mir gerade erzählt hat, steht die Welt – äh, stehen die
Reiche – kurz vor ihrer Zerstörung. Wie hoch der Preis auch
sein mag, du musst ihn zahlen.«

Mein Herz klopfte. »Ich bin es nicht, die ihn zahlen müsste«, sagte ich leise. Jason kniff die Augen zusammen. »Was soll das bedeuten?«

Nein. Auf keinen Fall. Das würde ich ihm nicht antun.

»Freya«, brummte Jason. »Die Reiche gehen unter. Spuck es aus.«

»Na schön. Elsa denkt, wenn ich mich in dich verliebe, dann bekomme ich mein Mojo zurück, und alles wird wieder gut. So. Zufrieden?«

Jasons Mundwinkel zuckten. »Ist das wirklich wahr?«

»In Elsas Kopf, ja.« Ich verdrehte die Augen. »Hör auf zu grinsen.«

»Es kommt nicht jeden Tag vor, dass ein Mann erfährt, dass er der Schlüssel zum Glück der Liebesgöttin ist.« Jasons Blick wanderte an meinem Körper entlang und verweilte länger als nötig auf meiner Brust. *Typisch Mann.* »Wenn du mich benutzen musst, um deine Säfte zum Fließen zu bringen, dann nur zu. Tu, was getan werden muss.«

Lachend streckte ich die Hand aus, um seinen Arm zu schlagen. Doch bevor ich ihn berühren konnte, schlang Jason seine Finger um mein Handgelenk und zog mich zu sich.

»Ich meine es ernst. In Zeiten des Krieges muss jeder Mann seinen Teil dazu beitragen, seinem Land … äh, seinem Reich zu dienen. Seinen Reichen? Wie auch immer. Ich bin hier, um dir zu dienen … Göttin der Liebe.«

»Jason!« Mein Lachen erstarb in meiner Kehle. Ich versuchte, zu ignorieren, wie sich mein Puls bei seiner Berührung beschleunigte oder wie meine Schenkel kribbelten, als er sie so nah an seine zog. Aber obwohl mein Blut in Wallung geriet, schickte mein Herz einen Schauer durch meine Adern. *Erinnere dich an das letzte Mal …*

»Mmh?« Jason ließ mich nicht los. Stattdessen kam er noch

näher, legte einen Arm um meinen unteren Rücken und zog meine Hüfte an seine.

Bei allen Göttern. »Du weißt nicht, worauf du dich da einlässt«, flüsterte ich.

»Interessiert mich nicht«, flüsterte er zurück. Er fuhr mit seiner Nase an meinem Kinn entlang, bis auch hier alles kribbelte. Mein Herz begann wild zu klopfen, und ich legte meine Handflächen auf Jasons Brust, bevor die Dinge außer Kontrolle gerieten.

»Es sollte dich aber interessieren.« Stöhnend löste ich mich von Jason und trat einen Schritt zurück. »Mein Titel kommt nicht ohne Bedingungen. Eine der Bedingungen für meine … Anstellung ist, dass ich mein Herz nicht verschenken darf.«

»Niemals?«

»Nicht, bis die Nornen – unsere Propheten – es erlauben. Ich bin schon lange dabei, und bis jetzt …«

»Haben sie es nicht erlaubt.« Jason legte den Kopf schief. »Hast du sie jemals gefragt?«

»Einmal«, flüsterte ich. Die Erinnerung blitzte in meinem Kopf auf. Ich schob sie schnell wieder beiseite. *Nicht heute.*

»Und wie ist das gelaufen?«, drängte Jason.

Nicht. Heute.

»Nicht gut.«

Die Sekunden verstrichen, und schließlich sagte Jason: »Ich verstehe.«

»Ich kann dir nicht geben, was du verdienst, Jason. Ich weiß nicht, was du von mir erwartest, aber wenn es eine Partnerin ist, kann ich das nicht für dich sein. Zumindest nicht jetzt. Und vielleicht auch nie.«

Jason trat näher heran und legte eine Hand auf meine Wange. »Was willst du, wer wir füreinander sind, Freya?«

Ich lehnte mich gegen seine Berührung. »Was ich will, spielt keine Rolle. Ich muss stets an erster Stelle meinem Reich verpflichtet sein, und bis die Nornen mich von ihren Bedingungen entbinden, muss ich äußerst vorsichtig sein und genau abwägen, wie sehr ich mir erlaube, mich für dich zu interessieren. Wir können uns verabreden, aber die Dinge zwischen uns dürfen nie zu tief werden. Alles, was ich dir anbieten kann, ist eine lockere, unverbindliche Beziehung. Nicht dass du gesagt hättest, dass du etwas anderes willst. Bei allen Göttern, ich bin wahrscheinlich viel zu voreilig …«

»An meinen Gefühlen ist nichts unverbindlich.« Jason lehnte seine Stirn an meine. »Ich mag dich – ich meine, ich mag dich wirklich. Mädchen gehen mir nie unter die Haut, aber bei dir ist das anders. Du bist stur und unabhängig und verdammt stark. Was ich jetzt verstehe, da du deine eigene Armee hast und so.«

»Eine reine Frauenarmee«, fügte ich hinzu, denn ich war stolz auf meine Kriegerinnen.

»Stimmt. Der Punkt ist, dass dich diese Propheten irgendwann aus diesem Arrangement entlassen müssen, oder?« Jason zuckte mit den Schultern. »Und wenn sie das tun, werde ich auf dich warten.«

»Vielleicht werden sie es auch nie«, gab ich zu bedenken. »Es sind inzwischen Jahrhunderte.«

»So alt bist du?«

Ich boxte Jason gegen die Brust. Fest.

»Autsch! Okay, das habe ich verdient.« Er lachte. »Hör zu, das kriegen wir schon hin.«

»Ich kann nicht zulassen, dass ich mich in dich verliebe, Jason«, warnte ich. »Nicht so, wie ich es will. Nicht, bis sie mich freilassen. Und du solltest dich auch nicht in mich verlieben. Nicht ganz.«

Jason legte den Kopf schief. »Du meinst es ernst mit dieser lockeren Sache?«

»Todernst«, bestätigte ich.

»Ich will ehrlich sein, so läuft diese Unterhaltung normalerweise nicht ab. Eigentlich bin ich derjenige, der darum bittet, es zwanglos zu halten, und das Mädchen, na ja ...« Jason zuckte mit den Schultern.

Ich lachte auf. »Du bist unmöglich.«

»Ich habe schon Schlimmeres gehört.« Jason zog mich wieder an sich und senkte seinen Kopf. Mein Herz klopfte in meiner Brust, als ich die Augen schloss, den Kopf zurücklegte und ...

»Freya!« Elsas Stimme drang aus dem Haus. »Wir brauchen deine Hilfe!«

Ein frustriertes Aufstöhnen entwich meinen Lippen. Ich öffnete die Augen und sah Jasons amüsiertes Grinsen. »Die Pflicht ruft?«

»Das tut sie meistens. Und zwar zur unpassendsten Zeit. Willkommen in Asgard.«

Jasons Grübchen tauchte auf. »Dann sollte ich dich wohl besser gehen lassen. Ich bleibe noch einen Moment hier. Um wieder runterzukommen.«

Meine Wangen wurden heiß, als Jason zurücktrat und seine Worte eine völlig neue Bedeutung bekamen.

»Gute Idee.« Ich zwang mich, den Blick von seinem Schritt loszureißen. »Aber komm bald wieder rein. Unser Gelände ist sicher, aber es ist schon vorgekommen, dass etwas hier eingedrungen ist. Vorsicht ist besser als Nachsicht.«

»In Ordnung.« Jason nickte. »Wenn du irgendetwas

brauchst … irgendetwas … für das Wohl der Reiche, meine ich.«

»Weiß ich, wo du zu finden bist.« Ich zwinkerte ihm zu, bevor ich zurück ins Haus ging. In der Küche hielt ich an, um mir ein Glas kaltes Wasser zu holen, bevor ich die Treppe hinaufging. Jason war nicht der Einzige, der eine Abkühlung nötig hatte.

Elsa hatte recht gehabt − auch wenn ich wusste, dass ich mich den Gefühlen, die wir füreinander entwickelten, nicht völlig hingeben konnte, hatte mich die Begegnung mit Jason nach monatelanger Dunkelheit mit Hoffnung erfüllt … mit dem Traum von einer Zukunft. Für mich selbst, für meine Freunde, für mein Reich. Was auch immer aus der Sache mit Jason werden würde, in diesem Moment fühlte ich mich ganz und gar als die Liebesgöttin, zu der mich die Nornen gemacht hatten.

Und es war an der Zeit, dass ich mich an die Arbeit machte.

**

»Fenrir ist eine Sackgasse. Er ist für die Energie, die ich ihm schicke, überhaupt nicht empfänglich. Wer ist der Nächste?«

Mia lehnte sich auf dem dicken Meditationskissen zurück, das neben den Ledersofas in der Männerhöhle lag. Brynns und Henriks Laborausrüstung war an die linke Seite des Raumes verbannt worden, sodass ein Großteil des Bodens frei war. Die Mädchen hatten drei große weiße Kissen und ein Meer von Kristallen verteilt. Der Raum strahlte Heiterkeit aus, und wenn das Ende der Welt nicht unmittelbar bevorstünde, hätte ich die friedliche Atmosphäre, die sie geschaffen hatten, zu schätzen gewusst.

So aber schlich ich mich leise in den Raum und setzte mich auf das einsame, unbesetzte Kissen. Ich warf einen Blick auf die großen rosa Steine, die direkt hinter mir in Hufeisenform aufgestellt waren. Es waren einige von Mias Lieblingskristallen – Rosenirgendwas. Ich wusste, dass sie Liebe widerhallen sollten.

Meine Freunde waren unglaublich. Ich würde sie nicht im Stich lassen.

Liebe. Liebe. Ich bin Liebe. Ich aktivierte das Zentrum in meinem Hinterkopf, verband es mit meinem Herzen und wollte, dass sich beides mit Liebe und Licht füllte. *Ich bin Liebe. Ich bin Liebe.* Ich wiederholte das Mantra, bis es mich übernahm und in absoluter Wahrheit durch jede Zelle meines Wesens vibrierte.

Ich bin Liebe.

Zum ersten Mal seit langer Zeit *wusste* ich, dass es stimmte. Ich war Liebe.

»Elsa?«, drängte Mia. »Hast du mich gehört? Fenrir ist eine Sackgasse. Wen bearbeiten wir als Nächstes?«

»Tut mir leid.« Elsas helle Stimme riss mich aus meiner Trance. »Etwas hat sich gerade verändert. Es war wunderschön.«

»Elsa?« Ich war bereit, an die Arbeit zu gehen. »Worauf soll ich mich konzentrieren?«

»Ich … oh, Freya. Dein Herz leuchtet. Endlich.« In ihre blauen Augen schossen Tränen. »Ich habe dich vermisst.«

»Ich habe mich auch vermisst«, sagte ich ehrlich.

»Hast du dich mit Jason ausgesprochen?«, fragte Elsa.

»So gut ich konnte.«

»Das war also die Veränderung.« Elsa strahlte.

162

»Ja, ja.« Ich winkte ab. »Heb dir dein *Hab ich doch gesagt* für später auf, wenn wir die Reiche gerettet haben.«

»In Ordnung.« Elsa schloss die Augen. »Wir haben es nicht geschafft, uns mit Fenrir zu verbinden, also ist Runa die Nächste. Konzentriert eure Energie auf sie.«

»Runa?« Mia klang, als ob Elsas Vorschlag völlig irre wäre.

In gewisser Weise stimmte das auch. Als Kind war Runa unglaublich mutig gewesen, um Tyr vor ihrem tyrannischen Vater zu schützen. Doch als sie älter geworden war, hatte sie immer mehr die Züge ihres Vaters angenommen. Elsas reines Herz hatte immer darauf vertraut, dass Runa ins Licht gebracht werden konnte – selbst nachdem sie aus dem asgardischen Gefängnis geflohen und offenbar direkt zu ihrem Vater gelaufen war, um uns alle zu vernichten.

Skit.

»Ja. Runa.« Elsa ging wieder in den Schneidersitz und legte die Hände mit den Handflächen nach oben auf ihren Schoß. »Schick ihrer Seele vereinigende Energie, während ich versuche, mich mit ihr zu verbinden. Freya, wenn du bereit bist, sende Liebe in Runas Herzzentrum.«

»Bin schon dabei.« Ich kreuzte meine Beine ebenfalls und spiegelte Elsas Pose auf meinem Kissen. »Wohin sollen wir es richten?«

»Ich glaube, sie ist in … Jotunheim?«, sagte Mia widerwillig.

»Ich sehe ebenfalls Eis«, bestätigte Elsa. »Kannst du sie spüren, Freya?«

»Ich habe sie.« Ich nickte. »Okay, es geht los.«

Mit einem tiefen Atemzug saugte ich Energie von den rosa Steinen ein, filterte sie durch mein Herz und strahlte sie in den Kosmos hinaus. Sie schoss durch die Dunkelheit, durchdrang die eisige Atmosphäre von Jotunheim und traf auf eine Seele, die ich von meinem kurzen Besuch in Asgards Gefängniskammer her kannte. Runas Körper war dünner, als ich ihn in Erinnerung hatte. Ihre einst strahlende Haut war jetzt kreidebleich. Sie war von Dunkelheit erfüllt, und ein zorniger Nebel trübte das, was wohl einst ein glückliches Herz gewesen war. Ihre Lebensumstände waren alles andere als ideal gewesen, aber ich hatte wie alle gehofft, dass wir in der Lage sein würden, sie umzustimmen. Sie war Tyrs erste Beschützerin gewesen, das erste Wesen, das für ihn gekämpft hatte. Sie hatte ein so viel besseres Schicksal verdient als das, was die Nornen ihr gegeben hatten.

»Sie ist nicht offen dafür, etwas zu empfangen«, murmelte Mia.

»Das spüre ich auch«, bestätigte Elsa.

»Lasst es mich auf eine andere Weise versuchen und – autsch!« Ich schrie auf, als meine warme, rosafarbene Energie auf mich zurückprallte. Runa hatte die Liebe, die ich ihr geschickt hatte, mit aller Macht zurückgewiesen.

»Geht es dir gut?«, fragte Mia.

»Ja, lasst mich nur … Moment. Spürt ihr das?« Meine Muskeln verkrampften sich, als die dicke Wolke aus dunkler Energie in meinen Raum eindrang. Ich riss die Augen auf und suchte den Raum nach der Bedrohung ab. Nichts.

»Was denn?« Elsa öffnete ebenfalls ihre Augen.

»Diese Dunkelheit. Ich glaube nicht, dass es Runa ist. Ich glaube, sie kommt von außerhalb der Hütte …« Wir drei starrten uns voller Entsetzen an.

»Jason«, flüsterte Elsa.

Mia sprang nur einen Sekundenbruchteil nach mir auf. »Geh«, drängte sie.

Aber ich war schon auf halbem Weg die Treppe hinunter.

»Bleib, wo du bist!«, rief ich über meine Schulter. »Elsa, initiiere sofort die Abriegelung.«

Ich wartete nicht auf Elsas Bestätigung. Das Surren der kugelsicheren – und vor dunkler Magie geschützten – Ummantelung verriet mir, dass sich die Männerhöhle in den Schutzraum verwandelte. Ich rannte über die Dielen, bis ich die Eingangstür aufstieß und von der Veranda auf die Lichtung stürmte.

»Freya! Geh zurück ins Haus!« Jasons Stimme ließ mich auf der Stelle innehalten.

»Wo bist du?« Ich wirbelte herum und suchte den dunklen Wald ab. »Wo bist ... du?« Das letzte Wort klang wie ein Flüstern.

Denn während ich Jasons fast schlaffe Gestalt auf dem Boden kaum ausmachen konnte, war das wirbelnde schwarze Portal, das silberne und lila Funken ausstieß, direkt hinter ihm mehr als deutlich zu erkennen.

Und neben dem schwebenden Portal stand die unheimliche halbblaue Gestalt, die mich in Helheim gefangen gehalten hatte. Sie presste erfreut die Handflächen zusammen, während sie den Kopf in triumphierendem Gelächter zurückwarf.

»Freya«, sagte Hel, einen ihrer hohen Absätze auf den Sterblichen gepresst, der mein Herz in seinen Händen hielt.

»Ich glaube, ich habe etwas, das dir gehört.«

Neun

Brynn

Das Walkürenquartier war viel größer, als ich es in Erinnerung hatte.

Zugegeben, ich hatte die letzten Jahre auf Midgard verbracht – und die Dinge dort waren wesentlich kleiner als ihre asgardischen Gegenstücke. Aber ich hatte die Pracht, die Eleganz, das ätherische Design in einem absolut gewaltigen Ausmaß der Architektur vergessen. Von den geflügelten Pferden aus Marmor, die beide Seiten der geschnitzten Eingangstür bewachten, bis hin zu den goldenen Vorsprüngen des Dachs – auf dem ein Unsichtbarkeitszauber lag, der das natürliche Licht maximierte und dem Gebäude eine allgemeine Leichtigkeit verlieh – war die Anlage der Inbegriff von Kultiviertheit.

Ich versuchte, nicht auf den massiven elfenbeinfarbenen Innenhof zu starren, der sich über die gesamte Länge des fußballfeldgroßen Eingangsbereichs erstreckte. Oder auf die Schwärme angespannter Walküren, die über den Balkon huschten, wo das Trainingszentrum in die Schlafsäle mündete. Oder auf die Art und Weise, wie der Bronzebrunnen in der Mitte des Hofes im sanften asgardischen Sonnenlicht funkelte. Der Brunnen war das Abbild einer Walküre, die auf einem geflügelten Ross saß, das Schwert erhoben und die Lippen zu einem Kampfschrei aufgerissen. Es beeindruckte mich genauso wie an meinem ersten Tag als Junior-Walküre, nicht zuletzt wegen der

166

Botschaft, die es vermittelte: *Für die Ehre. Für die Liebe. Für Asgard.* Die Worte waren sowohl in das Schwert als auch auf den Rand des Brunnens eingraviert – eine doppelte Erinnerung an das, was wir wertschätzten – an das, wofür wir kämpften.

An das, was wir waren.

»Generalin Aksel?« Die leise Stimme hinter mir ließ mich zusammenzucken.

»Oh, ich bin nur Kommandantin.« Ich drehte mich um und sah eine der ranghöchsten Walküren strammstehen. Hinter ihr eilte eine Schar uniformierter Frauen durch den Eingang, ihre Schwerter an Gürteln baumelnd. Zweifellos waren sie auf dem Weg in den Besprechungsraum im ersten Stock, um auf ihre Befehle zu warten.

Es war höchste Zeit. Ich musste nur noch das Kommando geben. *Kein Druck.*

»Ich bitte um Entschuldigung, Generalin Aksel.« Die Walküre an meiner Seite hob ihre Hand zum Gruß. Die flexible Panzerung ihrer Uniform schimmerte im Licht. Das Silber bildete einen schönen Kontrast zu dem hellblauen Stoff, der darunter lag. »Aber die Befehle der Oberbefehlshaberin besagen, dass Ihr mit Generalin angesprochen werden sollt. Sie besagen außerdem, dass ich Euch in den Kriegsraum eskortieren soll.«

Generalin? Letztes Jahr hatte ich mich schon glücklich geschätzt, zur Kommandantin aufzusteigen. Meinte Freya das etwa ernst?

»Natürlich.« Ich schob meine Überraschung beiseite und gab mein Bestes, um möglichst imposant auszusehen. »Dann los … äh … Svaira?«

»Svetana«, korrigierte sie mich. »Ich habe das technische Team geleitet, als Ihr eingetreten seid.«

»Svetana!« Ich schob meinen Rucksack mit der Technik auf

die andere Schulter, bevor ich den Griff meines Degens in die Hand nahm. »Ach ja, du hast uns den *Älva*-Staub besorgt, den wir brauchten, um die Arbeit an dem explodierenden Portal abzuschließen! Ohne ihn hätten wir das Leck im Dunkelwald nie schließen können. Mann, das waren gute Zeiten.«

Svetana nickte. »Wir werden auf dem Weg zum Kriegsraum beim Labor vorbeischauen. Ihr wollt Euch bestimmt umziehen, bevor Ihr Euch mit Euren Generalleutnants trefft, und das Technikteam ist gerade dabei, Eure Kampfuniform auf den neuesten Stand zu bringen.«

»Sehr gut. Danke. Äh, rühren«, fügte ich hinzu, weil Svetana ihre Hand nicht von der Stirn genommen hatte. »Und du kannst mich Brynn nennen.«

»Bitte folgt mir, Generalin Aksel.« Svetana machte auf dem Absatz kehrt.

Wir bahnten uns einen Weg durch die dichten Gruppen von Walküren in Uniformen, die alle auf den Besprechungsraum zusteuerten. Diejenigen, die registrierten, wer wir waren, ließen uns passieren. Der Respekt und die Ehrfurcht in ihren Gesichtern reichten aus, um meinen Blick abwenden zu müssen. Ich agierte heute vielleicht anstelle meiner Freundin, aber ich war keine Freya. Sondern nur eine Soldatin, die ihr Reich liebte und sich glücklich schätzen konnte, überhaupt zur Walküre auserkoren worden zu sein. Unsere Truppen anzuführen war eine Ehre, um die ich nie gebeten hatte. Nichts von alldem schien real zu sein.

Aber das war es. Und es hingen viele Leben davon ab, dass ich es nicht vermasselte.

Nach einer gefühlten Ewigkeit erreichten Svetana und ich die Doppeltreppe, die sich um eine Statue von Freya selbst schlang. Meine Freundin konnte ihr Marmorabbild nicht leiden – sie hasste es, dass es mitten im Eingangsbereich des Walkürenquartiers stand. Aber der Rest von uns liebte die visuelle Erinnerung an unsere starke, furchtlose Anführerin – die buchstäbliche Verkörperung der Liebe, die sich dafür einsetzte, das Licht Asgards in den Reichen zu verbreiten. Bei allen Göttern, ich hoffte, ich würde sie nicht enttäuschen.

Mit schweren Schritten stapfte ich die Marmortreppe hinauf. Walküren gingen mir aus dem Weg, und ich fragte mich, wie viel sie über meine Rolle wussten – über diesen vorübergehenden Machtwechsel. *Vorübergehend.* Genau das war es. Freya würde bald zurückkehren und ihre Armee anführen. Solange ich denken konnte, war sie die treibende Kraft unserer Truppen gewesen, und schon bald würde sie wieder als Oberkommandantin in ihrer kampferprobten Uniform im Besprechungsraum stehen, ihren Kampfruf erheben und unsere Kriegerinnen dazu inspirieren, Spannungen im ganzen Kosmos abzubauen.

Apropos Uniformen …

»Willkommen zurück im Labor.« Svetana bog scharf nach links ab, bis wir vor einer Reihe von Milchglastüren standen. Sie hob ihre Handfläche zu dem diskreten Scanner an der Wand. Die Tür verschwamm, verschwand dann ganz, und wir beide betraten den offenen Raum.

Es war genauso beeindruckend wie damals, als ich hier im Technikteam der Junior-Walküren gedient hatte. Einige der Kriegerinnen hatten uns als Nerds bezeichnet, aber wir hatten gewusst, wie wichtig unsere Arbeit für den Orden war. Freya war unsere größte Fürsprecherin gewesen, die uns ständig daran erinnerte, dass geistige Stärke für unsere Sache genauso wichtig war wie Muskelkraft. Sie hatte uns ein großzügiges Budget und einen ebenso großzügigen Arbeitsbereich zur Verfügung gestellt, in dem wir technische Meisterwerke hatten erschaffen können. Und ihr Glaube an unser Team hatte es uns ermöglicht, Technologien zu entwickeln, die zum Frieden zwischen den Reichen beigetragen hatten.

Jetzt sah ich mich erneut in dem riesigen Labor um, das mit den neuesten Entwicklungen der Asen gefüllt war. Ein winziger Teil meines Verstandes fragte sich, wie Henrik und ich es geschafft hatten, in unserem beengten, winzigen midgardischen Labor so viele brillante technische Errungenschaften zu erschaffen. Die Dinge, die wir hier tun könnten …

»Generalin Aksel, wir müssen in Bewegung bleiben.«

Richtig.

Ich nickte einer jungen Rekrutin zu, die ein Hologramm manipulierte – die schematische Darstellung eines Sprengsatzes, so wie es aussah. »Du hast den Aufprallradius mit einer Mini-Rakete vergrößert? Das ist brillant«, lobte ich. Bei meinen Worten riss sie ihre bernsteinfarbenen Augen hinter den dicken Gläsern ihrer Schutzbrille weit auf. »Danke, Bry… äh, Generalin«, flüsterte sie ehrfurchtsvoll.

Diese Mädchen setzten all ihre Hoffnungen darauf, dass ich uns am Leben erhalten würde. Bei allen Göttern, ich musste das unbedingt hinbekommen.

»Ist die Uniform fertig?«, rief Svetana in den Raum.

»Sie hängt am alten Spind der Generalin«, meldete sich eine der Walküren zu Wort.

»Gut. Hier entlang.« Svetana deutete auf die Umkleidekabine im hinteren Teil des Labors.

»Danke.« Ich ging am mehrdimensionalen Drucker vorbei, hob meine eigene Handfläche an den Scanner vor der Umkleidekabine und ging hinein, sobald die Tür verschwunden war. Mein Spind sah immer noch genauso aus wie früher, mit einer

Ausnahme: An der Tür hing eine Uniform, die so exquisit war, dass ich mich umschaute, um mich zu vergewissern, dass es wirklich meine war. Da keine anderen Uniformen in dem Raum zu sehen waren und sie an meinem Spind hing, schloss ich daraus, dass sie tatsächlich für mich bestimmt war … und ich konnte mein Glück kaum fassen.

An einem gepolsterten Bügel hing ein Kleidungsstück im traditionellen Hellblau und Silber der Walküren. Aber anstelle des üblichen Kevlargewebes, das ich als Junior-Walküre getragen hatte, sah dieser Stoff dichter aus, üppiger. Meine Fingerspitzen streiften über seine Oberfläche, und mir wurde klar, dass er aus Fasern hergestellt war, die ich noch nie getragen hatte.

»Ist das …«

»Es ist ein atmungsaktiver, organischer Stoff, der mit Nidavellir-Eisen verwoben wurde«, sagte Svetana.

»Du meinst doch nicht etwa …« Ich atmete schwer aus.

»Doch, Generalin. Er ist mit denselben Fasern durchzogen, aus denen Thors Hammer besteht.«

Heiliger *skit*.

»Wie habt ihr die Zwerge dazu gebracht, euch *das* zu geben?«, fragte ich staunend.

»Wie Ihr Euch vielleicht erinnert, haben sie eine Schwäche für Freya.« Svetana grinste – das erste Lächeln, das ich an diesem Tag an ihr sah. »Ich habe Nidavellir besucht, um sie über ihre Probleme zu informieren und ihnen mitzuteilen, dass ihr Ersatz den stärksten Anzug braucht, den wir herstellen können. Sie schenkten mir ein Stück Eisen, das unser Technikteam weiterverarbeiten konnte, und erinnerten mich daran, dass, wenn Ragnarök wirklich über uns hereinbrechen sollte, Freya gut daran täte, Skidbladnir und Gullinbursti zu rufen.«

»Wie bitte?« Hatte Freya geheime Freunde, von denen sie uns nichts erzählt hatte?

»Skidbladnir – ein Schiff, das die Zwerge für Freya gebaut haben. Ich wusste nichts davon; sie haben es ihr heimlich geschenkt. Das Schiff hat immer einen günstigen Wind, und man kann es zusammenfalten und in die Tasche stecken.«

Ernsthaft?

»Und wer ist der andere Typ? Oder das andere Ding?«, fragte ich. »Gillen ... Gullen ...«

»Gullinbursti – ein goldenes Wildschwein, das Licht in die Dunkelheit strahlt und nahtlos durch jede Substanz läuft, einschließlich Luft und Wasser.«

Moment mal. Wir hatten Zugang zu einem leuchtenden, raumfahrenden Schwein und einem magischen, windverändernden Boot, und das genau in dem Moment, in dem wir versuchten, ein Killer-Zehennagel-Schiff davon abzuhalten, Asgard anzusteuern?

Manchmal waren die Nornen einfach zu gut.

»Ausgezeichnet. Ich ziehe mich schnell um, dann können wir das den Generalleutnants übermitteln.« Ich setzte mich auf die Bank und schnürte meine Kampfstiefel auf.

»Eure Schuhe sind in Eurem Spind. Ich lasse Euch einen Moment allein.«

Svetana verließ diskret den Raum, und ich begann, meine Tasche und mein Schwert abzulegen und den Rest meiner Kleidung auszuziehen. Meine Beine glitten leicht in den verbesserten Kampfanzug, dessen Panzerung fast schwerelos an meinen Muskeln anlag. Ich griff hinter mich, um den Reißverschluss zuzuziehen, aber der Anzug schloss sich von selbst, da er meinen Wunsch zu erahnen schien. *Wow.* Was konnte er sonst noch? Ich verstaute meine Kleidung im Spind und zog das coolste Paar Schuhe heraus, das ich je gesehen hatte. Sie waren aus einem silberfarbenen Leder gefertigt, und an den Fersen war eine Art Sprenger angebracht.

Sprenger. An meinen *Schuhen* waren *Sprengköpfe*.

Warum waren Henrik und ich noch nicht auf diese Idee gekommen?

Als sich meine Schuhe von selbst schnürten – denn das war jetzt wohl einfach so –, befestigte ich meinen Degen an dem dafür vorgesehenen Gürtel des Anzugs, steckte meinen Dolch in das versteckte Fach in meinen Sprengkopfstiefeln, bauschte meinen mit Nidavellir-Eisen durchzogenen Umhang hinter mir auf und marschierte entschlossen ins Labor, den Rucksack über einer Schulter. »Wer hat dieses Outfit entworfen?«, rief ich aus.

Svetana spitzte die Lippen, während sie mich von Kopf bis Fuß musterte. »Ihr seht exquisit aus, Generalin.«

»Ich wollte eigentlich tödlich aussehen, aber exquisit ist auch gut.« Ich schenkte ihr ein Grinsen. »Im Ernst jetzt«, rief ich erneut. »Diejenigen, die Uniform und Schuhe designt haben, kommt bitte mal her!«

Zwei Schutzbrille tragende junge Frauen kamen zögernd hinter einem Arbeitstisch hervor. Die eine rieb nervös die Fingerspitzen aneinander. »Ich, ähm, ich habe den Anzug entworfen. Gibt es ein Problem damit? Wir hatten keine Zeit, ihn einem Betatest zu unterziehen, wenn also das Eisen nicht richtig sitzt, können wir ...«

»Du hast das gemacht?« Ich nahm den Umhang zwischen meine Fingerspitzen und hielt ihn hoch. »Dieses großartige Kunstwerk?«

»Ähm ... ja«, flüsterte die dunkelhäutige junge Frau.

»Es ist verdammt genial«, lobte ich. »Seine intuitiven Funk-

173

tionen … damit habe ich noch nie gearbeitet. Was kannst du mir darüber erzählen?«

Hinter ihrer Schutzbrille – und der Brille darunter – leuchteten die warmen braunen Augen des Mädchens auf. »Das Metall sollte eigentlich nur Waffen- und Dunkelmagie-resistent sein. Aber es stellte sich heraus, dass es ein Leiter für ein sekundäres System ist, das wir entwickelt hatten – eines, das Gehirnströme liest und sie in Bewegungen umsetzt. So ähnlich wie das, woran Ihr und Kommandant Andersson für die Prothese des Kriegsgottes gearbeitet habt.«

»Fred. Ja, natürlich!« Nachdem Henrik und ich die Arbeit an Tyrs Armprothese beendet hatten, hatte ich einen vollständigen Bericht an die Walküren geschickt, damit das technische Team ihn analysieren konnte. Wir hatten auch eine modifizierte Version der Spezifikationen bei einer der menschlichen Forschungseinrichtungen abgegeben – es gab keinen Grund, unsere wissenschaftlichen Fortschritte für uns zu behalten. »Es sind also dieselben Neuroleiter, die in diesem Anzug mitschwingen?«

»Genau.« Der lockige Pferdeschwanz des Mädchens wippte aufgeregt. »Ich bin übrigens Kyrea. Ich bin ein großer Fan Eurer Arbeit mit Kommandant Andersson.«

»Lass das bloß nicht Henrik hören. Er ist schon eingebildet genug …« Kyrea und ihre Laborpartnerin kicherten.

»Wie ist dein Name?«, fragte ich die wahrscheinliche Schuhdesignerin. Sie war Kyreas etwas kleinere Doppelgängerin.

»Ich bin Kinsea«, antwortete sie schüchtern. »Die Stiefel sind mit der gleichen intuitiven Technologie ausgestattet, die Sprengstoff aus nächster Nähe abfeuert, also passt auf, wenn Euch jemand in Eurer Nähe wütend macht.«

»Ernsthaft jetzt«, murmelte Kyrea trocken.

»Ein Missgeschick im Labor?« Ich zog eine Augenbraue hoch.

»Kann man so sagen.« Kinsea errötete. »Ich hätte meiner Schwester fast die Haare weggebrannt.«

»Ich hätte die Stiefel nicht ungesichert untersuchen sollen«, sagte Kyrea.

»Ihr müsst nur wissen, dass dieser Knopf hier« – Kinsea kniete sich hin und tippte auf eine fast unmerkliche Erhebung an meinem Knöchel – »die Sicherung verriegelt. Sobald sie entriegelt wurde, ist jeder im Umkreis von fünfzehn Metern Freiwild.«

»Gut zu wissen. Im Ernst, ihr habt gute Arbeit geleistet.« Ich machte eine gedankliche Notiz, dass Svetana ihren Eltern und Freya ein Empfehlungsschreiben schicken sollte. Meine eigene Technologie in meinen Anzug einzubauen, und das an einem Tag, an dem ich mich völlig fehl am Platz fühlte … Die Schwestern verdienten auf jeden Fall eine Beförderung.

»Generalin«, sagte Svetana leise. »Es ist an der Zeit.«

»Macht weiter so«, sagte ich, während ich zur Labortür ging. »Technologie ist immer wieder der Schlüssel zur Rettung meines Teams gewesen – diese Abteilung bedeutet mehr für das Reich, als ihr euch vorstellen könnt. Ihr solltet wissen, dass das, was ihr tut, die Macht hat, unzählige Leben zu retten – egal, was die Kampfwalküren meinen.«

»Hört, hört«, flüsterte eines der Mädchen. Die gesamte Abteilung brach in Gekicher aus.

Mit einem letzten Grinsen in Richtung des Technikteams schritt ich den Flur hinunter, Svetana dicht hinter mir. Vor dem Kriegsraum hielt ich inne, holte tief Luft und hob meine Hand zum Scanner neben den Doppeltüren. Sie flimmerten, dann verschwanden sie. Ich betrat den Raum und nahm meinen Platz vor den vier Generalleutnants ein, die Freyas Kriegskabinett bildeten.

So Odin wollte, würde ich weder sie noch die Kriegerinnen unter ihrem Kommando im Stich lassen.

**

»Das Eliteteam hat Krieger in Helheim, Muspelheim und Jotunheim stationiert. Aber Loki hat zusätzliche Truppen nach Nidavellir und Svartalfheim entsandt, wo unsere Verbündeten unterrepräsentiert sind. Seine Monster leiten derzeit dunkle Energie von Nidavellir nach Vanaheim durch ein Portal, das die Krieger Asgards nicht versiegeln konnten. Wir erwarten bald einen Großangriff auf unser Schwesterreich.« Mariana, die größte von Freyas Generalleutnants, stand mir im Kriegsraum gegenüber und deutete auf das holografische Display des hölzernen Konferenztisches. Auf dem Display waren die neun Reiche zu sehen, mit roten Lichtern, die die bedrohten Gebiete anzeigten, und blauen Lichtern, die unsere verbündeten Streitkräfte hervorhoben. Sie warf einen Blick zu den drei anderen Generalleutnants, die alle in voller Kampfuniform dastanden und die Hände fest vor sich verschränkt hielten.

Niemand schien glücklich darüber, hier zu sein.

»Wir hatten geplant, Svartalfheim während Ragnarök aufzugeben – einen Sprengsatz zu entfesseln, der das Reich in Sternenstaub verwandeln würde. Doch bevor die Kämpfe ausbrachen, öffneten die Elfen ein Portal im Dunkelwald und verschafften sich Zugang zu unserer Schule. Sie haben fast zwei Dutzend asgardische Kinder in ihrer Gewalt.« Mariana strich sich eine kastanienbraune Strähne hinter ihr doppelt gepierctes

Ohr, dann verschränkte sie die Hände vor sich. »Die Dunkelheit hat sich schneller ausgebreitet, als wir erwartet haben, und unsere Truppen werden mit den bestehenden Gefechten beschäftigt sein. Die Rettung der Kinder könnte uns die Chance kosten, Svartalfheim dem Erdboden gleichzumachen. Wie sollen wir vorgehen, Generalin?«

Tja, *skit.*

Meine kurzen Fingernägel gruben sich in das polierte Holz des Konferenztisches. Wir waren eine gewaltige Armee, die es zahlenmäßig mit jedem dunklen Reich aufnehmen konnte, aber die Art und Weise, wie Loki seinen Angriff strukturiert hatte, bedeutete, dass unsere Ressourcen völlig überfordert sein würden – selbst wenn wir niemanden nach Svartalfheim schickten. Aber wie könnten wir unsere Kinder im Stich lassen – genau jene Unschuldigen, die zu beschützen wir geschworen hatten?

Denk nach, Aksel. Was würde Freya tun? Was würde die Liebe tun?

Wenn ich es so ausdrückte, war es ganz einfach.

»Okay. Hier ist der Plan.« Ich hob meinen Arm und rief auf dem Display zu meiner Rechten eine Nahaufnahme von Svartalfheim auf. »Die Kinder zu befreien hat oberste Priorität. Wir werden eine Assassinenstaffel nach Svartalfheim schicken, die Bedrohung beseitigen und die Kinder durch ein getarntes Portal herausholen – eines mit einer dunkelmagischen Sicherung, sodass es alle bösartigen Wesen vernichtet, die versuchen könnten durchzubrechen. Ich nehme an, diese Technik funktioniert noch?«

»Ja«, bestätigte Svetana.

»Mariana, kann dein Team die Extraktion durchführen?«, fragte ich.

»Es wäre mir eine Ehre, Generalin«, antwortete sie.

»Gut.« Ich wischte erneut über das Display, wodurch ein Bild von Nidavellir erschien. Mit der rechten Hand griff ich nach dem Hologramm von Vanaheim und brachte es neben das Reich der Zwerge. »Der Abfluss dunkler Energie von Nidavellir nach Vanaheim ist besorgniserregend, nicht nur, weil er Vanaheim gefährdet, sondern auch, weil er unser Schwesterreich wahrscheinlich als Aufmarschgebiet für einen Angriff auf Asgard nutzt. Wir werden ein Geschwader nach Nidavellir entsenden, um etwaige Scharmützel zu beenden und das Leck abzudichten. Damit sollte die sekundäre Bedrohung beseitigt sein, vorausgesetzt, wir können nach Vanaheim Truppen entsenden, um alle Feinde auszuschalten, auf die wir uns *nicht* vorbereitet haben. Aber die Hauptbedrohung für den Bifröst ist immer noch das Schiff Naglfar. Ich werde mich mit dem Team in Verbindung setzen, das es ausschalten soll.«

Ich presste meine Fingerspitzen auf den getarnten Kommunikator an meinem Handgelenk. »Tyr kontaktieren.« Sekunden später erschien das Gesicht meines Freundes auf meinem Unterarm. Ich wischte nach oben, sodass sein Hologramm für den gesamten Rat sichtbar war.

»Was? Ich bin ziemlich beschäftigt«, schnauzte Tyr.

»Das sind wir alle«, entgegnete ich. »Hast du Naglfar unter Kontrolle, oder brauchst du Verstärkung?«

»Ich habe Henrik, Forse, Odin und eine Staffel des Eliteteams.«

Das bedeutete gar nichts. Jeder wusste, dass meine Mädels Odins Kriegern in den Hintern treten konnten – auch den bösen Jungs.

»Brauchst du zusätzliche Walküren?«, formulierte ich es anders.

»Nicht nötig.« Tyr blickte über seine Schulter. »Ich muss los.«

»Pass auf dich auf.« Ich wischte nach unten, und Tyrs Holo verschwand. Ich zog meine Schultern zurück und rollte meinen Nacken zur Seite, was ein lautes Knacken auslöste. *Viel besser.* »Wir werden fünf erfahrene Kriegerinnen reservieren, die Tyr unterstützen können, sollte er seine Meinung ändern.«

»Aber der Gott des Krieges hat gesagt …«

»Ich weiß, was der Gott des Krieges gesagt hat.« Ich wandte meine Aufmerksamkeit wieder dem Display zu. »Und wenn er merkt, dass er sich geirrt hat, wird er froh sein, dass wir nicht auf ihn gehört haben. Fünf unserer besten Leute – Sigrunn, kann dein Team jemanden entbehren?«

»Natürlich.« Sigrunn nickte.

»Gut. Sie sollen im Walkürenquartier in Bereitschaft bleiben. Und zwei deiner Kriegerinnen sollen die Gefahrenstellen in Vanaheim evakuieren. Um auf den Nidavellir-Aufstand zurückzukommen: Wenn wir ein Geschwader dorthin schicken« – ich wies auf den Fuß des Berges, der das Herz des Nistgebiets der Drachen war – »und alle Verbündeten, die wir entdecken, durch ein Portal hier herausholen« – ich tippte auf den östlichen Rand des Erlenwaldes –, »können wir das Leck versiegeln und den Fluss der dunklen Energie nach Vanaheim stoppen. Sigrunn, ich vertraue diese Mission dem Rest deines Teams an.«

»Wir werden Euch nicht im Stich lassen.«

»Ausgezeichnet. Mit Tyrs Team und Sigrunns Kriegerinnen sollte das Schiff vor dem Start unschädlich gemacht werden können. Wenn es nie bis zum Bifröst durchdringt, brauchen wir uns um Asgards Isolation an dieser Front keine Sorgen zu machen. Der Dunkelwald bleibt eine Bedrohung, also lasst uns vier Walküren schicken, um das Eliteteam dort zu unterstützen.« Ich schaute mich im Raum um und wartete auf eine Freiwillige.

»Ich habe eine kleine Einsatztruppe in meinem Geschwader, die das erledigen kann«, sagte Tessyra. »Ich werde sofort den Einsatzbefehl erteilen.«

»Gut.« Ich starrte auf das holografische Display, während Tessyra in ihren Kommunikator sprach. »Heimdall wird gut bewacht, ebenso wie Frigga. Und wir sind sicher, dass Thor Fenrir und die Schlange im Griff hat?«

»Er sagt uns, dass es an beiden Fronten eine saubere Tötung sein wird«, bestätigte Mariana. »Richtig. Dann bleibt nur noch …«

»Muspelheim.«

Alle Augen richteten sich auf Xatnari, die eine Faust auf ihre Brust presste. »Bei meiner Ehre als Walküre werde ich jeden Feuerriesen vernichten, der Asgard schaden will.«

»Es wird nicht leicht werden«, warnte ich sie. »Sie schleusen die Feyndralen aus Svartalfheim ein.«

Die vier Generalleutnants fluchten fast gleichzeitig.

»Ich dachte, die wären ausgestorben«, zischte Xatnari.

»Das dachte ich auch. Bis ich eine unserer Evakuierten fand, die das Böse aus einem Feyndralenbaby herausbrannte … Moment. Das ist es!« Ich drückte meine Fingerspitzen wieder gegen mein Handgelenk und rief einen Befehl in das schimmernde Display. »Lornara kontaktieren.«

Das Gesicht meiner Feenfreundin erschien, und ich wischte das Bild nach oben, sodass Lornaras Hologramm über meinem Arm schwebte. »Brynn? Bist du verletzt?«

»Nein. Ich will, dass du Hyro findest«, befahl ich. »Kannst du sie aufspüren?«

»Sie ist mit mir im südlichen Holunderhain.« Lornaras Flügel flatterten hinter ihr. »Ich heile ihren verbrannten Arm.«

»Was?«

»Es war nicht Marshmallows Schuld«, rief Hyro im Hintergrund. »Er ist noch ein Baby!«

»Hyro«, brummte ich. »Kannst du ihn kontrollieren?«

»Normalerweise schon!«

»Lornara, lass mich den Drachen sehen. Bitte.«

Die Hologrammansicht zog sich zurück und enthüllte das geflügelte Reptil, das seit unserer letzten Begegnung mehr als dreimal so groß geworden war. Genug, dass Hyro jetzt auf ihm reiten konnte … wenn er sie nicht vorher aus Versehen verkohlte.

»Hyro«, sagte ich zögernd. Diese Mission würde entweder Xatnaris Ruhm sein … oder ihr Verderben. »Ich brauche dich, um einer Freundin von mir zu helfen. Sie führt eine Gruppe nach Muspelheim, und sie könnte jemanden gebrauchen, der ihr hilft, die Feyndralen zu zerstreuen. Sie können nur gut gemacht werden, wenn sie Babys sind, richtig?«

»Aua! Vorsicht!«, schrie Lornara auf, als Hyros Gesicht plötzlich das Hologramm füllte. Die Feuerriesin musste den Arm der Fee gepackt und zu sich gezogen haben.

»Nein! Das geht auch bei ausgewachsenen Exemplaren! Das wusste ich bis vor ein paar Tagen nicht, als ich mit einer Rebellenzelle in Muspelheim Kontakt aufnahm. Es stellte sich heraus, dass sie die Feyndralen, mit denen sie in Kontakt kommen, verwandeln – es braucht fünf Feuerriesen gleichzeitig dafür, aber es ist möglich.«

Wieder krallte ich mit meiner freien Hand nach dem Tisch. »Wie viele Mitglieder sind in dieser Zelle?«

»Etwa dreißig?«, schätzte Hyro.

»Perfekt. Lornara, pass auf Hyro auf, bis ich jemanden für sie schicke. Und viel Glück beim Heilen der Verwundeten.«

»Auf jeden Fall. Ich danke dir, Brynn.« Lornara beendete das Gespräch.

Ich sah Xatnari an. »Ein kurzer Abstecher zu Alfheims südlichem Holunderhain, um meine Freundin Hyro und ihr feuerspeiendes Haustier abzuholen?«

»Natürlich.«

»Svetana, lass das Technikteam den Standort des Rebellenlagers in Muspelheim ausfindig machen und weise Heimdall an, den zweiten Bifröst dorthin zu leiten. Schicke einen Vertreter voraus, um sie wissen zu lassen, dass das ankommende Geschwader freundlich gesinnt ist.«

»Ja, Generalin.« Svetana machte auf dem Absatz kehrt und verließ den Kriegsraum. Die Tür flirrte und verfestigte sich wieder, nachdem sie hindurchgegangen war.

»Das hätte ich fast vergessen. Weiß jemand von euch etwas über ein raumfahrendes Schwein und ein magisches Schiff? Anscheinend waren es Geschenke der Zwerge an Freya, und sie könnten uns wirklich helfen.« Odin allein wusste, dass wir jeden erdenklichen Vorteil brauchen würden.

»Gullinbursti und Skidbladnir?«, fragte Xatnari. »Wir wissen von ihnen, aber wir haben sie noch nie gesehen. Freya hält beide versteckt.«

Natürlich tut sie das. »Na gut. Ich werde mir etwas einfallen lassen. Wir müssen uns beeilen. Meine Damen …« Ich drückte meine Faust auf mein Herz. »Macht Freya stolz.«

»Für Freya«, sagte Mariana. Die übrigen Generalleutnants hoben ihre Fäuste sanft an die Brust, und wir wiederholten ihre Worte.

»Für Freya.«

Zehn

Freya

»Sieh mich nicht so an, Liebesgöttin.« Hels Lippen formten einen zarten Schmollmund. Im Mondlicht schimmerten sie zartrosa. »Du hast nicht wirklich geglaubt, dass ich dir dein Happy End gönne, oder?«

»Was willst du von ihm?« Ich pirschte mich vorsichtig an die Herrscherin der Unterwelt heran. Eine perfekt geformte schwarze Augenbraue erhob sich über der dunkelblauen Hälfte ihres Gesichts. Die andere Seite war hellblau, fast weiß – der Himmel über Midgard an einem Sommertag. Aber der Zorn, der aus Hels silbernen Augen sickerte, und die Dunkelheit, die von ihr ausging, hatten nichts Friedliches an sich. Hel war tödlich – ich hatte es bei meiner Gefangennahme mit eigenen Augen gesehen.

Und sie hatte es auf Jason abgesehen.

»Er ist nur ein Mensch. Lass ihn gehen.« Ich hob meine Handflächen und versuchte, beim Anblick von Jason, der vor Hel auf den Knien lag, nicht zu schluchzen. So wie er seine Hände zu Fäusten ballte, hatte ich keinen Zweifel daran, dass das Monster ihm unvorstellbare Schmerzen zugefügt hatte, um ihn bewegungsunfähig zu machen. Aber Jason schrie nicht auf – er zuckte nicht einmal. Er wandte mir nur die Augen zu und murmelte ein Wort.

»*Lauf.*«

Auf gar keinen Fall.

»Nur ein Mensch?« Hel verzog ihr Gesicht mit den hohen Wangenknochen amüsiert. »Wenn das so ist, warum kämpfst du dann um ihn?«

»Weil er unschuldig ist.« Ich trat näher an Hel und Jason heran. »Er hat dir nichts getan und spielt in Ragnarök keine wichtige Rolle. Lass ihn gehen.«

»Aber du irrst dich, Freya.« Sie zischte meinen Namen regelrecht. »Dein menschliches Haustier hat eine ziemlich wichtige Rolle zu spielen.«

Hel schloss die Augen und atmete tief aus. Jason krümmte den Rücken, sein Gesicht schmerzverzerrt, und er stieß einen gequälten Schrei aus, der mir durch Mark und Bein ging.

»Hör auf!«, brüllte ich. »Du wirst ihn umbringen!«

»Eben. Ich bin kein Freund von Hindernissen.« Hel atmete erneut aus, und dieses Mal zwang mich Jasons Schrei in die Knie.

»Er ist kein Hindernis. Er ist nur ein Mensch!«

»Das dachte ich auch, Süße, aber deinesgleichen scheint eine Vorliebe für diese schwachen, geschmacklosen Kreaturen zu haben. Ich hätte gedacht, dass Krieg die Chance ergriffen hätte, an meiner Seite in der Dunkelheit zu herrschen, aber diese langweilige kleine Sterbliche scheint ihn ganz schön im Griff zu haben. Wie schade. Dann werde ich Krieg eben in Zugzwang bringen müssen. Wenn du tot bist, wird er wieder in der Finsternis versinken, in der er sich schon einmal fast verloren hat. Und wenn er das tut, wird Ragnarök gewonnen sein. Alle, die er liebt, werden tot sein, und er wird keine andere Wahl haben, als mit mir zu regieren. Aber zuerst …« Hel ließ eine neue Schmerzenswelle auf Jason los. Seine Schreie hallten durch den Wald.

Wie bringe ich sie dazu, aufzuhören?

»Jason!« Mias Stimme drang durch die Nacht. Sie und Elsa erschienen auf der Veranda, und das Entsetzen über Jasons Qualen spiegelte sich in ihren Gesichtern.

»Bleibt, wo ihr seid«, befahl ich meinen Freundinnen, bevor ich mich wieder Hel zuwandte. »Ist das der Grund, warum du das tust? Um dich an Tyr zu rächen?«

»Zum Teil.« Hel spöttelte. »Aber vor allem, um dich zu vernichten. Ich kann nicht zulassen, dass dieses … *Spielzeug* hier dein Herz heilt und meine Herrschaft beendet, bevor sie beginnt.«

»Was meinst du?« Ich beugte mich auf meinen Knien vor. Wenn ich sie lange genug am Reden hielt, konnte ich vielleicht zu Jason vordringen und ihn von der dunklen Magie befreien, mit der sie ihn gefangen hielt.

»Hast du dich nie gefragt, warum deine Heiler nichts ausrichten können? Warum du nicht mehr du selbst bist, seit du von deinem kleinen Besuch bei mir zurückgekehrt bist?« Hels silberne Augen blitzten in der Dämmerung. »Dein Herz ist mit Ketan vergiftet – eine Substanz, die ich während unserer gemeinsamen Zeit in seine Kammern gepflanzt habe. Der Nebel ernährt sich von Angst, und er wird jedes Mal stärker, wenn du dich der Dunkelheit hingibst. Je stärker er wird, desto besser kann er die Liebe blockieren und dich davon abhalten, jemals zu heilen.«

»Ketan …« Ich hatte noch nie davon gehört. Und wenn die Art und Weise, wie Elsa auf der Veranda nach Luft schnappte, ein Hinweis war, hatte auch sie es nicht.

»Es ist eine … neuere Substanz.« Hel untersuchte ihre silbernen Fingernägel, als würde sie sich langweilen. »Und zwar eine, die nicht mit Kräutern, Kristallen oder einer Ernährungsumstellung überwunden werden kann.« Sie schnaubte. »Aber leider durch Liebe. Und die Tatsache, dass dieser Mensch hier Liebe aus jeder Faser deines erbärmlichen asgardischen Wesens zieht, und dass dieselbe Liebe droht, meinen Nebel auszustoßen … das kann ich natürlich nicht dulden.«

Hel drehte ihre Handfläche zum Himmel, und Jason flog hoch. Er schwebte direkt vor Hels Gesicht, seine Füße nur wenige Zentimeter vom Boden entfernt, und er griff nach seiner Kehle.

»Irgendwelche letzten Worte, Mensch? Nein? Wenn das so ist …« Hel brach in ein böses Grinsen aus, als sie Jason auf den Boden warf. Ich sprang auf und wollte gerade zum Angriff übergehen, als mich eine Stimme von der Veranda aus dem Konzept brachte.

»Freya! Fang!«

Ich wirbelte herum, und meine Hände öffneten sich instinktiv, um die kleine Kugel aufzufangen, die Mia geworfen hatte. Die Wahrscheinlichkeit war groß, dass es sich um so was wie Sprengstoff handelte, oder was auch immer für ein tödliches Ding Brynn und Henrik kürzlich entwickelt hatten. Und die Wahrscheinlichkeit, dass es Jason verletzen würde, wenn ich es direkt auf Hel schleuderte, war noch größer.

Ich schickte ein stummes Gebet zu Odin und schleuderte die Kugel drei Meter hinter Hel auf den Boden. Und wartete.

Es dauerte nur eine Sekunde, bis ein dichter, schwarzer Nebel aus der Kugel quoll, und eine weitere Sekunde, bis er sich in ein durchsichtiges Oval verwandelte. Silberne Funken schossen aus dem Ding, das wie ein Portal aussah. Das Licht lenkte Hel einen Moment von Jason ab.

Ich nutzte ihn.

Meine Beine bewegten sich wie von selbst. Drei Schritte,

und ich sprang in die Luft, um die Distanz zwischen mir und Hel zu überbrücken. Ich warf sie zu Boden und trat ihr kräftig in die Leistengegend. Sie stöhnte auf, zog die Beine an die Brust und war für einen kurzen Moment geschwächt.

Dann setzte ihre Magie ein.

»Nein!«, zischte sie. Eine Art Nebel strömte aus ihren Lippen und nahm die Form einer Schlange an. Das Pseudo-Reptil stürzte sich auf Jason, wickelte sich um seine Beine und drückte ihn zu Boden, bevor er sich aufrappeln konnte. Verzweifelt versuchte Jason, die Fesseln zu lösen, aber Hels dunkle Magie hielt ihn an Ort und Stelle. Jason erstarrte, als hätte er erkannt, dass seine Bemühungen vergeblich waren.

»Freya, verschwinde von hier!« Seine verzweifelten indigoblauen Augen fanden meine. »Rette dich!«

»So läuft das hier nicht«, stöhnte ich, während ich weiter mit Hel rang.

Sie richtete ihre Magie auf mich, und es gelang mir gerade so, dem Schlangennebel auszuweichen, der aus ihrem Mund schoss. Als ich mein Bein hochschwang und ihr einen heftigen Tritt gegen das Kinn versetzte, verflüchtigte sich der Nebel, und Blut trat an seine Stelle. Hel wischte sich das Kinn ab, und ich nutzte die Gelegenheit, um aufzuspringen. »Elsa! Schütze Jason!«

Ein Energiestoß schoss von der Veranda und warf mich zurück. Ich rappelte mich auf, um meinen Angriff auf Hel fortzusetzen. Eine Reihe von Rundhieben hielt sie für einen Moment am Boden, aber schon bald war sie wieder auf den Beinen. Leider war sie zu weit von dem schwarzen Wirbel entfernt, als dass er uns etwas nutzen würde. Wie sollten wir sie da hineinbekommen?

»Oh, Freya.« Hel schnalzte mit der Zunge. »Wann wirst du es endlich lernen? Ich kann nicht besiegt werden.«

»Ist das so?« Blitzschnell scannte ich unsere Umgebung: riesige Bäume, eine Handvoll Felsbrocken und zwei völlig verängstigte Eichhörnchen. Nichts unmittelbar Brauchbares, aber ich hatte mit weniger schon mehr erreicht. Ich musste Hel nur lange genug ablenken, um mir einen Plan einfallen zu lassen.

»Akzeptiere, dass dein Platz bei mir ist, entweder als mein Haustier oder als eine der vielen Seelen, die unwürdig genug sind, um mir in der Ewigkeit zu dienen.« Hel hob eine Hand und schleuderte mir einen Feuerball entgegen. Er entzündete einen Fleck verwelkter Blätter, und ich sprang so weit zurück, dass ich mich an einem tiefhängenden Ast stieß.

Bingo.

Ohne zu zögern, griff ich nach hinten und riss den Ast vom Baum. Ich stieß ihn in die Flammen zu meinen Füßen und stürmte los. Hel blickte nicht von dem Feuerball auf, der sich in ihren Händen bildete. Ich stürzte mich auf sie. Endlich begegnete sie meinem Blick und riss überrascht den Mund auf, als der brennende Stock ihren Oberschenkel durchbohrte. Hel schrie schockiert auf.

»Wie kannst du es wagen?« Sie kniff ihre silbernen Augen zusammen und schlug gegen meine Brust. Der Feuerball an ihren Fingerspitzen brannte sich schnell durch den dünnen Stoff meines T-Shirts, und ich ließ mich auf den Boden fallen, um die Flammen zu löschen. Ich ignorierte den brennenden Schmerz in meinem Oberkörper und sprang wieder auf die Beine.

»Wie kannst *du* es wagen?« Ich riss zwei Äste vom nächstgelegenen Baum und stieß sie in den Schwelbrand am Boden. Feuer flammte an den Enden der spitzen Stöcke auf, und ich streckte meine Arme zu den Seiten aus. Ich wirbelte heftig mit ihnen herum, während ich die Lichtung umkreiste und Hel so rückwärts in Richtung des Portals zwang. »Tyr wird niemals mit dir zusammen sein wollen.« Ich machte einen kalkulierten Schritt nach dem anderen. »Du wirst elendig und allein sterben. Nicht mal dein Schutzdrache wird dir Gesellschaft leisten. Ich habe gehört, dass Nidhogg nach Nidavellir übergelaufen ist, nur um von dir wegzukommen.«

Hel zischte wütend durch zusammengekniffene Lippen. »Du weißt nichts von meinem Leben.« Sie schleuderte einen Feuerball, dem ich mit Leichtigkeit auswich.

»Den Göttern sei Dank«, erwiderte ich. Hel schleuderte eine weitere Kugel, und ich wirbelte die brennenden Stöcke vor mir herum wie zwei Kreise, die einen flammenden Schild gegen ihren Angriff bildeten. Sie stolperte, als ich näher kam. Es funktionierte.

Ich zog meine Arme an die Seiten und begann auf Hel einzutreten, was sie aus dem Gleichgewicht brachte. Sie stolperte erneut, und ich führte meine Hände zusammen, wodurch sich das Feuer beider Stöcke zu einer großen Flamme vereinigte. Hel geriet ins Wanken, und mit einem letzten Tritt schleuderte ich sie rückwärts durch das Portal. Es sprühte Funken, drehte sich und schloss sich mit einer Explosion, die mich über die Lichtung schleuderte und den energetischen Schild um Jason auslöschte.

Was zum …

»Jason, runter!«, schrie ich, als sich das Portal ein zweites Mal öffnete und ein Sturm aus Erde und Steinen auf meinen Rücken regnete. Splitter bohrten sich in meine Unterarme, als ich zu der Stelle kroch, wo ich Jason zuletzt mit Hels unsichtbaren Energiefesseln hatte kämpfen sehen. Meine Fingerspitzen ertasteten sein Bein, als ich den Kopf hob, wobei ich darauf achtete, meine Augen vor dem anhaltenden Trümmerhagel zu schützen. »Wo sind die Fesseln?«

»Ich glaube, sie sind weg.« Jason drehte sich herum und warf seinen Körper über meinen, um mich vor den letzten herunterfallenden Teilen zu schützen. Es war eine aufmerksame Geste, aber er war der Sterbliche. Und ich war mir nicht ganz sicher, ob Hel wirklich fort war.

»Steh auf«, sagte ich und schob Jason von mir herunter.

Sobald ich konnte, sprang ich auf und suchte die Umgebung nach einer Spur der dunklen Göttin ab. »Elsa, wo ist sie?«

»Weg, aber ich weiß nicht, wohin.« Elsas Stimme drang von der Veranda herüber. »Das Portal hat sich mit ihr darin versiegelt.«

Schritte knirschten auf dem Boden, als eine zerzauste Mia an meine Seite kam. Sie hatte Rinde im Haar und eine große Schramme an der rechten Wange. Elsa, der es etwas besser ergangen war, stellte sich neben sie.

»Was war das für ein Ding?«, fragte ich.

»Brynn hat mal ein Stück Technik aus ihrer frühen Walkürenzeit erwähnt – ein Portal, das sich nach einem Transport selbst zerstört. Ich nehme an, das war es?«, antwortete Mia.

»Wahrscheinlich.« Meine Aufmerksamkeit richtete sich auf den Sterblichen, der gerade wieder mühsam auf die Beine kam. »Alles in Ordnung, du Teufelskerl?«

»Es ging mir schon mal besser«, gab Jason zu. »Kann mir mal jemand erklären, wer diese blaue Tante war?«

»Das war Hel – Göttin der Unterwelt und Tochter des Monsters, das Ragnarök organisiert. Ich hoffe, Loki hat keinen Zugang zu dem Ort, an den das Portal geführt hat. Das Letzte, was wir brauchen, ist eine Familienzusammenführung.« Ich zupfte einen Zweig aus Jasons Haar und studierte seinen ruhigen Blick. »Tut mir leid, dass Hel dich verletzt hat.«

»Ich werd's überleben.« Er zuckte mit den Schultern. »Klingt, als hätte sie dich schlimmer erwischt.«

»Ketan.« Elsa schüttelte den Kopf. »Davon habe ich noch nie gehört. Mia, weißt du etwas darüber?« Mia tippte mit dem Finger auf das unsichtbare Kommunikationsgerät an ihrem Unterarm. Als es aufleuchtete, wischte sie nach oben, um das Display in ein Hologramm zu verwandeln. »Im menschlichen Internet ist nichts darüber zu finden, aber in Brynns und Henriks Datenbank gibt es einen Eintrag. Anscheinend ist Ketan eine dunkle Materie von minimaler Dichte. Sie verdickt sich in Gegenwart bestimmter Hormone – Noradrenalin und Cortisol, dem Grundcocktail aus Angst und Stress. Die Liebesmischung aus Oxytocin und Vasopressin wirkt dem entgegen.«

»Wenn ich das Ketan also isolieren wollte, müsste Freya voller Liebe sein«, überlegte Elsa. »Dann könnte ich das Toxin extrahieren und eindämmen in … Haben wir etwas, das Angst eindämmen kann?«

»Nein.« Mia runzelte die Stirn. »Aber wir haben oben im Labor etwas, in dem man dunkle Materie isolieren kann. Meinst du, das funktioniert?«

»Einen Versuch ist es wert.« Elsa drehte sich zu mir um. »Freya, du weißt, was ich sagen will.«

»Ich weiß.« Ich starrte auf meine Füße. »Na schön. Gib mir fünf Minuten, um mit Jason zu reden, und wir treffen uns dann im Labor. Aber lass uns erst das Gelände abschirmen, falls Hel zurückkommt.«

»Sie wird nicht zurückkommen«, entgegnete Mia. Sie wischte das Hologramm nach unten, sodass das Display zu ihrem Arm zurückkehrte, dann deaktivierte sie es. »Der elektromagnetische Strom des Portals sollte ihre Magie für mindestens zwei Stunden lähmen. Brynn sagte, sie hätte das in die Spezifikationen eingebaut. Und wenn wir klug sind, sind wir bis dahin weit weg. Ist das nordwestliche Gelände noch sicher?«

»Der einzige Ort, dem ich gerade unser Leben anvertrauen würde, ist das Walkürenquartier.« Ich schüttelte den Kopf. »Fünf Minuten mit Jason, fünf weitere, um das Ketan zu extrahieren, und dann machen wir uns zu viert auf den Weg nach Asgard.«

Mia riss die Augen auf, nickte aber nur knapp.

Neben mir stieß Jason ein überraschtes Schnauben aus. »Asgard? So wie in den Filmen?«

»Nein. Wie Asgard, unser Zuhause. Geh rein, Ahlström. Wir müssen uns unterhalten.« Ich deutete in Richtung des Hauses.

Jason stellte sich neben seine Schwester und flüsterte: »Warst du schon mal da?«

»Es hieß immer, ich dürfte dort nicht sein«, flüsterte Mia zurück.

Durfte sie auch nicht. Keiner von ihnen durfte das. Aber da sich die Reiche im Krieg befanden, fiel mir kein anderer Ort ein, an dem sie sicher waren.

Und ich wollte nicht noch einmal das Leben der beiden Ahlströms riskieren. Nicht, wenn so viel von ihnen beiden abhing.

**

»Mein Gott, Freya. Du hast mir da draußen das Leben gerettet.« Jason stand vor dem Fenster und schüttelte den Kopf.

192

»Ach, das war doch gar nichts.« Ich ging zum Kamin. »Ich bin nur froh, dass es dir gut geht.«

»Es war schon was. Verdammt, das macht ihr also den ganzen Tag? Mit Monstern wie der blauen Tante kämpfen und dabei fast getötet werden?« Er fuhr sich mit einer Hand durch die Haare.

»Nur manchmal«, erwiderte ich. »Meistens tun wir … weniger aufregende Dinge.«

Seit wir die Hütte wieder betreten hatten, starrte mich Jason ehrfürchtig an. Mia war oben und packte einen Rucksack, während Elsa blitzschnell zu ihrer Hütte geflitzt war, um ihren eigenen zu holen. Jetzt war sie oben und bereitete die Männerhöhle für unsere nächste Aufgabe vor. Mir blieben nur wenige Minuten, bevor wir das Ketan extrahieren, den Bifröst rufen und uns ins sichere Walkürenquartier zurückziehen würden. Doch bevor ich die Dunkelheit, die Hel in mich gezwungen hatte, loslassen konnte, musste ich zumindest einen Teil jener Dunkelheit loslassen, die ich mir *selbst* aufgezwungen hatte. Es hatte eine Weile gedauert, bis ich es begriffen hatte, eine Tatsache, die mich ziemlich kränkte, aber endlich hatte ich verstanden, dass in Arcata keine sterbliche Seelenpartnerin auf Jason wartete. Der Grund, warum mein Gehirn wie ein Weihnachtsbaum aufleuchtete, wenn er in der Nähe war, lautete, dass er *mein* Gegenstück war – von niemand anderem. Die Nornen hatten das Signal nicht umleiten können, weil es sich um keinen Fehler gehandelt hatte. Und so viel von mir selbst vor der Seele zu verbergen, die dazu bestimmt war, mich zu ergänzen, hatte eine ganz neue Nebelschicht um mein Herz erzeugt. Ich würde auf der Hut sein müssen, eine Schutzmauer errichten, um Jason nicht in eine Situation zu bringen, die ihn das Leben kosten könnte. Ich würde immer an den Vertrag denken müssen, der mir verbot, mein Herz zu verschenken. Aber ich würde Jason so viel von mir anbieten, wie es meine Abmachung mit den Nornen zuließ … und einfach inständig darauf hoffen, dass sich die Dinge von selbst regeln würden. Das war die einzige Möglichkeit, Jason am Leben zu erhalten *und* genug Liebe in mein Herz zu lassen, damit Elsa das Ketan extrahieren konnte. Ich musste einfach nur den Mut aufbringen, meine Karten auf den Tisch zu legen und Jason entscheiden zu lassen, was er mit ihnen machen wollte. Dann konnte ich nach oben gehen, mir von Elsa Hels Gift austreiben lassen und mit so viel von mir selbst nach Asgard zurückkehren, wie ich körperlich und geistig schaffte. Was danach geschah, lag allein in den Händen der Nornen. Und denen der Krieger und Walküren, in deren fähigen Händen unsere Zukunft nun ruhte.

Odin stehe uns allen bei.

Ich ging zum Fenster hinüber, nahm Jasons Hände in die meinen und öffnete mich endlich – darüber, wie es die Welt fast alles gekostet hatte, als ich mich das letzte Mal verliebt hatte. Über die Schuldgefühle, die ich immer noch mit mir herumtrug, und die Angst, dass sie nie verschwinden würden. Über die Einsamkeit, die es mit sich brachte, Seelenpartner zusammenzubringen, während ich wusste, dass ich vielleicht nie selbst das Privileg haben werde, mich mit meinem zu vereinen. Über meine Sorgen, das Eliteteam von Kriegerinnen zu enttäuschen, deren Überleben von meinen Entscheidungen abhängig war. Ich erzählte Jason von meiner unkonventionellen Erziehung im Walkürenquartier – einem Bauwerk, das von Verdandi, Urd und Skuld errichtet worden war, nicht nur um mich zu schützen, sondern auch, damit ich eines Tages stark genug sein würde, um mein Reich zu beschützen … sowohl als Lichtbringerin als auch als Vorbotin des Todes.

Und ich erzählte Jason von meiner tiefen Liebe zu meiner Wahlfamilie – Tyr, Elsa, Forse, Brynn, Henrik und jetzt auch Mia. Dass ich alles tun würde, um sie zu beschützen … auch wenn das bedeutete, auf mein eigenes Happy End zu verzichten, falls es, Odin bewahre, dazu kommen sollte.

Als ich fertig war, zog mich Jason in seine Arme und sah mich eindringlich an. »Zieh dich nicht zurück«, beschwor er mich. »Es muss einen Weg geben, damit wir zusammen sein können.«

»Wir können zusammen sein«, rief ich ihm ins Gedächtnis. »Ich kann nur nicht …«

»Du kannst mir dein Herz nicht schenken. Ich weiß.« Jason senkte den Kopf, sodass seine Stirn an meiner lag. »Dann müssen wir uns eben meins teilen.«

Während er sprach, ließ Jason sanft eine Hand über meinen Rücken gleiten. Er wiegte meinen Kopf und zog ihn zu sich, wobei er mit seiner Nasenspitze leicht gegen meine strich. Wärme breitete sich in mir aus, und ich schloss die Augen. Jasons Lippen strichen über meine Wange und zogen eine Linie zu meinem Ohrläppchen. Ich begann unwillkürlich zu stöhnen, als er zärtlich an der hochempfindlichen Stelle zu knabbern begann. Seine Lippen fühlten sich absolut göttlich an. Sie wanderten weiter nach unten und hinterließen eine Spur federleichter Küsse meinen Hals entlang, bis sich meine Nägel in seinen Rücken krallten. Sein Mund bewegte sich langsam nach oben und saugte sanft an der Haut unter meinem Kinn. Gerade als ich zu explodieren glaubte, drückte er seine Hüften gegen meine und zog seine Lippen zurück.

Nein! Warum?

Ich öffnete meine Augen und bemerkte, dass er mich studierte, mich ansah, als ob er mich um Erlaubnis bitten wollte.

Er brauchte mich nicht zweimal zu fragen.

Ich befeuchtete meine Unterlippe und drückte meine Hüften fester gegen seine.

Mit einem Stöhnen presste Jason seine Lippen auf meine. Es war ein Kuss, wie ich ihn noch nie erlebt hatte. Er war forsch und doch süß, leidenschaftlich und gleichzeitig unschuldig, ganz im Moment und absolut perfekt. Es war Jason, der seine Gefühle auf eine Art und Weise ausdrückte, wie es Worte niemals könnten – er nahm sich gerade so viel von mir, wie er wusste, dass ich es zulassen würde, und ließ mich gleichzeitig wissen, dass es so viel mehr gab, das er zurückhielt. Er wartete nur auf mein Zeichen.

Bei allen Göttern, und wie sehr wollte ich ihm dieses Zeichen geben. Dieser Kuss war von so überwältigender Intensität, dass es mich all meine Selbstbeherrschung kostete, um die Barriere um mein Herz aufrechtzuerhalten, mich diesem Sterblichen nicht völlig hinzugeben und in einen Nebel glückseliger Hingabe zu flüchten. Aber da drängte sich die Realität in mein Bewusstsein, und ihr Gewicht wog schwer gegen die Leichtigkeit meiner Freude.

Dämliches Ragnarök.

Ich ließ den Kuss weitergehen … und weiter … und weiter. Während mein Blut immer mehr in Wallung geriet, schickte mein Herz unablässig Wellen von Eiswasser durch meine Adern und hielt damit sowohl meine Hormone als auch meine Gefühle in Schach. Es ließ einfach nicht zu, dass ich mich voll und ganz dem gegenwärtigen Moment hingab, eine Anomalie, die ich endlich auf Hels ungewolltes Geschenk zurückführen konnte. Jasons Arme legten sich enger um mich, was eine neue

Welle des Kribbelns unterhalb meines Nabels auslöste. *Bei allen Göttern.* Seine Zunge tanzte über meine Unterlippe. Wieder geriet mein Blut in Wallung, und ich drückte mich an ihn, genoss die Berührung.

Ragnarök steht bevor.

Skit.

Ich wollte mich zurückziehen, doch Jason stöhnte nur und presste mich enger an sich. Meine Knie wurden weich, als seine Hände nach unten wanderten, meinen Hintern umfassten und mich an ihn zogen.

Geh nach oben, und lass das Ketan entfernen. Und zwar sofort.

Nur mit Mühe gelang es mir, mich von ihm zu lösen, und mein Atem kam in raschen Stößen. »Das war … ich meine … einfach wow.«

Jason fuhr mit der Nasenspitze leicht mein Kinn entlang, und das leise Grollen seines »Mmm-hmm« jagte mir eine Welle wohliger Schauer über den Rücken.

»Ich weiß, dass du gehen musst«, murmelte er. »Aber ich werde auf dich warten, bis du fertig bist.«

Würde nicht das Ende der Welt buchstäblich vor der Tür stehen, hätte ich von Jason verlangt, mich sofort in sein Zimmer zu bringen. Aber so wie die Dinge standen, ging ich nur auf die Zehenspitzen und zog seinen Kopf zu einem weiteren Kuss heran. Wenn wir die Reiche gerettet hatten, würden wir noch mehr als genug Zeit haben. Wenn wir es schafften, Ragnarök lebend zu überstehen, würden die Dinge vielleicht sogar so anders sein, dass wir eine echte Zukunft haben könnten – eine, in der die Rechte an meinem Herzen vollständig an mich zurückfielen und ich alles von mir geben konnte, wem auch immer ich wollte.

Es war schwer, mir diese Hoffnung zu erlauben.

Seufzend fuhr ich mit den Fingerspitzen über Jasons Brust. »Bleib im Haus, egal, was passiert. Es wird nicht lange dauern.«

»Nimm dir so viel Zeit, wie du brauchst, Babe.« Jason gab mir einen Kuss auf die Nasenspitze. »Ich werde nirgendwo hingehen.« Nur mit Mühe konnte ich mich aus seinen Armen befreien. Ich machte mich auf den Weg zur Treppe und warf einen letzten Blick über die Schulter auf den Sterblichen, den ich gerade erst kennengelernt hatte, mit dem ich mir aber bereits gut vorstellen konnte, eine gemeinsame Zukunft aufzubauen. Jason stand vor dem Fenster. Seine breiten Schultern drückten gegen sein graues T-Shirt, und ein leichtes Lächeln umspielte die Lippen, die mich vor wenigen Augenblicken noch fast in den Wahnsinn getrieben hatten.

Ich werde nirgendwo hingehen.

Er hatte keine Ahnung, wie verzweifelt ich hoffte, dass seine Worte wahr waren.

**

Tyr wäre entsetzt gewesen, wenn er gewusst hätte, dass seine Männerhöhle in Rosa erstrahlte. Ich hatte keine Ahnung, wo Mia und Elsa so kurzfristig so viele Edelsteine herbekommen hatten, aber als ich den Raum betrat, säumten dünne Scheiben aus rosa Kristall die Fenster, baumelten von den Lampen und bedeckten sogar eine ganze Wand. In jeder Ecke des Raumes standen große, aufgebrochene Steine mit rosafarbenem, haifischzahnartigem Inneren. Von der Decke hing eine Kreation, die halb Kronleuchter, halb Windspiel zu sein schien.

»Meine Güte, Elsa. Du machst keine halben Sachen.« Ich ließ mich in den Ledersessel sinken, auf den Mia zeigte, und versuchte, angesichts der schieren Menge an Rosa nicht zu staunen. »Lag das einfach irgendwo herum?«

»Walküre-Lieferung. Kam rein, als du unten warst. Mia hat herausgefunden, dass Ketan eine Abneigung gegen Rosenquarz hat, also …« Elsa sah nicht auf, während sie in einem dicken Mörser auf dem Labortisch ein leuchtendes – natürlich rosafarbenes – Präparat zerkleinerte. »Alles unter Dach und Fach gebracht zwischen Jason und dir?«

»Unter Dach und Fach?« Ich zog eine Augenbraue hoch. »Das ist doch keine geschäftliche Transaktion.«

»Du weißt, was ich meine.« Elsa streute ein glitzerndes Pulver in die Schale, bevor sie sie mir reichte.

»Ja. Es lief gut, wenn man bedenkt …« Ich zuckte mit den Schultern. »Na ja, wenn man bedenkt, dass er ein Sterblicher ist und ich, nun ja, ich.« *Eine Göttin unter Vertrag. Möglicherweise für immer.*

Elsa kniete vor mir nieder. Ihre Augen studierten meine, ihr Blick war so intensiv, dass ich zusammenzuckte. »Du siehst klarer aus. Gut – du bist entschlossen, die Vergangenheit loszulassen. Wir machen die Kurzversion, nicht nur, weil du du bist und, ehrlich gesagt, die längere Version eh nicht durchhalten würdest …«

»Hey!«, protestierte ich.

»Es ist wahr. Aber auch, weil wir sehr wenig Zeit haben. Mach die Augen zu.« Ich folgte der Anweisung und ließ zu, dass Elsas beruhigende Präsenz meinen Raum erfüllte.

»Ich möchte, dass du dir einen riesigen Fluss vorstellst – einen, der tausend Kilometer tief und tausend Kilometer breit ist. Stell Rhylark auf die eine Seite und dich selbst auf die andere.«

»Aber ich will nicht vergessen …«

»Tu es«, drängte Elsa. »Wir vergessen nicht *ihn*. Wir vergessen nur die negativen Assoziationen, die du mit ihm verbindest. Kannst du mir vertrauen?«

Mein Nicken war so schwach, dass ich nicht sicher war, ob sie es mitbekommen hatte. Aber Elsa malte ihr geistiges Bild weiter, bis Rhylark und ich an gegenüberliegenden Ufern eines endlosen, reißenden Flusses standen.

»Ausgezeichnet. Jetzt erschaffe eine Sphäre, die alle Erinnerungen enthält, die dich und Rhylark umgeben, die dir Schmerzen bereiten – sieh nicht in sie hinein, analysiere sie nicht, lege sie einfach in die Kugel, und lasse sie über der Mitte des Flusses schweben.«

Es kostete mich alles, was ich hatte, um nicht an den absoluten Herzschmerz zu denken, den eine solche Kugel enthalten würde. Aber ich tat, was Elsa verlangte, presste meine Erinnerungen in eine kristallene Kugel und schickte sie über die Flut.

»Jetzt lass sie fallen«, sagte Elsa.

Das konnte nicht ihr Ernst sein. »Was?«

»Lass die Kugel fallen. Lass sie vom Fluss mitreißen, damit sie in der Erde wiederverwertet werden kann wie der Dünger, der sie ist. Diese Erinnerungen dienen dir nicht in der Gegenwart, Freya. Sie fesseln dich an die Vergangenheit und hindern dich daran, in deine Zukunft zu gehen. Das ist nicht das, was die Nornen für dich wollen. Es ist nicht das, was Rhylark für dich will. Und es ist auch nicht das, was du für dich willst. Wenn es so wäre, hättest du dem hier nicht zugestimmt.«

Meine Fingernägel gruben sich in meine Handflächen, während ich tief einatmete, mir einen Moment des Zögerns erlaubte und dann die Kugel fallen ließ. Der Fluss wogte, riss sie mit sich und spülte sie so schnell flussabwärts, dass ich keine Gelegenheit hatte, ihren Verlust zu betrauern. Sie war einfach ... weg. An ihrer Stelle war ein leerer Raum, der darauf wartete, gefüllt zu werden.

Aber mit was?

»Jetzt möchte ich, dass du eine andere Kugel nimmst. Fülle diese mit all den Erinnerungen an dich und Rhylark, die dir Freude bereitet haben. Die schaust du dir auch nicht an oder analysierst sie – leg sie einfach in die Kugel, und lass sie über den Fluss treiben.«

Bei allen Göttern. Wollte sie mich wirklich zwingen, auch diese Kugel loszulassen? Ich tat, was sie sagte, ließ sie über dem Fluss schweben ... und wartete.

»Jetzt möchte ich, dass du dir einen Lichtstrahl vorstellst, der von einer Seite dieser Kugel direkt zu Rhylark schießt, tausend Kilometer entfernt, auf der anderen Seite des Flusses. Und ich möchte, dass du dir einen zweiten Strahl vorstellst, der von der Kugel zurück zu dir auf deine Seite des Flusses schießt. Erlaubt diesen Erinnerungen, diesem Glück, euch beide zu erfüllen – das *Einzige* zu sein, was du auf deiner Reise mit dir führst. Das, was deine Seele nährt und deinem höchsten Gut dient – *das* ist es, was du mitnehmen solltest. Nicht mehr. Nicht weniger.«

Meine Wangen wurden feucht, als Tränen aus meinen Augen flossen. Mit einem Seufzer der Dankbarkeit ließ ich zu, dass das Licht mein Herz und meinen ganzen Körper erfüllte und sich dann ausdehnte, um den ganzen Raum auf meiner Seite des Flussufers zu berühren. Tausend Kilometer entfernt zeigte mir ein strahlendes Licht, dass Rhylark, wo auch immer er war, dasselbe tat. Das Wissen, dass wir beide irgendwo, irgendwie, alles Gute aus unserer gemeinsamen Zeit ernteten, mit der Absicht, uns zu unserem vollsten, leichtesten Selbst zu entwickeln, erfüllte mich mit einem Frieden, den ich seit Langem nicht mehr gekannt hatte – wenn überhaupt jemals.

»Und jetzt, meine wunderschöne Liebesgöttin …« Elsas Stimme brach ein wenig. »Schenke Rhylarks gesamte Energie an ihn zurück. Ruf all deine Energie zu dir zurück. Gib die Kugel in den Fluss frei, denn du hast ihr alles entnommen, was dir in der jetzigen Zeit dienen kann. Und wisse, dass du von diesem Moment an deine Energie, was diesen Teil deiner Vergangenheit betrifft, perfekt beherrschst.«

»Ich danke dir«, flüsterte ich. Ich entließ Rhylarks Energie, rief meine eigene zurück und ließ die Kugel in die tosende Flut fallen. Ich empfand keine Traurigkeit, als sie weggerissen wurde, nur Dankbarkeit für alles, was sie mir gegeben hatte. Jeder Teil von mir war voll und leicht und ganz.

Jeder Teil außer einem.

»Was ist mit meinem Herzen?«, fragte ich. »Das Ketan …«

»Wir können es jetzt entfernen«, sagte Elsa sanft. »Mia, hast du das Eindämmungsgefäß?« Ich öffnete die Augen. *Mia*. Ich hatte vergessen, dass sie da war.

»Das Gefäß ist hier.« Mia streckte ihre Hand aus. Darin befand sich ein kleines, rundes Kästchen. »Gut. Nimm es in die rechte Hand und halte mit der linken unseren Raum in einer golden-rosafarbenen Resonanz. Konzentriere dich darauf, dass Klarheit und Liebe Freyas Aura erfüllen. Freya, trink das. *Alles.*« Elsa reichte mir die Schale, die nun mit einer leuchtenden, rosa Flüssigkeit gefüllt war. »Wenn sie leer ist, beginne ich mit der Extraktion.«

Ich hob das sprudelnde Getränk an meine Lippen und schluckte, wobei ich versuchte, nicht kichern zu müssen, als die Bläschen über meine Zunge tanzten. »Es kitzelt.«

»Schneller, bitte«, drängte Elsa.

Ich kippte das Getränk hinunter und leckte mir den letzten Rest Süße von der Unterlippe. Als ich fertig war, nahm mir Elsa die Schale aus den Händen und stellte sie auf den Boden. Sie trat zurück, hielt die Hände vor sich, schloss die Augen ... und summte.

Das Summen war neu. Normalerweise waren Elsas Behandlungen lautlos.

Elsa schnippte mit den Fingern nach mir und summte weiter. Ich schloss die Augen und schmiegte meinen Kopf gegen die Lederlehne meines Sessels. Ein zweiter, etwas höherer Ton ertönte von meiner rechten Seite, und ich wurde von einer Welle der Ruhe erfasst, während Mia und Elsa zusammenarbeiteten. Wann sie das gelernt hatten, wusste ich nicht. Aber ich fühlte mich wie in einem Kokon aus völligem Frieden.

Endlich.

»Halte deine Augen geschlossen, Freya«, riet Elsa. Ein paar Sekunden später klopften ihre schlanken Finger leicht auf meine Brust. Eine Kraft wogte in meinem Brustkorb – das dunkle Gewicht in meinem Herzen schien zurückzuweichen.

»Ich glaube, es mag dich nicht«, sagte ich.

Elsa summte wieder, und ein Stromstoß sprudelnder Energie schoss von ihrer Handfläche in mein Herz. Hitze erfüllte mich von innen, und das Ketan peitschte mit solcher Wucht hin und her, dass meine Rippen schmerzten.

»Au!«

»Tut mir leid. Es dauert nicht mehr lange. Mia? Öffne das Kästchen, und bring es her.«

Mias Schulter streifte meinen Unterarm, und ich hörte ein leises Klicken. Das Eindämmungsgefäß war an seinem Platz. Wenn der Aufruhr in meinem Oberkörper ein Hinweis war, wusste das Ketan Bescheid.

Und es war nicht glücklich darüber.

»Halt dich an den Armlehnen fest, Freya. Das könnte unangenehm werden. Ich ziehe auf drei. Zwei. Eins.«

Ich fluchte vor Schmerzen und grub die Fingernägel in das Leder. Lodernde Qualen zerrissen meine Brust, versengten mein Inneres und erfüllten mich mit dem verzweifelten Wunsch, aus meiner eigenen Haut zu kriechen. »Bei allen Göttern, tut das weh!«

»Nicht bewegen!« Elsas sonst so heiterer Ton hatte etwas Entschlossenes an sich. Der Teil meines Gehirns, der sich nicht mit meinem bevorstehenden Ableben beschäftigte, betete inständig, dass das Ketan nicht auch Elsa schaden würde. »Mia, schließe das Kästchen, wenn der Schwanz herauskommt. Du wirst seine stachelige Oberfläche sehen und …«

»Heiliger *skit!*« Ich schrie auf, als sich winzige Klingen in mein Herz und dann durch meinen Brustkorb bohrten. Ich öffnete gerade rechtzeitig die Augen, um zu sehen, wie das keulenförmige Ende einer Art Insekt in das kleine Kästchen in Mias Hand flog.

»Jetzt!«, rief Elsa.

»Ich hab's!« Mia schloss das Kästchen mit einem lauten Knall. Das Insekt versuchte sich zu befreien, und das Gefäß fiel fast zu Boden, bevor meine Freundin ihre andere Hand darauf presste. »Es gibt einen Eindämmungsmodus. Ich muss nur den Schalter finden …« Sie strich mit dem Daumen über den Deckel des Kästchens und plötzlich war alles ruhig.

Meine Hände jedoch zitterten mit der Kraft eines wütenden Frostriesen. Ich warf Elsa einen bösen Blick zu. »Das war mehr als nur unangenehm.«

»Ich weiß. Ich habe es bei dir gespürt. Das Ding war ent-

setzlich.« Elsa erschauderte. »Seine Energie war so dunkel …
so dunkel wie die von Hel.«

»Sie sagte, es sei eine neue Substanz. Meinst du, es war ein
Stück von ihr?« Mia schloss die Kiste in den Wandsafe ein und
drehte sich mit großen Augen zu uns um. »Meine Güte, Freya.
Hattest du all die Monate Hels Seele in deinem Herzen?«

»Bei allen Göttern, ich hoffe nicht.« Ich erschauderte bei
der Vorstellung, dass ein Stück von Hels Seele irgendwie in
meiner enthalten gewesen war. Aber anstatt sich zu verstärken,
in sich zusammenzurollen, meine Brust zu beschweren und
meinen Kopf zu vernebeln, wie es meine Ängste monatelang
getan hatten, flackerte dieser Teil der Angst lediglich auf und
erstarb. Mein Kopf blieb gnädigerweise klar und mein Herz …

Das schwarze Loch der Finsternis war verschwunden. An
seine Stelle trat der warme, rosafarbene Puls der vollkommenen
und totalen, bedingungslosen, strahlend leuchtenden … *Liebe*.

Ich holte tief Luft und genoss die Art und Weise, wie das
Licht in Räume eindrang, von denen ich geglaubt hatte, sie sei-
en für immer verloren. Die Liebe dehnte sich aus, und ihre
Wärme erfüllte mich mit Frieden, Dankbarkeit und Anmut.
Leichtigkeit tanzte durch meinen Körper, und die schiere
Freude darin reichte aus, um mich vor Erleichterung schluch-
zen zu lassen.

»Überprüfe es, Elsa. Ich glaube, wir haben alles erwischt.«

Elsa hielt ihre Handfläche ein paar Zentimeter von meinem
Kopf entfernt. Dann fuhr sie damit an meinem Körper hinunter und wieder hinauf, wobei sie einen Moment länger an meinem Herzen verweilte. »Keine Restenergie. Alles weg.«

»Gut.« Mit wackligen Beinen stand ich auf. »Lass uns
Heimdall anrufen und sofort nach Asgard reisen. Brynn mag
die Walküren unter Kontrolle haben, aber ich habe das Gefühl,

dass unsere Mädchen die Unterstützung ihrer Liebesgöttin brauchen werden.«

»Bist du sofort bereit?«, fragte Mia. »Brauchst du keine Erholungszeit? Du hattest Hels Energie in dir, um Himmels willen. Das muss furchtbar gewesen sein.«

»Das war es. Aber Zeit ist ein Luxus, den wir nicht haben.« Ich dehnte meine Schultern und richtete mich auf, um meine volle Größe zu erreichen. »Die Reiche brauchen uns. Und ich werde sie nicht länger im Stich lassen.«

**

Ich bat um einen Moment allein mit Jason, bevor wir nach Asgard aufbrachen. Ich nahm seine Hände in meine und versicherte ihm, dass ich für ihn da sein würde, auch wenn die Dinge noch beträchtlich verrückter werden würden. Dann küsste ich ihn. In den sechzig Sekunden, die uns blieben, um uns in diesem Moment zu verlieren, krümmten sich meine Zehen, und mein Blut glühte förmlich vor Hitze. Das Ketan war definitiv weg, Odin sei Dank. Und wenn Elsa nicht in diesem Moment die Treppe hinuntergestürmt wäre und die Ankunft unseres Regenbogentransports angekündigt hätte, wäre es noch viel heißer geworden.

Dämlicher Regenbogentransport.

Jason, Mia, Elsa und ich verließen die Arcata-Hütte und traten gemeinsam in das vielfarbige Licht der Brücke. Die Ahlström-Geschwister verbargen ihr Unbehagen mit einem schwachen Lächeln, obwohl Jason eindeutig kurz aufschrie, als Heimdall den Bifröst anhob. Ich hielt seine Hand und gab dem Sterblichen, der gerade das einzige Reich, das er je gekannt hatte, zum ersten – und möglicherweise letzten – Mal verließ, so viel Unterstützung wie möglich. Nur Odin wusste, wie Midgard nach Ragnarök aussehen würde … wenn es überhaupt überlebte.

Wir näherten uns immer schneller Asgard, und während die Wucht des Abstiegs den Druck auf meinen Körper auf ein fast unerträgliches Maß ansteigen ließ, erinnerte ich mich daran, dass wir uns dieser Schlacht stellen würden wie jeder anderen bisher – mit der unerbittlichen Entschlossenheit, die unsere Gesellschaft seit Anbeginn der Zeit geprägt hatte. Wir hatten zahllose Angriffe überlebt, immer mit demselben Ergebnis – Asgard hatte gesiegt und sich wieder erhoben, um die Reiche zum Frieden zu führen. Diese Schlacht würde nicht anders sein. Die Liebe und unsere Krieger würden alles besiegen.

Ich glaubte dies mit jeder Faser meines Wesens, bis wir vor dem Walkürenquartier landeten. In diesem Moment wurde mir klar, wie sehr die Chancen gegen uns standen … und wie abscheulich die Schrecken von Ragnarök geworden waren.

Elf

Brynn

Was apokalyptische Schlachten anging, war diese eine große einzige *skit*-Show.

Im Walkürenquartier herrschte absolutes Chaos – die Kriegerinnen rannten vom Arsenal zum Tech-Verteilungszentrum und zu den Sammelplätzen, von wo aus sie zu den scheinbar unendlichen Bedrohungen für die Lichtreiche ausgesandt wurden. Im Kriegsraum hingegen herrschte eine kalkulierte Ruhe. Bei ihrer Abreise hatten Mariana, Sigrunn, Tessyra und Xatnari jeweils einen Satz Vögel mitgenommen – die Drohnenkameras, die Henrik und ich entwickelt hatten. Jetzt wurden ihre Missionen auf den vier Holo-Displays in der Mitte des riesigen Konferenztisches angezeigt. Ich sah von Marianas Team, das die Horde Dunkelelfen, die zwischen ihnen und den zu befreienden Kindern stand, in Windeseile eliminiert hatte, hinüber zu Tessyras Truppe, die gerade ein Portal im Dunkelwald mit Deaktivatoren versah.

Auf dem Muspelheim-Display stand Xatnari mit Hyro und ihrem Drachen Marshmallow auf einer geschwärzten Lichtung. Die noch rauchenden Baumstämme deuteten darauf hin, dass entweder Feuerriesen oder Feyndralen den Wald vor Kurzem in Brand gesteckt hatten, was die zusätzlichen Walkürenwachen erklärte, die von ihren Pferden aus den Horizont absuchten. Die Flügel der Tiere wirbelten den dunklen Rauch auf und bildeten einen Schutzschild, der Xatnaris Team Sichtschutz gewährte. Dahinter stand eine Gruppe von zwei Dutzend Feuerriesen mit einer Handvoll unserer Walküren. Eine Riesin kniete im Ruß und skizzierte eine Art Diagramm. Sie musste zu der Rebellenzelle gehört haben, die unsere Kriegerinnen rekrutiert hatten. *Sehr schön.*

In der Gewissheit, dass unser Plan für Muspelheim ausgeführt wurde, schaute ich, was in Nidavellir los war. Sigrunn und ihr Team positionierten sich lautlos um ein Nest schlafender Drachen. Eine Handvoll Zwerge hockte in der oberen rechten Ecke des Displays, wo zwei unserer ranghöheren Walküren sie nach vorne winkten. Zweifellos hatten sie einen Extraktionsplan ausgearbeitet, und vorausgesetzt, sie weckten den schlafenden ... *skit.*

»Sigrunn, auf zwei Uhr wacht ein Drache auf.« Ich tippte auf das Nidavellir-Display, um an das gähnende Reptil heranzuzoomen. Seine Augen öffneten sich, und das dritte Augenlid glitt zur Seite, als er die Bewegung des Zwerges registrierte. »Ihr müsst da weg. *Sofort.*«

»Verstanden.« Sigrunn hob eine Faust, und eine Sekunde später flogen drei geflügelte Pferde mit Walküren auf dem Rücken über mein Display. Die Kriegerinnen am Boden hoben die Zwerge einen nach dem anderen auf den Rücken ihrer Pferde, bevor sie ihre Schwerter zogen und sich gegen die Drachen wandten. Flammen schossen aus den Mäulern der nun sehr wachen Reptilien. Obwohl wir bei den Drachen von Nidavellir im Allgemeinen eine Politik des Nichttötens verfolgten, schaltete Sigrunns Team die aggressiveren Kreaturen schnell aus. Wren, eine unserer Tierflüsterinnen, machte sich glücklicherweise sofort daran, die anderen zu beruhigen, und die Auseinandersetzung war vorbei, bevor sie richtig begonnen hatte.

»Gute Arbeit«, lobte ich. »Behaltet das zweite Nest im Auge – das auf zehn Uhr. Der Purpurrücken-Drache dort drüben wacht vielleicht auf.«

»Verstanden. Danke, Generalin.«

»Der Vogel soll den Süden scannen«, befahl ich. Mein Display schwenkte nach links, wo die Walküren ein Dutzend Zwerge zu einem silbernen Portal geleiteten. »Sieht gut aus. Sobald die Evakuierung abgeschlossen ist, macht ihr euch daran, die Quelle der dunklen Energie zu schwächen, ja?«

»Die Hälfte meines Teams bereitet die Sprengung vor«, bestätigte Sigrunn. »Das war die letzte der Geiseln. Sobald sie in Sicherheit sind, wird der Rest von uns nach Westen gehen und helfen.«

»Ich bin hier, wenn du etwas brauchst.« Ich loggte mich aus und lenkte meine Aufmerksamkeit auf das Muspelheim-Hologramm, wo Marshmallow Feuerstöße aus seiner schuppigen Nase schnaubte. Ich war so sehr auf den Flammenatmer konzentriert, dass ich zusammenzuckte, als die Tür hinter mir aufging.

»Autsch!« Ich rieb mir die Kniescheibe. Tischkanten waren hart.

»Tut mir leid«, entschuldigte sich Freya. Ich hob neugierig eine Augenbraue bei dem Anblick meiner befehlshabenden Offizierin – die eigentlich in Arcata hätte sein sollen. Sie betrat den Raum mit einem reumütigen Lächeln. »Ich weiß, wie verrückt es werden kann.«

»Svetana kümmert sich um alles, und ich habe ihr gesagt, dass ich nur alle fünf Minuten ein Update will. Hier drinnen ist es also ziemlich ruhig. Aber da draußen?« Ich reckte mein Kinn in Richtung der nun geschlossenen Tür. »Oh weh.«

»Totales Chaos«, bestätigte Freya.

»Im Ernst. Das Technikteam sucht alle verfügbaren Geräte zusammen und verschickt sie mit jedem Bifröst-Transport. Das Arsenalteam beschleunigt den Waffentransfer, und die Priesterinnen verteilen schädliche Energie aus dem Meditationszentrum um. Es sieht so aus, als sei Jotunheim dabei, das totale Chaos zu entfesseln. Wir wissen nur immer noch nicht, wo.«

Ich zeigte auf das fünfte, etwas von den anderen entfernt befindliche Display. Es zeigte Horden von Frostriesen, die über ein eisiges Feld stürmten. Sie versammelten sich vor einem aktiven, Funken sprühenden Portal. Unsere Strategen hatten das Ziel des Portals noch nicht ausfindig gemacht, aber wohin auch immer so viele Jotun unterwegs waren, es würde schlimm werden.

»Habt ihr zufällig unsere Vereinigerinnen mitgebracht?«, fragte ich.

»Mia und Elsa sind direkt zum Meditationszentrum gegangen. Die Priesterinnen sagten, sie hätten einen separaten Raum, den sie für die Vereinigung nutzen könnten.«

»Gut. Und Jason?« Meine Augen huschten von Display zu Display, um nach drohenden Katastrophen Ausschau zu halten.

»Die Priesterinnen werden ein Auge auf ihn haben, während Mia und Elsa arbeiten. Er war nicht begeistert davon, die Füße stillhalten zu müssen, während seine Schwester und ihre Freunde die Reiche retten, aber als ihm die Priesterinnen ein Holo von der zweiten Schlacht von Jotunheim gezeigt haben, hat er eingesehen, dass er mehr Training braucht, bevor er sich solchen Gegnern stellen kann.« Freya lachte. »Der Gute.«

»Nein, ich meine, wie hat er das alles verkraftet?« Ich machte eine ausladende Handbewegung. »Es ist ziemlich viel auf einmal herauszufinden, dass es Asgard gibt und es noch am gleichen Tag zu besuchen.«

»Ganz gut. Na ja, nach dem Bifröst hat er sich übergeben.« *Verständlich.* »Aber er hat sich schnell erholt – oder zumindest so getan. Das rechne ich ihm hoch an.«

»Das glaube ich gern.« Bei allen Göttern, ich fand es toll, dass sich Freya in Mias Bruder verliebt hatte. Einfach perfekt. »Und Mia? Wie hat sie reagiert, als sie diesen Ort zum ersten Mal gesehen hat?«

»Mia ist Mia.« Freyas Lippen verzogen sich zu einem Lächeln. »Man konnte praktisch sehen, wie sich ihr Gehirn bei der Landung in zwei Hälften geteilt hat – eine Seite hat alles gespeichert, um es später zu analysieren, die andere hat herauszufinden versucht, wie irgendetwas davon echt sein kann.«

»Man muss unsere Sterbliche einfach lieben.« Eine scharfe Bewegung auf einem der Displays zog meine Aufmerksamkeit auf sich. Schnell wies ich Sigrunn an, Wren zu bitten, sich um den Drachen mit dem purpurroten Rücken zu kümmern, der jetzt Feuer spuckte. Sobald sich Wren auf den Weg gemacht hatte, sah ich wieder zu Freya. Sie hätte nicht in Asgard sein dürfen – keiner von ihnen sollte das. Es musste etwas Schreckliches passiert sein. »Ich nehme an, ihr seid hier, weil in Arcata etwas vorgefallen ist?«

»Du solltest vielleicht ein Midgard-Display aufrufen«, sagte Freya. »Hel ist auf dem Gelände aufgetaucht.«

Ich fluchte. Laut.

»Wir haben sie durch ein Portal geschickt, aber wir wissen

nicht, wohin es sie gebracht hat. Für den Fall, dass sie es zurück nach Midgard schafft, wäre es hilfreich, ein Entkräftungsteam in Bereitschaft zu haben.« Freya kam an meine Seite, rief ein weiteres Display auf und positionierte es in der Mitte des Tischs. »Midgardischen Scan auf breit einstellen. Auf alle bekannten dunklen Portale zugreifen.« Das Display tat, was sie verlangte, und flackerte in Fünf-Sekunden-Intervallen durch die Feeds. »Ich kann mir das hier ansehen, wenn du willst«, bot Freya an. »Dann kannst du dich mehr auf die Situation in Jotunheim konzentrieren.«

»Das wäre toll.« Ich fuhr mit den Fingern durch mein Haar. Meine Locken waren noch viel unordentlicher geworden, seit ich den Kriegsraum betreten hatte. »Ich weiß nicht, wie du das so lange ausgehalten hast. Es ist ein enormer Druck.«

»Man gewöhnt sich daran.« Freya zuckte mit den Schultern. »Aber es war schwer, beide Aufgaben unter einen Hut zu bringen – ich bin froh, dass du heute das Kommando hast, damit ich mich darauf konzentrieren kann, die Göttin der Liebe zu sein.«

Ich neigte den Kopf von einer Schulter zur anderen und atmete tief in die angespannten Muskeln in meinem Nacken. »Bist du bereit, den Job wieder zu übernehmen?«

»Absolut.« In Freyas Stimme lag eine Entschlossenheit, die ich schon lange nicht mehr gehört hatte.

Den Göttern sei Dank. »Ich bin sehr froh, das zu hören«, sagte ich leise. Und meinte es genauso. Die Reiche waren ohne Freyas Licht dunkler, und wir brauchten dieses Licht heute mehr denn je.

»Generalin!« Xatnaris scharfe Stimme dröhnte in mein Ohr. »Erlaubnis zum Angriff.«

Ich richtete meinen Blick auf das Muspelheim-Display, wo

vier Drachen durch den Wald auf den Rauch zuschlichen. Sie schienen größere Versionen von Hyros Marshmallow zu sein – es musste sich um die Feyndralen handeln. Die tödlichen, dunkle Magie schwingenden, göttermordenden Feyndralen.

Es war an der Zeit.

»Erlaubnis erteilt. Vier Drachen auf ein Uhr. Wenn die Rebellen den Feyndralen das Böse austreiben können, wäre das ein Sieg, aber denkt daran, wenn es um euer Leben oder das der Feyndralen geht, beschützt die Rebellen und unsere Kriegerinnen.«

»Ich werde Euch nicht enttäuschen, Generalin. Welle eins – ausschwärmen!« Xatnari zog ihr Schwert und stürmte los. Ihr Team nahm eine Angriffsformation ein und folgte ihr durch die Rauchwand. Sie stürzten sich auf die Feyndralen, die sich auf die Hinterbeine stellten und aus ihren klaffenden Mäulern Feuer spien.

»Welle zwei!«, rief Xatnari, und die rebellischen Feuerriesen brachen ebenfalls durch den Rauch. Sie teilten sich in Sechsergruppen auf und umkreisten die Feyndralen. Die Bäuche der Riesen blähten sich auf, kurz bevor Flammenstrahlen aus ihren Nasen schossen. Die Feyndralen erwiderten das Feuer, und im Handumdrehen war der Wald ein Meer aus Rot, Orange und Schwarz. Flammen züngelten am Boden, an den verkohlten Stämmen der Bäume und an der kargen Flora entlang, die es irgendwie geschafft hatte, inmitten der unbarmherzigen Atmosphäre Muspelheims zu gedeihen. Die Kriegerinnen auf ihren geflügelten Pferden umkreisten die Drachen aus der Luft, beförderten den Rauch zu den Reptilien und verdunkelten damit ihre Sicht, damit sich die Rebellen nähern konnten.

»Die Feyndralen schwenken ihre Köpfe hin und her«, sagte ich. »Bei anderen Drachenarten ist das ein Zeichen für Desorientierung. Wartet noch ein paar Sekunden, dann lasst die Rebellen anfangen.«

»Verstanden, Generalin.« Xatnari wartete einen Moment, bevor sie rief: »Jetzt!«

»Das Luftteam soll das Rauchmuster verändern, um die Sichtbarkeit für die Rebellen zu erhöhen«, befahl ich. »Wenn die Feyndralen nahe genug kommen, um anzugreifen, sollen sie die Bedrohung ausschalten.«

Xatnari gab meinen Befehl an ihre Reiterstaffel weiter, und die Walküren änderten ihre Position. Als sich der Rauch verzogen hatte, waren bereits drei der Feyndralen unter dem Feuer der rebellischen Riesen zusammengebrochen. Der vierte wippte wütend mit dem Kopf hin und her und spie Feuer auf unsere Verbündeten. Zwei Feuerriesen fielen zu Boden und schrien, als ihre Haut von dicken, orangefarbenen Flammen eingehüllt wurde. Ein dritter näherte sich der Bestie und schoss einen Strahl direkt in das Herz des Feyndralen. Der Drache taumelte zurück, bevor er wieder zu sich kam und seinen Angreifer verbrannte.

»Xatnari, der südlichste Drache ist nicht bereit, sich zu fügen. Drei Tote. Eliminiert ihn durch einen Luftangriff, aber schützt die restlichen Rebellen«, befahl ich.

»Luftteam, schaltet Nummer vier aus.« Xatnari stürmte in die Flammen, das Breitschwert im Anschlag, während die Reiterstaffel vom Himmel herabstürzte. Sie stürzte sich in Wellen auf den Drachen und stach abwechselnd auf seinen Hals ein. Das Ungeheuer wirbelte seinen Kopf hin und her und registrierte jeden Angriff einen Sekundenbruchteil zu spät.

»Rebellen, Rückzug!«, befahl Xatnari. Die Flammen, die Nummer vier umgaben, lösten sich auf, und der Drache zog seinen Kopf zurück, als Xatnari in die Luft sprang und ihm ihr

215

Schwert in die Brust rammte. Dickes, schwarzes Blut strömte aus der Wunde und überzog die Waffe der Walküre und ihre Uniform mit einer teerartigen Substanz.

»Luftteam«, keuchte Xatnari. »Bringt es zu Ende!«

In einem wilden Sturm von Flügeln und Schwertern umschwärmten die fliegenden Walküren den Hals des Drachen. Mit perfekt aufeinander abgestimmter Präzision rammten sie ihre Schwerter in die Bestie und rissen sie zur Seite, um den Feyndralen zu enthaupten. Der Kopf des Drachen stürzte zu Boden und verfehlte Xatnari nur knapp, bevor er mit einem dumpfen Aufprall landete. Dicker, schwarzer Ruß wirbelte auf und verdeckte die Sicht auf meinen Generalleutnant.

»Alles in Ordnung?«, fragte ich.

»Ging mir nie besser.« Xatnari hustete. Sie trat durch die Wolke und betrachtete die anderen drei Drachen. Jeder kniete unterwürfig, als ob er den Riesen seine Treue schwören würde.

»Schickt Hyro herein«, befahl ich. Wir hatten die junge Riesin zurückgehalten, weil wir ihre Sicherheit nicht hatten riskieren wollen. Aber jetzt, da wir zumindest drei der vier Drachen hatten verwandeln können, war es an der Zeit, dass sie den Rebellen zeigte, wie man mit diesen Kreaturen umging. Feyndralen in unserem Team zu haben würde unserer Flotte einen enormen Auftrieb geben. Odin allein wusste, dass wir sie brauchen würden.

Xatnari unterhielt sich kurz mit unserer Freundin, bevor sich Hyro und Marshmallow den drei knienden Drachen näherten. Da die Dinge in Muspelheim unter Kontrolle zu sein schienen, übergab ich das Kommando wieder an Xatnari und meldete mich ab.

»Das hast du gut gemacht«, lobte Freya. Während ich mich auf das feurige Reich konzentriert hatte, hatte sie die Displays

216

von Jotunheim und Midgard auf die andere Seite des Tisches verlegt und sich auf einen der Kommandosessel gesetzt.

Meine Wirbelsäule knackte, als ich mich dehnte. »Wie ich schon sagte, keine Ahnung, wie du das machst. Gibt es schon eine Spur zum Portalausgang der Frostriesen?«

»Möglicherweise.« Freya runzelte die Stirn. »Während ich gearbeitet habe, habe ich gleichzeitig Liebe in unsere verbündeten Reiche geschickt. Das zusätzliche Licht wird überall absorbiert, nur nicht hier.«

Freya zog das Midgard-Display aus der Luft und schwenkte auf ein weitläufiges Strandhaus auf weißem Sand, mitten im üppigen Blattwerk der Privatinsel, einer Oase, die in allen erdenklichen Grüntönen erstrahlte. Die Insel war von einem himmelblauen Meer umgeben, dessen Oberfläche kaum von einem leichten Wind getrübt wurde. »Dieser Ort reflektiert das gesamte Licht, das ich ihm schicke. Er scheint von einem Blocker umgeben zu sein. Möglicherweise einem, der stark genug ist, um einen Aufenthaltsort für die Frostriesen zu tarnen.«

Wie bitte?

»Das ergibt keinen Sinn. Warum sollten sie mitten in die Karibik wollen? Es sei denn …« Mein Herz schlug mir bis zum Hals, als ich mich an den Ort erinnerte, an dem sich eines unserer weniger genutzten midgardischen Verstecke befand. »Haben wir im Moment jemanden auf Asgard Cay?«

Freya erbleichte. »Hatten wir.«

»Wen?«

»Erkläre ich dir später. Die kurze Antwort lautet, dass die letzten Besucher von Cay evakuiert wurden, als die Kämpfe begonnen haben. Aber die Frostriesen müssen wissen, dass wir noch Asen auf Midgard haben. Und sie werden entweder die Karibik als Aufmarschgebiet für einen Angriff auf das gesamte

Reich nutzen oder …« Freyas Kopf schnellte hoch, und wir sahen uns besorgt an.

»Es ist ein Ablenkungsmanöver. Sie wussten, dass wir das Cay beschützen würden – wie auch immer sie noch eines unserer sicheren Häuser gefunden haben.« Ich zog das Jotunheim-Display von Freya weg zur Tischmitte. »Gibt es irgendetwas in Jotunheim, das besonders verwundbar ist? Etwas, zu dessen Schutz sie eine ganze Legion von Kriegern schicken würden?«

Ich scannte das Display, wischte mit den Fingerspitzen nach oben, um die Regionen zu wechseln, und zog hier und da eine Stadt heraus, um sie mir näher anzusehen. Erst als ich das südliche Meer erreichte, gefror mir das Blut in den Adern.

»Naglfar«, flüsterte ich. Ich stieß meinen Zeigefinger in mein Handgelenk. »Tyr rufen! Sofort!«

Freya wurde kreidebleich. »Die Jotun wissen, dass wir unsere Unterschlüpfe bewachen werden – der dunkle magische Schirm um Asgard Cay ist nur ein Ablenkungsmanöver. Sie wollen das Schiff in See stechen lassen.«

Ich verzog das Gesicht.

»Tyr hat nicht genug Leute, um eine ganze Armee zu besiegen«, flüsterte Freya. »Oder?«

»Er hat gesagt, er braucht keine Hilfe«, erwiderte ich zerknirscht. »Gut, dass ich nie auf ihn höre.«

Tyr erschien auf dem Display an meinem Unterarm.

Er sah nicht besonders erfreut aus. »Ich bin beschäftigt, Brynn.«

»Du wirst gleich noch viel beschäftigter sein. Gib mir deine Koordinaten. Ich schicke ein Team los.«

»Ich glaube nicht, dass das eine gute Idee ist. Ich … warte mal.« Tyr lehnte sich aus dem Bild. »Sag das noch mal, Henrik. Ich kann nichts hören, wenn ihr beide gleichzeitig redet.«

Henriks tiefe Stimme murmelte etwas Unverständliches von irgendwo außerhalb des Displays.

»Ich verstehe«, knurrte Tyr.

Henriks Gesicht tauchte auf meinem Handgelenk auf. »Mach sie fertig, *sötnos*.«

»Du auch!« Ich sah noch Henriks Grinsen, bevor Tyr seinen Arm wegzog.

»Brynn.« Tyr runzelte die Stirn. »Ich nehme das Team, das du angeboten hast, doch. Henrik hat gerade einen Tipp bekommen, dass das Boot stärker bewacht ist, als wir dachten. Offenbar brauchen wir die beste Mannschaft, die du uns geben kannst.«

»Deshalb habe ich dich ja angerufen! Freya und ich glauben, dass ein ganzes Bataillon Jotun auf dem Weg zu euch ist.«

»Mit denen werde ich fertig. Aber diese Meuchelvögel?« Tyr schüttelte den Kopf. »Kruger sind noch mal eine ganz andere Nummer. Warte. Ist Freya bei dir?«

»Wir sind im Kriegsraum des Walkürenquartiers.«

»Hol sie her«, sagte Tyr.

Ich brachte meine Fingerspitzen zusammen und schaltete sein Bild so in den Hologramm-Modus.

»Ich bin hier.« Freya kam an meine Seite.

»Freya.« Tyr starrte sie an. Das kurze Aufflackern von Emotionen hinter Tyrs Pokerface ließ seine Augen von Graublau zu fast Marineblau wechseln. »Bist du zurück?«

Drei Worte. So viel Druck. Ohne den Kopf zu bewegen, richtete ich meinen Fokus auf meine Freundin. Freya stand ruhig da, die Hände ineinander verschränkt, mit der ganzen Selbstsicherheit, die ich an ihr bewunderte, seit ich sie kannte. Jetzt zog sie die Schultern zurück, hob trotzig ihr Kinn und begegnete Tyrs Blick. »Das bin ich.«

»Für beide Aufgaben oder nur eine?«, drängte Tyr. Freyas entschlossener Blick sagte alles. *Den Göttern sei Dank.*

»Gut. Dann übernimm wieder das Kommando über die Walküren, und schick Brynn zu mir. Ich werde sie brauchen.« Freya sah mich an. »Ist das in Ordnung für dich?«

»Natürlich«, erwiderte ich.

Freya nickte. »So gut wie erledigt.«

Ich atmete erleichtert auf und schlang ohne nachzudenken die Arme um meine Freundin. »Gut. Denn dieser Job ist echt hart.«

»Du hast das toll gemacht«, versicherte mir Freya. »Ich hätte niemand anderem die Führung unserer Kriegerinnen anvertraut. Und bei allem, was hier gerade passiert, na ja ... Vielleicht ist es an der Zeit, dass die Walküren zwei Oberbefehlshaberinnen bekommen.«

Mein Herz pochte wild in meiner Brust. Wollte mich Freya zu ihrer Gleichgestellten machen? Wollte sie, dass ich Asgards weibliche Elitekämpferinnen mit anführte? Wollte ich das überhaupt?

»Diskutiert das später«, meldete sich Tyr zu Wort. »Brynn, komm mit dem Team her. Freya, mach dein Liebesding in Jotunheim. Hast du meine Koordinaten?«

»Hab ich. Und das werde ich. Pass auf dich auf«, sagte Freya. »Und auf unsere Familie.«

»Das weißt du doch«, sagte Tyr unwirsch. Sein Hologramm flackerte und verschwand.

»Tja dann.« Freya drehte sich zu mir um. »Du weißt, was zu tun ist.«

»Mein Reserveteam hält sich in den Ställen bereit.« Ich drückte Freyas Hände. »Bist du sicher, dass du dem gewachsen bist? Diese … Dunkelheit … tut mir leid, ich weiß nicht, wie ich es sonst nennen soll. Ist sie wirklich weg?«

»Sie ist wirklich weg«, bestätigte Freya. »Geh. Hilf unseren Jungs. Lass Tyr keine Dummheiten machen.«

Ich drückte noch einmal Freyas Fingerspitzen, bevor ich mit wehendem Umhang kehrtmachte. »Als ob ich ihn irgendwie davon abhalten könnte. Oh!« Ich hielt inne und legte eine Hand auf die Türklinke. »Svetana sagte etwas von einem goldenen Eber und einem magischen Schiff – könntest du mir die vielleicht mitschicken?«

Freyas blasse Haut wurde noch etwas blasser. »Gullinbursti und Skidbladnir? Ich werde sie holen und zu dir schicken lassen. Schnell, geh jetzt.«

»Aye, aye.« Ich salutierte vor meiner Freundin und stürmte durch die Tür. Svetana sprang von ihrem provisorischen Posten auf, den sie vor dem Kriegsraum errichtet hatte.

»Generalin Aksel! Wohin geht Ihr?«

»Ich führe ein Team nach Jotunheim. Freya hat jetzt wieder das Kommando.« Ich stützte eine Hand auf den Griff meines Degens, während ich zur Treppe eilte. Svetana eilte mir nach. »Kümmere dich genauso um Freya, wie du es mit mir getan hast. Lass niemanden in den Kriegsraum.«

»Ja, Generalin.« Svetana blieb am oberen Ende der Treppe stehen und rief mir nach: »Bitte seid vorsichtig.«

»Bin ich immer.«

Mit einem letzten Nicken stürmte ich den Rest des Weges die Treppe hinunter und durch das Hauptgeschoss des Walkürenquartiers. Ich nahm den südöstlichen Ausgang und lief die kurze Strecke zu den Ställen. Ich war auf halbem Weg dort, als direkt vor mir ein glitzerndes weißes Oval erschien. Ich zog meinen Degen und machte mich bereit, das Wesen anzugreifen, das aus dem Portal trat. Doch ein blau-silbernes Bein durchbrach die schimmernde weiße Fläche, gefolgt von Rumpf, Armen und Kopf einer Walküre mit gezücktem Schwert. Auf dem Rücken trug sie ein junges Mädchen.

»Mariana«, keuchte ich. »Bei allen Göttern, du hast mich zu Tode erschreckt. Die Kinder ... sind sie ...«

»Wir haben jedes einzelne von ihnen.« Mariana streichelte dem Mädchen über den Kopf, dann ging sie aus dem Weg des Portals. »In Bewegung bleiben, Leute. Wir sind fast da.«

Als Nächstes kletterten strohblonde Zwillinge aus dem Oval, die einander fest an ihren kleinen Händen hielten. Ihnen folgten drei rothaarige Jungen, die sich so ähnlich sahen, dass es sich ebenfalls um Geschwister handeln musste, und zwei Mädchen mit olivfarbener Haut, die sich am Bein einer Walküre festhielten. Einer nach dem anderen kamen die Kinder und die Krieger durch das Portal. Es waren so viele von ihnen. Und sie waren so jung, so unschuldig. Ihre Gesichter waren rußverschmiert, ihre Kleidung schmutzig und zerrissen, aber zum Glück zeigten sie keine Anzeichen körperlicher Verletzungen. Ihre Zeit im Dunkelreich musste ein absoluter Albtraum gewesen sein – Svartalfheim hatte vor langer Zeit alle Quellen der Liebe, der Freude und des Lichts ausgelöscht. Odin allein wusste, was sie gesehen hatten ... und wie lange ihre kleine Psyche brauchen würde, um sich davon zu erholen.

»Wo bringst du sie hin?«, fragte ich Mariana leise.

»Wir werden einen leeren Konferenzraum im Walkürenquartier finden und versuchen, sie zu beruhigen, während wir ihre Eltern kontaktieren. Hoffentlich können ein paar der Priesterinnen herunterkommen, um ihre Ängste zu lindern.« Mariana wartete, bis die allerletzte Walküre durchgegangen war, bevor sie auf die Spitze des weißen Ovals tippte. Es schloss sich in sich selbst und fiel als kleine silberne Kugel auf den Boden.

Ich bückte mich, um sie aufzuheben, und reichte sie meinem Generalleutnant. »Bitte die Priesterinnen, Mia Ahlström nach unten zu schicken, damit sie den Kindern hilft. Sie ist eine unserer Vereinigerinnen und wird ihnen auf eine Weise helfen können, wie es die anderen nicht können. Sie hat ein großes Herz und einen ganz besonderen Zugang zu … schwierigen Situationen.«

Mariana salutierte. »Ich danke Euch, Generalin.«

»Ich danke *dir*.« Ich legte meine Hand auf ihre Schulter. »Dafür, dass du dich um die kümmerst, die schwächer sind als wir. Dass du jenen hilfst, die unseren Schutz am dringendsten brauchen.«

»Es ist mir eine Ehre.«

Ich blinzelte eine Träne zurück, als ich in die Augen der kleinen Asin auf Marianas Rücken blickte. Gott sei Dank war sie gesund und munter … vorerst.

Zurück an die Arbeit, Aksel. Eine Menge Leben hängen von dir ab.

Richtig.

»Freya ist oben im Kriegsraum.« Ich steckte meinen Degen wieder ein. »Sie leitet das Operationszentrum, während ich Tyr in Jotunheim helfe. Wenn du mich brauchst, wird sie wissen, wie du mich erreichen kannst.«

»Seid vorsichtig«, drängte Mariana. »Es scheint, als ob sich die Dinge im Eisreich ziemlich schnell zuspitzen.«

»Und wie«, murmelte ich. »Wenn es schiefgeht, fordere ich dein Team zur Unterstützung an. Aber bis dahin sollen deine Kriegerinnen auf die Kinder aufpassen. Ihnen soll hier auf keinen Fall etwas zustoßen …« Ich erschauderte. »Sie haben schon genug durchgemacht.«

»Verstanden. Wir bleiben in Bereitschaft.« Mariana tippte auf das Kommunikationsgerät an ihrem Handgelenk. »Und wir werden dafür sorgen, dass diesen Kindern kein weiteres Leid widerfährt.«

Ich nickte dem Rest von Marianas Team zu und lächelte die Kinder sanft an. Ich war unendlich dankbar, dass sie unversehrt zu Hause waren.

Nach einem weiteren knappen Nicken setzte ich meinen Weg fort. In den Ställen standen fünf weiße geflügelte Pferde bereit zum Aufsitzen, jedes mit einer bewaffneten Walküre an seiner Seite. Die Kriegerinnen rissen die Augen auf, als sie meine Anwesenheit bemerkten, gewannen aber schnell die Fassung wieder.

»Generalin Aksel.« Das ranghöchste Mitglied des Teams hob die Hand zum Gruß an die Stirn. »Wir ziehen in die Schlacht. Tyr braucht Verstärkung in Jotunheim.« Ich suchte den Stall nach meinem vertrauten geflügelten Pferd mit der silbernen Mähne, doch Fang war nirgends zu finden. Ich runzelte die Stirn. »Wo ist mein Pferd?«

»Es tut mir so leid«, sagte eines der Mädchen atemlos, während sie aus einer der Boxen kam. Sie war jung – definitiv eine unserer jüngeren Rekrutinnen – und noch kleiner als ich. »Freya hat das Gelände der Walküren während eines Gefechts noch nie verlassen, und da du die Verantwortung trägst, dachten wir, es wäre in Ordnung, Fang grasen zu lassen. Ich werde sie für dich zurückholen.«

»Nicht nötig.« Ich führte meine Finger an die Lippen und stieß einen durchdringenden Pfiff aus. Das Mädchen zuckte zusammen. »Fang!«

Sekunden später stürmte mein riesiges Pferd in einem Wirbel aus weißen Flügeln und glitzernden Silberhufen in den Stall. Ihre lange Mähne war zu einem kunstvollen Zopf geflochten, und ihr Schweif bewegte sich fröhlich, als sie an meiner Seite landete.

»Da bist du ja! Bereit, dich an die Arbeit zu machen?«

Fang wieherte und rieb ihren Kopf an meinem Arm, bis ich nach oben griff, um ihr die Stirn zu kraulen.

»Ich hab dich auch vermisst«, flüsterte ich ihr ins Ohr. Fang stupste mich freudig an, bevor sie auf ein Knie ging, damit ich auf ihren Rücken klettern konnte. Vorsichtig, damit mir mein Degen nicht in den Weg kam, schwang ich ein Bein über Fangs Rücken und nahm die Reiterposition ein. Sie richtete sich vor den anwesenden Walküren zu ihrer vollen Größe auf.

»Aufsteigen«, befahl ich. »Der Kriegsgott versucht, das Schiff Naglfar zu zerstören, bevor es zum Bifröst segelt. Er erwartet verstärkte Kampfhandlungen und braucht unsere besten Kriegerinnen. Seid ihr dabei, meine Damen?«

»Immer.« Die Ranghöchste schnalzte mit der Zunge, und ihr Pferd trat vor.

Die anderen Reiterinnen taten es ihr gleich.

»Reitet in enger Formation auf den Wald zu. Ich rufe den Bifröst, damit er uns abholt, sobald wir unterwegs sind.« Ich stupste Fang mit meinen Fersen an, und sie trabte vorwärts. Das Klicken der Hufe ließ mich wissen, dass der Rest meines Teams dicht hinter mir war. Kaum hatten wir den Stall verlassen, erhob sich Fang in die Lüfte und schlug mit ihren riesigen Flügeln heftig durch die frische asgardische Luft. Als fünf geflügelte Pferde an meiner Seite flogen, warf ich den Kopf zurück und rief: »Heimdall! Bifröst zu Krieg!«

Die leuchtende, vielfarbige Brücke schoss vom Himmel herab und hüllte uns in einen ohrenbetäubenden Windkanal ein.

»Für Asgard!«, rief ich. Der Rest meines Teams schloss sich meinem Ruf an, und als Nächstes schwebte ich durch den Kosmos und versuchte, das Unbehagen in meinem Magen zu ignorieren, während ich auf Tyr, Henrik und Forse zusteuerte – die männlichen Mitglieder meiner Wahlfamilie. Die Jungs, für deren Schutz ich gern mein Leben geben würde. Und die … *Bei allen Göttern.*

Mein Herz setzte einen Moment aus, als mich der Bifröst auf einem eisigen Feld absetzte, von dem aus ich einen perfekten Blick auf das Dock, das Schiff und die Horde von Monstern hatte, die sich durch das Wasser auf Tyr, Henrik, Forse und … *Odin* zubewegten.

Oh nein. Odin ist viel zu nah an der Frontlinie.

Meine Freunde steckten in großen Schwierigkeiten.

**

»Tyr!«, rief ich, als der Bifröst mich in der Atmosphäre von Jotunheim ausspuckte. »Naglfar! Auf zwei Uhr!«

Fangs starke Flügel schlugen wild und verringerten den Abstand zwischen uns und dem riesigen Schiff. Mein Magen kribbelte, ob aus Angst, wegen der Bifröst-Reise oder wegen des Gestanks, der von dem Wassergefährt ausging, das ausschließlich aus den Zehennägeln der Toten bestand – ich war mir nicht sicher. Ich krallte mich fester in Fangs Mähne, senkte meinen Kopf und trieb sie mit meinen Fersen vorwärts. Sie tauchte schnell hinab und halbierte im Nu den Abstand zwischen uns und dem Boot.

Tyr, Henrik und Forse sahen überrascht auf, als mein geflügeltes Pferd und ich hinter ihnen aufsetzten. Sekunden später landeten fünf weitere Rösser auf den Holzbrettern des Docks. Mein Team und ich hatten es noch rechtzeitig geschafft.

Jetzt galt es, alle Monster zu erschlagen.

»*Dritt, sötnos.*« Henriks Augen wanderten langsam an meinem hautengen Anzug entlang. »Du siehst in diesem Outfit *umwerfend* aus.«

»Danke!«

Henriks Augen verweilten einen weiteren Augenblick auf meiner Brust, bevor er den Kopf schüttelte. »Aber wolltest du nicht von Osten kommen?«

»Wollte ich, aber die Dinge haben sich geändert.« Ich richtete meinen Degen auf das Wasser. »Ihr könnt sie noch nicht sehen, aber unsere Gegner nähern sich.«

»Kein Scherz«, knurrte Tyr. Er wirbelte sein Breitschwert herum, während er sprach.

»Deshalb sind sie hier.« Forse reckte sein Kinn in Richtung der Schwadron, die Odin umgab.

»Euer Gnaden.« Ich verneigte mich vor Asgards weißhaarigem, einäugigem Herrscher, bevor ich mich wieder Tyr zuwandte. »Ja, Odins Wachen können sich um die Kruger kümmern und Naglfar versenken, sobald ihr es unter Kontrolle habt. Aber werden sie auch mit einem Jurgmaten fertig?«

»Es gibt einen Jurgmaten?« Henrik schwenkte den Kopf in Richtung Wasser. »Ich wollte schon immer mal einen sehen. Na ja, nicht unbedingt so, aber …«

»Wie lautet dein Plan?« Tyr richtete den Blick auf mich.

»Meine Kriegerinnen und ich werden uns um den Bodenfresser kümmern. Ihr drei schaltet die Angreifer im Wasser aus, die *keine* säurespeienden Seeungeheuer sind. Ich sah sie ihre Bahn ändern, als ich heranflog. Jetzt sind sie hundert Meter weiter westlich, etwa einen Faden unter der Oberfläche. Bis jetzt die gleiche Anzahl – drei Jotun, drei Zwerge, zwei Trolle. Ein Luftabwehrschiff. Sie werden jeden Moment hier sein.«

»Odin!«, rief Tyr über seine Schulter. »Ist dein Team bereit für den Ansturm der Kruger?«

»Meine Wachen haben mehr Meuchelvögel geschwächt als jedes andere Team in Asgard.« Odins königliches Nicken brachte ihm einen Salut seiner Krieger ein.

»Gut. Denn der erste Schwarm ist im Anflug ... und ich bezweifle, dass es der letzte sein wird.« Tyr nickte in den Himmel über dem Meer, wo sich eine Gruppe geflügelter Bestien näherte. Als die Kruger näher kamen, wurden ihre scharfen Krallen, ihre mit Klingen besetzten Rücken und ihre ledrigen schwarzen Gliedmaßen sichtbar. Die Krallen an ihren Flügeln sprühten Funken, und ich wusste, wenn sie noch näher an das Dock herankamen, würden sie uns entweder mit Stromschlägen töten oder mit den Klingen erstechen. Wir mussten handeln. Schnell.

»Angriff!«, brüllte Odin. Ein Dutzend Wachen zogen ihre Bögen und feuerten auf die Meuchelvögel. Zwei von ihnen fielen vom Himmel, und ihre riesigen Leichen ließen das Wasser aufspritzen. Stromstöße schossen aus ihren Klauen, als ihre leblosen Körper wieder an die Oberfläche trieben, und ich fragte mich kurz, ob die Kraft ihrer Ladung den Jurgmaten getötet hatte. *Träum weiter, Aksel.*

»Noch mal!«, befahl Odin. Mit einem Lichtblitz tauchte eine rothaarige Gestalt am Himmel auf, etwa hundert Meter von Odins Truppen entfernt. Ein Blitz schoss aus seiner Hand, und ich atmete erleichtert auf, weil ich wusste, dass Thor seinem Vater zu Hilfe gekommen war. Als die Wachen im Tan-

228

dem mit dem Donnergott feuerten, richtete ich meine Aufmerksamkeit wieder auf Tyr.

»Auf meinem Weg hierher habe ich den Jurgmaten im Wasser entdeckt. Es ist nicht weit von hier, also werde ich mit meinen Kriegerinnen noch mal aufsteigen, um einen besseren Blickwinkel zu haben.« Ich stupste Fang mit einer Ferse an. »Wir werden tun, was wir können, um ihn auszuschalten, bevor er euch erreicht. Kommt ihr mit den anderen Gegnern zurecht?«

»Ja. Danke, Brynn. Du hast alles stehen und liegen gelassen, um mir zu helfen.«

Emotionen stiegen in mir auf, aber ich unterdrückte sie. Es war nicht der richtige Zeitpunkt. Stattdessen erwiderte ich Tyrs Nicken mit einem bloßen Schulterzucken. »Wozu sind Freunde da?«

»Nimm das hier.« Henrik trat vor, einen kleinen schwarzen Zylinder in der Hand. »Ein Neutralisierer? *Takk*, Babe.«

Da die Hauptangriffsmethode des Jurgmaten darin bestand, meterhohe Säurestrahlen zu spucken, würde das Neutralisierungsgerät sehr nützlich sein. Vorausgesetzt, der Jurgmaten tauchte lange genug auf, damit wir die Bombe abwerfen konnten.

»Sei vorsichtig.« Henrik schloss seine Hand um meine, als er mir die Technik übergab.

»Du auch.« Ich presste meine Lippen auf die meines Freunds. Ein wohliger Schauer lief mir über den Rücken, als ich seine Zunge in meinem Mund spürte. Mir wurde ein bisschen schwindlig, doch viel zu schnell zog er sich wieder zurück. Ich räusperte mich, den Degen in der einen und das Säure neutralisierende Gerät in der anderen Hand. »Ich sollte jetzt besser los.«

229

»Fortsetzung folgt.« Henriks Augenzwinkern ließ mich innerlich dahinschmelzen. *Und ob!*

»Walküren, Angriff!« Ich steckte den Neutralisierer ein und richtete meine Klinge gen Norden.

Fang hob ab, kreiste von den Krugern weg und führte unser Team zu der Stelle, an der wir den Jurgmaten zuletzt gesehen hatten. Das Wasser unter mir war dunkel, aber hoffentlich war meine asgardische Sehkraft stark genug, um durch die …

Ein Schrei von hinten ließ mich herumwirbeln. Eine meiner Kriegerinnen stürzte von ihrem geflügelten Pferd. Sie hielt sich das Gesicht, während das Tier auf das Ufer zusteuerte. Unter uns schwamm eine riesige, schwabbelige Kreatur wütend im Wasser. *Der Jurgmat.* Ich konnte entweder das Biest töten oder meine Kriegerin retten. Für beides würde die Zeit nicht reichen.

Es sei denn, ich war schnell.

Mit einem Kampfschrei riss ich Fangs Kopf nach links und änderte meinen Kurs. »Zu ihr!«

Fang senkte den Kopf und tauchte ab. Sie erreichte die fallende Kriegerin zur gleichen Zeit, als ich Henriks Geschenk bereit machte. Als die Walküre sicher auf Fang gelandet war, griff ich nach hinten, um sie mit meiner Schwerthand zu stabilisieren, wobei ich darauf achtete, sie nicht mit der Klinge zu verletzen. Sobald ihre Arme sicher um meine Taille geschlungen waren, berechnete ich meine Flugbahn und schleuderte den Neutralisierer in das klaffende Maul des Jurgmaten. Der schwarze Zylinder traf sein Ziel und explodierte in einer Welle funkelnden Nebels, als er mit der Säure in Berührung kam. *Ausgezeichnet.* Eine Angriffstaktik weniger, über die man sich Gedanken machen musste. Jetzt mussten wir nur noch den Blitzen des Jurgmaten ausweichen.

Blitze … bei allen Göttern. Ich war bereits in Schussweite.
»Fang, hol uns hier raus!«, brüllte ich.

»Wir geben Euch Deckung, Generalin.« Mein Team kreiste über mir. Die Bogenschützen zogen ihre Pfeile aus den Köchern auf dem Rücken und begannen mit choreografischer Präzision auf den Jurgmaten zu schießen. Die Bestie stieß ein wütendes Stöhnen aus, als sie einen Stromstoß auf mich abfeuerte. *Skit!* Der Blitz schoss nur wenige Zentimeter an Fangs rechtem Flügel vorbei. Sie schwang nach links und wich knapp einem zweiten Blitz aus. Dann einem dritten.

Als ich mein Team erreichte, hatte das Monster bereits ein halbes Dutzend Blitze abgefeuert. Der siebte streifte meinen Oberschenkel, und ich schrie auf, als die Energie an meinem Bein explodierte, in Erwartung der bevorstehenden Qualen. Was auch immer das Technikteam mit meinem Anzug gemacht hatte, es musste gewirkt haben, denn statt versengtem Fleisch spürte ich nur die Anfänge eines heftigen Blutergusses. Der Teil meines Gehirns, der nicht mit dem Überleben beschäftigt war, nahm sich vor, die beiden Designerinnen zu befördern – eine Erhöhung um mindestens zwei Ränge.

Mein Haar peitschte mir um die Wangen, als ich über die Schulter blickte. Ich rief der verletzten Walküre, die hinter mir saß, zu: »Dein Pferd scheint in Ordnung zu sein, und es kreist zurück zu dir. Wenn ich dich nah genug heranbringe, kannst du dann aufspringen?«

»Ich denke schon«, rief sie zurück.

»Gut.« Ich lenkte Fang näher an das weiße Reittier heran und drehte meinen Kopf wieder. »Wann immer du bereit bist.«

Die junge Frau stemmte sich hoch und sprang auf ihr geflügeltes Pferd. Trotz der üblen Verätzung in ihrem Gesicht, die alle möglichen Schmerzen verursachen musste, packte sie die

Mähne ihres Pferdes und ritt hart auf unseren Angreifer zu. Sie spannte einen Pfeil in ihren Bogen, zielte und schoss auf den Jurgmaten. Der Pfeil durchbohrte das Auge des Seeungeheuers. Mit einem wütenden Schrei schlug die Kreatur mit allen vier Tentakeln, die ihren Kopf umgaben, auf das Wasser. Es verschwand unter der Oberfläche, und einen freudigen Moment dachte ich, es sei tot.

Dann schoss es aus dem Meer und hob sich mit seiner mächtigen Schwanzflosse gute sechs Meter aus dem Wasser. Dabei schoss es Blitze aus jedem seiner Tentakel und schloss mein Team in ein tödliches Energiefeld ein.

Oh nein. »Macht es nieder!«, brüllte ich.

Meine Kriegerinnen zogen ihre Waffen. Der Himmel wurde zu einem Wirbel aus fliegenden Pfeilen und glitzernden Schwertern. Zwei Walküren stürzten sich mit erhobenen Schwertern auf den Jurgmaten. Als die Kreatur in den Ozean zurücksank, durchtrennten meine Soldaten zwei Tentakel, entfernten die Hälfte ihrer Blitzkanonen und überzogen das Meer mit einer schwarzen Blutwelle. Der Jurgmat tauchte wieder auf und bewegte sich nun deutlich langsamer.

Ein statischer Blitz schoss aus dem Wasser, und ich wusste, dass es jetzt oder nie hieß. Ich stieß meine Ferse in Fangs Brustkorb, um sie nach unten zu drücken. Mit ihren massiven Flügeln verringerte sie schnell den Abstand zwischen uns und dem Seeungeheuer. Als wir direkt über ihm waren, griff ich nach unten, um die Sicherung an meinem Fußgelenk zu lösen. Ich winkelte meine Ferse so an, dass sie nicht auf Fangs Flügel gerichtet war und betete, dass meine Schuhdesignerin ein rückstoßfreies Modell entworfen hatte. Dann schaltete ich alle Gedanken aus. Alle bis auf einen.

Feuer.

Sofort entlud sich eine Explosion in meinem Stiefel. Der Jurgmat stieß einen gurgelnden Schrei aus, und ich blickte nach unten, wo ein frischer Strom schwarzer Flüssigkeit zwischen seinen Augen hervorquoll.

»Macht ihn fertig!«, befahl ich.

Ein Meer von Pfeilen durchbohrte den blubbernden Rücken des Jurgmaten. Die beiden Schwertkämpferinnen stürzten sich auf ihn und entfernten die letzten zappelnden Tentakel, die wahllos gegen das Wasser klatschten. Mit einem letzten Gurgeln wurde das von einem Pfeil durchbohrte Auge des Jurgmaten leer. Langsam sank er in die teerfarbene Flüssigkeit, die seine massive Gestalt nun umgab.

Wir hatten unsere Arbeit getan. Wir hatten die Bedrohung ausgeschaltet.

Den Göttern sei Dank.

»Neu gruppieren«, befahl ich. Eilig reaktivierte ich die Sicherung an meinem Stiefel.

Mein Team flog höher, außerhalb der Reichweite unsichtbarer Wassergegner, und bildete einen lockeren Kreis in der Luft.

»Das war ausgezeichnete Arbeit«, lobte ich. »Jetzt können wir bei den anderen beiden Situationen helfen.«

Ich warf einen Blick zum Ufer, wo Odins Team von einem neuen Schwarm Kruger belagert wurde. Heiliges Helheim, wie viele waren das? Am Dock sah es nicht viel besser aus. Dort wurden Tyr, Forse und Henrik von Naglfar gerade von drei Jotun, drei Zwergen und zwei furchterregenden Trollen zurückgedrängt. *Förbaskat.* Wir hatten unsere Bedrohung ausgeschaltet, aber unsere Waffenbrüder hatten nicht so viel Glück. Und sie waren zahlenmäßig stark unterlegen. Es würde ein Wunder brauchen, um diese Schlacht zu gewinnen.

Aber wir mussten es versuchen.

»Dann mal los, Leute.« Meine Kriegerinnen zogen einen engeren Kreis. »Okay. Odins Wachen sind in der Überzahl, also haben sie eine bessere Chance, sich zu verteidigen. Unsere neue Priorität ist es, Tyrs Team auf das Schiff zu bringen – und dafür zu sorgen, dass sie es versenken. Wir greifen von hinten an, schalten zuerst die Zwerge aus und …«

Meine Kehle schnürte sich zu, als sich am Ende des Docks ein funkensprühendes schwarzes Portal öffnete, unbemerkt von Tyr, Forse und Henrik, die sich weiter zurückzogen. Das Jotun-Bataillon, das Freya und ich im Kriegsraum gesehen hatten, tauchte auf, ein Frostriese nach dem anderen, mit gezückten Waffen und zum Angriff bereit.

Meine Jungs waren dabei, abgeschlachtet zu werden. Und ich war zu weit weg, um etwas dagegen zu unternehmen.

Zwölf

Freya

»Svetana, hol mir mein Pferd und einen Kampfanzug!« Ich riss mir das Hemd über den Kopf und schrie in den leeren Kriegsraum, wohl wissend, dass meine Assistentin zuhörte.

Tatsächlich stürmte Svetana eine halbe Minute später durch die Tür, eine blau-silberne Uniform in der einen und ein Datenpad in der anderen Hand. Sie warf mir den fein säuberlich gefalteten Stoff zu und rief auf ihrem Gerät ein Bild jedes der neun Reiche auf. »Soll ich eines der Teams umleiten?«

»Schick die Hälfte von Marianas Team und das komplette Muspelheim-Team zum Jotunheim-Dock, und sorg dafür, dass sie die Feyndralen mitbringen«, befahl ich. »Der Rest von Marianas Team soll hierbleiben, um das Quartier zu schützen … und um sicherzustellen, dass den Kindern nichts passiert.« Ich zog meine Schuhe und Hose aus und schlüpfte in den neuen Anzug. Er war dicker, aber dennoch weniger starr als das Vorgängermodell. »Hast du die Koordinaten von Krieg?«

»Ja, und ich bleibe in Bereitschaft, damit Ihr mir Bescheid geben könnt, wenn ich Euch zusätzliche Unterstützung schicken soll. Noch irgendwelche anderen Anweisungen?«

»Ja«, sagte ich. »Sag Heimdall, er soll den Bifröst jetzt sofort zum Eingang lenken. Und sieh zu, dass Starla auf mich wartet, wenn ich draußen bin.«

»Euer geflügeltes Pferd wird Euch jeden Moment zur Verfügung stehen.«

»Gut. Meine Freunde brauchen mich.« Ich griff instinktiv nach dem Griff meines Schwertes, aber natürlich war es noch nicht an diesem neuen Anzug. »*Skit*, ich brauche Waffen. Ruf nach ...«

»Sie sind auf meinem Schreibtisch«, sagte Svetana ruhig. »Ich habe sie ebenfalls hochschicken lassen, als Ihr angekommen seid.«

»Danke, Svetana.« Ich beugte mich vor und sprach zu den Holo-Displays. »Team Muspelheim, die Umleitungskoordinaten werden in Kürze eintreffen. Mariana, lass die Hälfte deines Teams dort, wo es ist, und schick die andere zu dem Ort, den Svetana dir mitgeteilt hat. Der Rest von euch, setzt eure Missionen wie geplant fort. Svetana wird das Walkürenquartier leiten, solange ich in Jotunheim bin.

»Hohe Kommandantin!«, erwiderte Svetana. »Ich bin nicht qualifiziert, um ...«

»Du wirst das gut machen. Ich muss los.« Ich stürmte zur Tür und hielt an der Schwelle inne, um mich noch schnell um meine andere Aufgabe zu kümmern. Nachdem ich meine Energie im Kern von Asgard verankert hatte, sandte ich einen starken Impuls der Liebe in jedes der neun Reiche. Dann stürmte ich durch die Tür.

Mein Kampfgürtel lag auf Svetanas Schreibtisch, und ich verschwendete keine Zeit damit, ihn mir um die Hüfte zu schnallen und die breite, gewundene Treppe des Walkürenquartiers hinunterzustürmen. Meine Fingerspitzen streiften die Taschen des Gürtels und vergewisserten sich, dass mein Breitschwert, mein Dolch, meine Wurfscheibe und meine Geheimwaffen – die eingekapselten und miniaturisierten Gullinbursti

236

und Skidbladnir, die ich in einer versteckten Tasche aufbe-
wahrte – alle an ihrem Platz waren. In der Gewissheit, so gut
wie möglich bewaffnet zu sein, bog ich am Fuße der Treppe
scharf rechts ab und betrat leise den Raum, in dem Mia zu den
befreiten Kindern sprach.

»Das habt ihr alle wunderbar gemacht. Nicht vergessen.«
Mia lächelte. »Wenn ihr mich braucht, ich bin gleich oben und
beende die Arbeit mit meiner Freundin Elsa Fredriksen.«

»Ich hab Elsa so lieb«, quiekte ein kleines Mädchen, das
Mia nur bis zu den Knien ging. »Sie hat meinem Vater geholfen, als er sich verletzt hat.«

»Elsa ist die Beste.« Mia streichelte über die runde Wange
des Mädchens. Als sie mich bemerkte, schob sie das Mädchen
zurück zu ihren Freunden und kam zu mir. »Ist alles in Ordnung?«

»Du wirst in Jotunheim gebraucht. Tyr steckt in Schwierigkeiten, und deine Gabe ist viel effektiver, wenn du selbst vor
Ort bist.«

Mia runzelte die Stirn. »Wie komme ich dorthin?«

»Mit mir.« Ich öffnete die Tür und schlüpfte hindurch. Mia
hielt inne und wandte sich dann an die Kinder. »Kleine Plan-
änderung – ich bin bald zurück. Elsa wird euch helfen, wenn
ihr sie braucht. Ich bin so stolz auf euch *alle*.« Mit diesen Worten trat Mia durch die Tür, und ihre langen Beine machten
schnelle Schritte über den Marmorboden. »Lass uns gehen.«
Dieser Tonfall war wesentlich schroffer als der, den sie bei den
Kindern verwendet hatte.

Skit. Wenn unsere Sterbliche in den Krieg zog, brauchte sie
robustere Kampfkleidung als Jeans und einen Pullover. »Svetana!«, rief ich in meinen Kommunikator. »Ich brauche einen

Anzug für meine Vereinigerin. Kannst du einen runterschicken?«

»Aber natürlich«, antwortete Svetana. Sekunden später stürmte eine lockenköpfige junge Frau die Treppe hinunter und reichte mir eine Walkürenuniform.

»Hohe Kommandantin! Hier«, sagte das Mädchen atemlos. »Die Techniker haben an diesem Modell gearbeitet, seit Balder gefallen ist. Seine Fasern sind neu konfiguriert, um maximalen Schutz zu bieten. Er ist nicht mit denselben Angriffsfunktionen ausgestattet wie unser Standardmodell, aber er ist ein voll funktionsfähiger Verteidigungsanzug. Ideal, um ein wertvolles Gut zu schützen.«

Ihr Blick wanderte zu Mia. Eine Vereinigerin war definitiv ein wertvolles Gut. Aber eine *sterbliche* Vereinigerin … Ich erschauderte bei der Vorstellung, meine Freundin würde ohne Schutz in die Schlacht ziehen.

Ich nahm dem Mädchen den Anzug ab und reichte ihn Mia, dann zeigte ich auf die Tür zu meiner Rechten. »Dieser Raum sollte leer sein. Zieh das an, und wir treffen uns wieder hier.« Mia eilte los, um sich umzuziehen, während ich mich umdrehte und die Hand der jungen Walküre ergriff. »Ich danke dir. Dieser Anzug könnte meiner Freundin das Leben retten.«

Die Locken des Mädchens fielen ihr ins Gesicht, als sie den Kopf mit einem schüchternen Lächeln vorbeugte. »Es ist mir eine Ehre zu helfen.« Dann zog sie ihre Hand aus meiner und huschte die Treppe hinauf in Richtung Labor.

Mia tauchte schnell wieder auf und trug nun die silberblaue Kleidung der Walküre. »Von wo starten wir?«

»Wir werden Bifröst von meinem geflügelten Pferd Starla betreten«, informierte ich sie, während wir uns in Bewegung setzten. »Brynns Teams haben das Seeungeheuer geschwächt, aber es gibt Meuchelvögel, die es auf Odin abgesehen haben, während sich Tyr, Forse und Henrik einem ganzen Heer von Jotun gegenübersehen. Odins Wachen kämpfen gegen die Vögel, aber ich möchte, dass du Energie zu den Jotun schickst – versuche sie so weit zu verlangsamen, dass unsere Jungs eine Chance haben. Sie sind massiv in der Unterzahl.«

»Ich hab zwar nur die Hälfte verstanden, aber ich weiß, was ich zu tun habe.« Die Regenbogenbrücke leuchtete hell in der weitläufigen Einfahrt des Geländes, und mein schwarzes geflügeltes Pferd stand bereit zum Aufsteigen.

»Komm.« Ich schwang mich auf Starla und bot Mia meine Hand an. Sie saß bereits, bevor ich mich wieder umgedreht hatte.

»Auf geht's, Freya«, rief sie.

Mit einem Kampfschrei trieb ich Starla vorwärts. Das Pferd schlug mit seinen gewaltigen Flügeln und hob vom Boden ab. Sein Kopf hatte kaum den Bifröst berührt, als wir auch schon durch den Kosmos und in das eisige Reich geschossen wurden.

Bei allen Göttern, ich hoffte, wir waren nicht zu spät.

**

»Tyr! Von links!«, rief Brynn.

Tyr konnte gerade noch rechtzeitig einem Funken sprühenden Pfeil ausweichen. Ganze drei Dutzend Jotun stürmten über das Dock, wo er, Forse und Henrik mit dem Rücken zueinander in einem engen Dreieck positioniert waren. Ein zweites Jotun-Angriffsteam näherte sich von der anderen Seite und eröffnete das Feuer mit Waffen, die von Pfeilen bis hin zu Stromschlagkanonen reichten.

»Mia«, sagte ich mit zusammengebissenen Zähnen.

»Schon dabei.« Sie schlang eine Hand fest um meine Taille. Ihren anderen Arm richtete sie mit geöffneter Handfläche auf den Kampf. Ich spürte Wärme im Rücken und wusste, dass sie begonnen hatte. *Gut.* Wir brauchten jede Hilfe, die wir kriegen konnten.

Aus der Ferne warf mir Odin einen wachsamen einäugigen Blick zu. Ich wusste, dass Tyr den Herrscher Asgards über Mias Beteiligung an der Vereinigung informiert hatte, aber es musste ein Schock für ihn sein, eine Sterbliche mitten in die Schlacht reiten zu sehen. Ich würde in Asgard wahrscheinlich einiges zu erklären haben, wenn die Dinge zu unseren Gunsten ausgingen … und in Walhalla, wenn sie es nicht taten.

Hoffen wir das Erstere.

Ich lenkte Starla geradewegs auf das Dock zu, drückte meine Brust flach gegen ihre Wirbelsäule, zog mein Breitschwert und hielt es senkrecht zu meinem Körper. Starla flog nahe genug an die Jotun heran, dass ich einen von ihnen bei unserem ersten Vorbeiflug in zwei Hälften zerschneiden konnte. Ich war gerade im Kreis geflogen, um noch mehr zu erledigen, als Brynns hektisches Winken meine Aufmerksamkeit erregte.

»Was?« Mein zweiter Durchgang schaltete zwei weitere Jotun aus. Brynn tippte verzweifelt auf ihr Schlüsselbein, bevor sie ihren Daumen und ihren kleinen Finger an ihr Ohr führte. Wollte sie, dass ich sie … *anrief?* Mit meinem Kragen?

Es dämmerte mir endlich, als ich erkannte, dass unsere neuen Uniformen ein Kommunikationsgerät am Hals hatten. *Den Göttern sei Dank.* Mit dem Schwert in der einen und Starlas Mähne in der anderen Hand wäre es unmöglich gewesen, das an meinem Handgelenk einzuschalten.

»Ich hab's.« Ich schaffte es, meinen Anzugkommunikator

zu aktivieren, indem ich mich so rollte, dass mein Schlüsselbein gegen Starlas Wirbelsäule drückte. »Was gibt es, Brynn?«

»Hast du das Wildschwein und das Boot mitgebracht? Die Jungs brauchen einen Fluchtweg, sofort!«

Ich drehte mich um und schaltete einen vierten Jotun aus, gerade als seine Kameraden Stromschlagkanonen auf mich richteten. Starla flog in einem wilden Slalom, bis wir außer Schussweite waren.

Skit, das war knapp gewesen.

»Ich aktiviere jetzt das Boot und das Wildschwein.« Ich schlang meinen Schwertarm um Starla und zog mit der anderen Hand die winzigen Kapseln aus der versteckten Tasche in meinem Gürtel. Vorsichtig führte ich sie an meine Lippen und blies leicht hinein. Ein winziger Schauer durchfuhr mich, als sich jede Kapsel in einen Schwall glitzernden Goldpulvers verwandelte – einer wurde zu einem goldenen Wildschwein, der andere zu einem hölzernen Schiff mit Drachenkopf. Das Schiff stürzte in den Ozean, die darauf folgende Welle krachte über das Dock und löschte die Ladung der Stromschlagkanonen. Einer der Jotun wurde von der Welle aus dem Gleichgewicht gebracht. Als er ins Wasser fiel, flog das Wildschwein mit Leichtigkeit durch die Luft, bevor es den Jotun mit seiner Schnauze packte und ihm den Kopf abriss. Die übrigen Jotun wichen ängstlich zurück.

Gut so.

»Das. War. Unglaublich«, quietschte Brynn in den Kommunikator. Sie hob ihren Degen. »Walküren, Angriff!«

Brynns Team stürmte heran und umkreiste das Dock in einem Wirbelwind aus Klingen und Pfeilen. Die Zahl der Jotun sank schnell. Die verbliebenen waren so geschwächt, dass sich

Tyr, Henrik und Forse auf das zweite Angriffsteam konzentrierten.

Gullinbursti stürmte ihnen zu Hilfe. Das Wildschwein schaltete die Trolle schnell aus, bevor es von einem der Zwerge getroffen wurde. Es stolperte und landete mit einem Quieken auf dem Rücken. Als es sich aufzurichten versuchte, sah ich plötzlich Farben durch die Wolken schießen. Der Bifröst brach durch und schoss anderthalb Teams von Walküren auf dem Rücken geflügelter Pferde und vier von Feuerriesen gerittene Feyndralen in den Himmel. Mir stockte der Atem, als ich Hyro und Marshmallow an der Spitze des Drachenteams sah. Die junge Feuerriesin und ihr Haustier stürzten sich furchtlos in einen Kampf, bei dem sie höchstwahrscheinlich beide getötet werden würden. *Nein!*

Ich aktivierte den Kommunikator und erteilte meine Befehle. »Sigrunn, beschütze Odin. Schalte die Kruger aus. Und pass bitte auf Hyro auf – es ist ihr erster Kampf.«

»Ja, Hohe Kommandantin.« Die Stimme meines Generalleutnants war fest, als ihr geflügeltes Pferd eine Schleife drehte und nahe genug an die Feyndralen herankam, um meinen Befehl an ihre Reiter weiterzugeben. Sekunden später stürzten sich die Drachen im Sturzflug auf die nächstgelegene Schar von Meuchelvögeln und setzten sie mit Feuerstrahlen in Brand. Der Geruch, der von den Vögeln ausging, erinnerte mich an Henriks Grillpartys in Arcata. Ich hatte keinen Zweifel daran, dass diese Kreaturen erledigt waren.

Mit einem weiteren Kampfschrei stürzte ich mich wieder ins Getümmel. Als ich mich dem Dock näherte, hatten die Jungs alle drei Jotun des ersten Angriffstrupps ausgeschaltet. Nur noch die Zwerge trennten sie von Naglfar. Ich verspürte einen Anflug von Erleichterung. Wir waren buchstäblich ein paar Meter davon entfernt, das Schiff zu versenken – davon, den Auslöser zu stoppen, der Asgard von den Reichen isolieren und zu unserem Untergang führen konnte. In wenigen Augenblicken würden wir den Lauf von Ragnarök zu unseren Gunsten wenden – trotz der Prophezeiungen. Trotz aller Widrigkeiten, die gegen uns sprachen. Trotz allem.

»Mia, halt dich fest.« Sie umfasste meine Taille stärker, während ich Starla näher an das Dock drängte, in der Absicht, mindestens einen der Zwerge aufzuspießen, die zwischen meinen Freunden und dem Überleben standen. Wir waren nah dran – *so nah dran*. Der Sieg war fast schon unser.

Und dann kam Hymir.

Tyrs leiblicher Vater fiel durch ein Portal direkt über Naglfar. Er landete auf dem Bug des Schiffes, und das Gewicht seiner über zwei Meter großen Gestalt ließ eine Welle über den Steg brechen. Tyr, Forse und Henrik hoben ihre blutigen Schwerter gegen Hymirs grausames Gesicht. Trotz der Kälte trug der Riese eine ärmellose Tunika, die den vernarbten Stumpf seines abgetrennten rechten Arms zeigte – des Arms, den Tyr ihm in Svartalfheim genommen hatte. Wie zur Begrüßung hob er seinen verbliebenen Arm, dessen blassgraue Haut mit widerlichen Knötchen übersät war.

»Mein Sohn«, dröhnte Hymirs Stimme. »Komm schnell her, und ich werde nicht *alle* deine Freunde töten.«

»Ich bin nicht dein Sohn«, erwiderte Tyr. »Und du tötest *keinen* meiner Freunde.«

»Ach nein?« Hymir fuhr sich mit dicken Fingern durch sein widerspenstiges weißes Haar. »Nun gut. Dann überlasse ich das vielleicht besser deiner Schwester.«

Nein!

Ein Blitz aus schwarzem Leder und karmesinroten Locken

schoss aus dem Portal. Lautlos setzten Runas kniehohe Stiefel an der Seite ihres Vaters auf dem Schiff auf. »Tyr«, rief sie.

Ein Knurren war Tyrs einzige Antwort. Obwohl ich über fünfzehn Meter entfernt war, konnte ich leicht die weiß werdenden Knöchel um den Griff seines Schwertes und die zuckende Ader an seiner Schläfe erkennen. Tyr war wütend.

Und war im Begriff, es jeden wissen zu lassen.

»Das ist Tyrs Vater?« Mias Stimme ließ mich aufschrecken. Ich hatte vergessen, dass sie hinter mir saß.

»Lass dich von ihm nicht einschüchtern. Deine Vereinigung funktioniert – wir sind kurz davor, das Schiff zu übernehmen. Mach weiter.« Ich trieb Starla an und lenkte sie ein wenig von Naglfar weg, sodass Mia aus Hymirs Blickfeld verschwand. Wenn er erkannte, was Mia für Tyr bedeutete, würde ihre Ergreifung für ihn oberste Priorität haben. Und ich würde nicht zulassen, dass jemand unserer Sterblichen etwas antut.

Schon gar nicht das Monster, das meinen besten Freund immer wieder an sich zweifeln ließ.

Brynn und ihr Team umkreisten Mia und mich. Doch leider weckte die Herde geflügelter Pferde Runas Aufmerksamkeit – sie zeigte mit einem purpurroten Fingernagel auf Mia.

»Da ist sie«, sagte Runa.

»Ausgezeichnet«, zischte Hymir.

Mia schrie auf, als Hymir seine Handfläche verdrehte. Bevor ich nach ihr greifen konnte, wurde meine Freundin auf einer furchterregenden Flugbahn direkt in die Arme der Mörderin geschleudert, die Elsa eingesperrt hatte, die Tyr in Svartalfheim an Hymir ausgeliefert hatte, die aus dem asgardischen Gefängnis entkommen war und die nun plante, uns alle zu töten. Mia krümmte sich in den muskulösen Armen der Halbriesin und sah erschreckend schwach aus.

244

Nein!

»Lass sie gehen«, brüllte Tyr. »Sie bedeutet dir nichts.«

»Stimmt.« Runa hielt den Nacken meiner Freundin in ihrer Armbeuge fest. Mit der freien Hand zwirbelte sie eine von Mias Haarsträhnen. Meine Freundin sträubte sich gegen Runas Berührung, streckte aber trotzig das Kinn vor. »Dir hingegen bedeutet sie alles. Und da du dich immer noch weigerst, dich unserer Seite anzuschließen … dachten wir, du könntest ein bisschen Motivation gebrauchen. Was denkst du, Bruder? Wie würde deine Freundin gern sterben?«

»Nimm deine Hände von ihr«, rief ich. Brynns Team folgte mir näher zum Dock, bis wir direkt hinter Tyr, Henrik und Forse schwebten. Die Schwerter der Jungs blieben auf die beiden Zwerge gerichtet, während Gullinbursti hinter ihnen bedrohlich grunzte, wenn ihre Verletzung sie auch am Boden hielt. »Wir sind in der Überzahl. Und wir werden nicht zögern, euch zu töten.«

Trotz meiner Worte machte Tyr die Geste für einen Rückzug. *Was?* Ich kniff die Augen zu und öffnete sie wieder. Es waren zehn gegen vier, das Wildschwein und das Boot nicht mitgerechnet – halluzinierte ich etwa?

»Ich werde tun, was immer ihr wollt. Tu ihr nur nicht weh«, flehte Tyr.

War das sein Ernst? Mit Terroristen zu verhandeln hatte noch *nie* zur Debatte gestanden. »Tyr! Wir können sie beide leicht ausschalten. Was hast du vor?«

»Das kannst du nicht mit Sicherheit wissen.« Tyrs Gesicht war aschfahl.

»Mach dir keine Sorgen um mich. Beschütze einfach die Reiche!«

Mias Worte ließen mein Herz zerspringen. Sie hatte sich so

sehr auf unser Leben eingelassen, dass sie nun nach dem Grundprinzip der asgardischen Existenz lebte – die Pflicht gegenüber dem Reich übertrumpfte die Pflicht gegenüber sich selbst. Aber in ihrer Großzügigkeit hatte sie die anderen Grundsätze des asgardischen Lebens vergessen.

Wir ließen die Familie nicht zurück. Und wir ließen die Bösen *nie* gewinnen.

Ich konzentrierte mich auf Tyr und hoffte, dass er diesen zusätzlichen Sinn in seinem Kopf noch aktiviert hatte. *Gullinbursti kann das in Ordnung bringen,* erklärte ich.

Erleichtert stellte ich fest, dass Krieg eine weitere seiner von Odin gegebenen Fähigkeiten nutzte, um direkt mit meinem Geist zu sprechen. *Und wie?*

Sie strahlt Licht in die Dunkelheit. Hymir ist verloren, aber Elsa sagt, dass Runa noch einen Funken Güte in sich trägt. Wenn das Wildschwein dieses winzige bisschen Licht erreichen kann, kann sie es vielleicht so weit ausdehnen, dass Runa auf unsere Seite wechselt.

Tyrs Gesicht wurde noch eine Nuance blasser, sodass er zum Schneefall in Jotunheim passte. *Ich gebe dem Wildschwein dreißig Sekunden. Aber wenn sie meinem Mädchen auch nur einen Kratzer zufügen, werde ich ihren Platz einnehmen. Ich kann nicht zulassen, dass er ihr wehtut.*

Ich ebenso wenig. Entschlossen presste ich einen Finger auf mein Schlüsselbein. »Gullinbursti, teile dein Licht.«

Auf mein Kommando hin brach das Wildschwein in einen schimmernden goldenen Strahl aus. Er leuchtete von seinem Platz in der Nähe des Docks bis hin zu den Bergen, erhellte das blauschwarze Wasser des Ozeans und tauchte den Himmel in ein blendendes Licht. Ich hielt mir den Unterarm vor die Augen, als sich der Strahl verstärkte und das weißglühende

Licht zu brennen begann. Als ich schließlich die Augen wieder öffnete, hatte sich Tyr auf dem Bug von Naglfar positioniert, nah genug an Hymir und Runa, um zuzuschlagen. Außer sich vor Wut brüllte er Runa an. »Lass sie los!«

Doch seine Schwester ließ nicht locker. »Zwing mich doch.«

Mit einem Schrei zog Tyr sein Schwert zurück. Als er es in einem wütenden Bogen schwang, stieß Hymir ein Brüllen aus. Das Monster zog einen Dolch heraus und schleuderte ihn auf Mias Herz zu. *Bei allen Göttern, nein!* Tyrs Waffe bewegte sich mit zu viel Kraft; selbst mit seiner asgardischen Stärke würde er nicht in der Lage sein, den Kurs zu ändern. Hymirs Klinge bewegte sich zu schnell, und Tyrs Schlag war einfach zu fest.

Mia würde sterben.

Plötzlich war alles wie in Zeitlupe. Tyrs Knöchel wurden weiß, sein gequälter Schrei erfüllte den Himmel. Mia schloss die Augen, als ob sie sich auf das Unausweichliche vorbereiten wollte. Brynn und ich lehnten uns vor und drängten unsere geflügelten Pferde, die unüberwindbare Kluft zwischen uns und dem Mädchen, das wir wie eine Schwester liebten, zu schließen. Und Runa …

Runas Kinnlade lockerte sich, als sie zwischen dem Mädchen in ihrem Arm und dem Gott, den sie einst vor einem rücksichtslosen Vater beschützt hatte, hin und her blickte. Ihr entschlossener Blick flackerte, als Tyrs Gesicht sich vor Schmerz verzerrte, seine Qualen waren hinter der Fassade des wilden Kriegers spürbar. Seine Liebe zu Mia strömte so heftig aus seinem Herzen, dass sie alles und jeden überzog. In jeder gequälten Falte von Tyrs Gesicht war der Wunsch eingebrannt, das Wesen zu beschützen, das er mehr als alles andere liebte.

Und diese Liebe, dieser Wunsch zu beschützen, zusammen mit dem Licht des Ebers und der vereinigenden Energie, die in der Luft lag, musste einen lange schlummernden Instinkt in Runa ausgelöst haben. Als eine einzelne Träne über die Wange ihres Bruders floss, verwandelte sich Runas Gesichtsausdruck. Sie riss einen Dolch aus ihrem eigenen Gürtel, streckte ihren Arm aus und drehte sich so, dass sie Hymir den Rücken zuwandte. In dem Sekundenbruchteil, den sie brauchte, um ihren Körper zwischen dem Dolch ihres Vaters und Mias Herz zu positionieren, trafen ihre Augen auf die von Tyr. Mitgefühl flackerte in ihren schokoladenbraunen Tiefen auf, und mit einem Anflug von Ehrfurcht wurde es mir klar.

Runa beschützte ihren Bruder ein letztes Mal.

Hymirs Dolch bohrte sich bis zum Griff in den Rücken seiner Tochter. Eine purpurne Spur sickerte durch das Leder von Runas Weste, während sie langsam zu Boden sackte und ihren Griff um Mia löste. Tyr stürzte vor, um seine Freundin aufzufangen. Gleichzeitig stieß Runa mit letzter Kraft ihre Klinge nach oben. Sie traf Hymirs Leiste. Ein dichter Blutstrom schoss aus seinem Oberschenkel – Runa musste eine Arterie getroffen haben. Der Riese sank auf die Knie.

»Walküren!«, brüllte ich. »Ergreift ihn!«

Brynn führte den Angriff auf Hymir an. Als wir ihn vom Schiff zum Dock geschleppt hatten, wo Henrik ihn mit einem Immobilisator festhielt, hatte das Licht seine Augen bereits verlassen. Sie blinzelten einmal, zweimal, und mit einem schwachen Ausatmen verließ das, was als Hymirs Seele durchging, seinen Körper. Tyrs biologischer Vater war tot. Und wenn die Menge an Blut, die den Boden von Naglfar bedeckte, ein Anzeichen dafür war, würde es auch bei Runa nicht mehr lange dauern.

Sei gesegnet, Runa. Möge deine Seele endlich Frieden finden.

»Mia.« Tyr vergrub sein Gesicht in den Haaren seiner Freundin. »Den Göttern sei Dank bist du in Ordnung.«

Starla schlug sanft mit den Flügeln, während wir über dem Bug schwebten. Neben mir schniefte Brynn leise.

»Bin ich«, sagte Mia leise. »Danke, Runa.«

Tyr hob den Kopf. Beim Anblick von Runa, die zusammengekrümmt auf dem Steg lag, verzog sich sein Gesicht zu einer Maske des Kummers.

Mia berührte sein Kinn. »Geh zu ihr.«

Tyr löste vorsichtig seinen Griff um Mia. Er ging auf die Knie und legte schnell den Abstand zurück, der ihn von der Frau trennte, die er einst als seine Schwester bezeichnet hatte. Vorsichtig hob er Runas Kopf auf seinen Schoß und nahm eine ihrer Hände in seine. »Du hast Mia gerettet«, flüsterte er. »Warum?«

»Weil dein Glück einst alles für mich war. Ich habe mich auf dem Weg verirrt, aber …« Runas Worte wichen einem gurgelnden Husten. Die Klinge musste ihre Lunge durchbohrt haben.

»Schhh.« Tyr strich ihr mit seiner freien Hand die Haare aus dem Gesicht. Mit dem Daumen streichelte er sanft über die Haut zwischen ihren Augenbrauen, und ich wusste, dass er alles in seiner Macht Stehende tat, um ihren Schmerz zu lindern.

»Du warst schon immer zu großen Taten bestimmt. Ich konnte nicht zulassen, dass er dich so bricht, wie er mich gebrochen hat.« Runa hob eine zittrige Hand zu Tyrs Gesicht. »Ich liebe dich. Mein Bruder.«

Mein Herz zersprang in tausend Stücke, als das Licht aus

Runas Augen verschwand. Ihre Finger wurden schlaff und fielen auf ihre Brust, als das Leben aus ihrem Körper wich.

»Ich liebe dich auch«, flüsterte Tyr. Eine einzelne Träne floss über seine Wange, als er seine Fingerspitzen an Runas Augen führte, um die Lider zu schließen. Er schob seine Hände unter ihre Knie und Schultern und hob sie leicht in seine Arme. Dann drehte er sich in einem engen Kreis und sah sich um.

Vor ihm waren zwei Zwerge in Handschellen, Henrik auf der einen und Forse auf der anderen Seite. Am anderen Ende des Docks lag ein Meer von toten Jotun und in der Nähe der Hügel die rauchenden Überreste eines Schwarms Kruger. Odin und seine Wachen kamen erschöpft auf uns zu, begleitet von Marshmallow, Hyro, den rebellischen Feuerriesen und Feyndralen am Boden sowie Sigrunns Reiterstaffel am Himmel. Brynn und ich schwebten direkt vor dem Boot, unsere Walküren direkt hinter uns. Die Schlacht war gewonnen.

Jetzt mussten wir nur noch das Schiff versenken.

»Ist Odin gesichert?«, rief Tyr den Wachen zu.

»Ja, Herr.« Der am meisten dekorierte Krieger salutierte. »Wir werden ihn über den Bifröst nach Hause eskortieren.«

»Und Thor?«, drängte Tyr.

»Ist nach Asgard zurückgekehrt, um Sif zu helfen.«

»Gut. Brynn«, sagte Tyr, »die Hälfte deines Teams kann die gefangenen Zwerge ebenfalls nach Asgard bringen. Ich will, dass sie für eine Ewigkeit in der dunkelsten unserer Zellen verrotten.«

»Verstanden.« Brynn wischte sich mit dem Handrücken über die Augen. Sie warf Mia einen mitfühlenden Blick zu, bevor sie drei ihrer Kriegerinnen anwies, sich um die Kriegsverbrecher zu kümmern.

»Forse und Henrik, versenkt das Ding. Ich will es nie wieder sehen.« Tyr reckte Naglfar das Kinn entgegen, das nun mit dem Blut der letzten verbliebenen Mitglieder seiner leiblichen Familie bedeckt war.

»Ich genauso wenig.« Henrik schnitt eine Grimasse.

»Brynn, ich will, dass du und Fang Mia direkt zum Walkürenquartier bringt. Und Freya.« Tyrs Augen suchten die meinen. Aus ihren graublauen Tiefen brach tausendfacher Herzschmerz hervor. »Hilf mir, meine Schwester nach Hause zu bringen.«

»Natürlich. Sie wird ein Walkürenbegräbnis bekommen«, schwor ich. Mit einem zittrigen Atemzug trieb ich Starla vorwärts. Brynn und Fang folgten, und Naglfar neigte sich leicht, als wir beide auf seinen aus Zehennägeln bestehenden Planken landeten. Unsere Reittiere gingen in die Knie und erlaubten Mia und Tyr aufzusteigen.

»Sei vorsichtig, *prinsessa*«, murmelte Tyr.

»Ich liebe dich«, antwortete sie. »Es tut mir so leid, dass wir deine Schwester verloren haben.«

Tyr nickte nur und kletterte auf Starlas Rücken. Er ließ sich hinter mir nieder, Runa immer noch in seinen Armen, und umfasste mit einer Hand meine Taille. »Wir können los, sobald du bereit bist«, sagte er.

Ich warf einen Blick nach rechts, um mich zu vergewissern, dass Mia sicher auf Fang saß, bevor ich mit der Zunge schnalzte und Starla antrieb. Mein geflügeltes Pferd erhob sich in die Luft, gerade als ein leuchtender Regenbogen in den Himmel schoss. Der Bifröst war da.

Wir konnten nach Hause gehen.

Ich streckte meine Handfläche aus und rief das Wildschwein und das Schiff zurück. Sofort erschienen zwei Kapseln in meiner Hand. Ich steckte sie in meinen Gürtel, wo sie wieder zu Kräften kommen konnten, um das nächste Mal, wenn sie gebraucht wurden, einsatzbereit zu sein.

Was, wie ich hoffte, nie der Fall sein würde.

»Bist du bereit?«, murmelte ich über meine Schulter. Brynn, Mia und die Drachen hatten den Regenbogen bereits betreten.

»Bring uns nach Hause, Freya.« Tyrs Stimme brach leicht.

Mit einem Nicken senkte ich den Kopf und packte Starla fester an der Mähne. Sie flog Richtung Bifröst, Richtung Sicherheit, in ein Land voller Hoffnung in einem vom Krieg verwüsteten Kosmos. So die Götter wollten, würden wir nach Asgard zurückkehren und feststellen, dass unsere übrigen Truppen ihre Schlachten gewonnen hatten – dass Ragnarök mit einem Sieg für alle geendet hatte, die für das Licht kämpften. Aber die Chancen standen so schlecht für uns; die Kräfte, die Asgard zerstören wollten, waren so mächtig und ihre Entschlossenheit so stark. Es hätte eines Wunders bedurft, um den sorgfältig ausgeklügelten Plan zu vereiteln, den Loki erdacht hatte, um nicht nur unser Reich zu vernichten, sondern alle Reiche. Und Runas Sinneswandel war Wunder genug für einen Tag gewesen – ich wagte kaum, auf ein weiteres zu hoffen.

Stattdessen packte ich Starlas Mähne, flog in den Bifröst hinein und betete.

Dreizehn

Brynn

In dem Moment, in dem meine Stiefel asgardischen Boden berührten, rutschte ich von Fangs Rücken, sank auf die Knie und dankte den Göttern, dass ich aus diesem blöden Bifröst heraus war. Fang stupste mit dem Kopf an meine Schulter. Sie wieherte ängstlich, während Mia sie sanft beruhigte. Ich hingegen bemühte mich, meine Eingeweide nicht auszukotzen. Dieser Übergang war besonders turbulent gewesen, da meine Gruppe das zusätzliche Gewicht der vier Feyndralen und ihrer ebenso kräftig gebauten Feuerriesenreiter zu tragen hatte.

Die kleinste dieser Reiterinnen sprang nun von ihrem Drachen ab, kam an meine Seite und legte mir stützend eine Hand auf den Rücken.

»Dieser Regenbogen ist scheiße«, meinte Hyro mitfühlend.

»Ja, das stimmt.« Ich wischte mir den Mund mit dem Handrücken ab und stand auf. Die anderen würden gleich nach mir ankommen, und ich musste halbwegs professionell aussehen, wenn ich mit den Zwergen zu tun hatte. Reisekranke Walküren waren nicht besonders angsteinflößend, außer bei denen, die in Spuckweite waren. *Ugh.*

Hyro ging zurück, um Marshmallow zu streicheln, während Mia von Fangs Rücken rutschte und mir sanft den Ellbogen drückte. »Alles okay?«

»Ging mir schon mal besser«, gab ich zu.

Ein Blitz aus vielfarbigem Licht erhellte die Lichtung hinter dem Walkürenquartier, und die zwei kampferfahrensten Mitglieder meines Teams tauchten aus dem Bifröst auf, die verräterischen Zwerge in Gewahrsam.

»Bringt sie in eine Arrestzelle«, befahl ich. »Aktiviert eine Portalsperre im Raum, und stellt sicher, dass ihr beide am Eingang stehen bleibt – mit eingeschaltetem Display. Sie werden alles Mögliche versuchen.«

»Ja, Generalin.« Die Kriegerinnen salutierten, bevor sie ihre Gefangenen zum Hintereingang des Walkürenquartiers führten. Unser Arrestbereich war unterirdisch – die einzigen Räume auf dem Gelände, die nicht von natürlichem Licht, sondern von Fackeln an den Außenwänden der Zellen beleuchtet wurden. Das bedeutete, dass unsere Gefangenen in nahezu ständiger Dunkelheit gebadet waren, was sie ein wenig in den Wahnsinn trieb und zur Kooperation anregte. Normalerweise dauerte es höchstens einen Tag, bis sie ihre Komplizen verrieten. Wir würden Loki bis spätestens morgen bei Sonnenuntergang in Gewahrsam haben.

Hoffte ich zumindest.

»Armer Tyr«, murmelte Mia. »Ich kann nicht glauben, dass Runa …« Sie schüttelte den Kopf. »Ich habe sie mit vereinigender Energie beschossen, aber ich hatte keine Ahnung, dass sie …«

»Das konntest du nicht wissen.« Ich schüttelte den Kopf. »Du hast ihr geholfen, ihre liebevollste Entscheidung zu treffen, und wie sich herausstellte, übertraf ihre schwesterliche Liebe zu Tyr sogar ihren Selbsterhaltungstrieb. Wenn Hymir nicht so ein Monster wäre, wäre sie noch am Leben. Vielleicht wäre sie sogar eine von uns geworden. Sie hätte eine tolle Walküre abgegeben.«

»Ich hoffe, Tyr gibt mir nicht die Schuld dafür«, flüsterte Mia.

»Niemals«, sagte ich entschlossen. »Du magst sie vorbereitet haben, aber das Wildschwein war es, das sie diese selbstlose Entscheidung hat treffen lassen. Du und Freya habt ihr *beide* geholfen, das zu tun, was im besten Interesse ihrer Seele war … im besten Interesse von uns allen. Sie hat Hymir getötet, Mia. Vergiss nicht, dass es ihre Entscheidung war, die das Schiff daran gehindert hat, in See zu stechen – und vielleicht hat sie damit Ragnarök zu unseren Gunsten entschieden.«

»Vielleicht.« Mia knetete nervös ihre Finger.

Ich legte meinen Arm um ihre Schultern. »Hey, ich versteh schon. Unser Leben ist wirklich hart. Es ist voller schwieriger Entscheidungen, mit verheerenden Folgen für beide Seiten. Wenn du jemals darüber reden willst …«

Mia lehnte ihren Kopf sanft an meine Schulter. Ihre kastanienbraunen Wellen fielen über das Blau und Silber meines Kampfanzugs. »Danke, Brynn.«

»Komm schon.« Ich stupste sie an. »Hyro, deine Feyndralen werden die geflügelten Pferde wahrscheinlich verschrecken, also rufe ich eine der Stallhilfen, die euch auf der Weide abholen soll.« Ich deutete auf die eingezäunte Wiese. »Wir können die Drachen dort unterbringen, bis wir uns etwas Dauerhaftes für sie überlegt haben.«

»Klingt gut«, sagte Hyro. Sie führte die Drachen und die rebellischen Feuerriesen in Richtung der Weide. In der Zwischenzeit teilte ich den Stallhilfen meinen Plan per Kommunikator mit, schickte Fang in ihren Stall, wo sie eine wohlverdiente Belohnung bekam, und machte mich auf den Weg zum Walkürenquartier, meine Hand fest um Mias leicht zitternde

255

Hand geschlungen. Armes Ding. Wenn sie nach alldem immer noch bei uns bleiben wollte, hatte Tyr verdammt Glück.

Das hatten wir alle.

Drinnen im Quartier war genauso viel los wie damals, als ich gegangen war. Ein Team von Walküren kam durch den riesigen Eingangsbereich und machte sich auf den Weg zur Hintertür, wo sie hoffentlich mit der Feyndralensituation helfen würden. Die Betreuung von Feuerspuckern war etwas Neues für uns, aber wir hatten schon seltsamere Aufgaben bewältigt. In der Zwischenzeit tauchten zwei unserer Priesterinnen aus dem Kinderzimmer auf. Ihr Lächeln verriet, dass die Kleinen nicht in unmittelbarer Not waren. *Den Göttern sei Dank.* Oben spähte Svetana mit einem erleichterten Winken über den Balkon.

»Generalin Aksel!«, rief sie. »Es ist vorbei. Asgard hat an allen Fronten gesiegt!«

Die Erleichterung ließ mich erschlaffen. Mia wankte unter meinem Gewicht, und schnell gewann ich die Kontrolle über meine Muskeln zurück. »Ausgezeichnet. Bereite die Kapelle für die Aufnahme eines Leichnams vor. Einer unserer Feinde ist einen ehrenvollen Tod gestorben. Sie wird ein Walkürenbegräbnis erhalten, und wir müssen sie dafür vorbereiten.«

Svetana riss die Augen auf, reagierte aber ansonsten nicht. Sie sprach nur leise in ihren Kommunikator und verschwand in den hinteren Teil des Walkürenquartiers, wo sich die Kapelle befand.

Zwei weitere Priesterinnen kamen aus dem Kinderzimmer. Ich erhob meine Stimme, um ihre Aufmerksamkeit zu erregen. »Wie geht es ihnen da drinnen?«

»Den Kindern geht es gut.« Eine der Priesterinnen faltete ihre Hände wie zum Gebet. »Ihre Eltern wurden benachrichtigt, und sie werden abgeholt, sobald der Alфödr grünes Licht für Reisen innerhalb des Reiches gibt.«

»Gut.« Ich nickte.

»Ist Elsa noch oben?«, fragte Mia.

»Das ist sie«, bestätigte die zweite Frau. »Da die Kampfhandlungen vorbei sind, könnte ihre Arbeit beendet sein. Möchtest du, dass ich sie für dich hole?«

»Nein. Sag ihr, sie soll in die Kapelle kommen, wenn sie fertig ist. Ihr Bruder wird gleich hier sein.« Ich wandte mich wieder an die erste Priesterin. »Du wartest hier im Eingangsbereich. Sag Krieg und Liebe, sie sollen ebenfalls zu uns in die Kapelle kommen, wenn sie eintreffen.«

»Wie Ihr wünscht, Generalin.« Beide Frauen verbeugten sich, bevor sie sich aufmachten, um ihre Aufgaben zu erfüllen.

»Mia, komm mit. Es wird hier drin bald ziemlich heftig werden.« Ich eilte die Treppe hinauf, Mia auf meinen Fersen.

»Heftiger als psychotische Riesen und feuerspeiende Drachen?«

Ein Punkt für die Sterbliche.

Ich führte Mia in die Kapelle – einen makellosen, mit Glaswänden versehenen Anbau im oberen Stockwerk des Walkürenquartiers. Er ragte in den Wald hinein, der sich an einer Ecke unseres Geländes befand, sodass alles außer dem Eingang der Kapelle vollständig von üppigem Immergrün umgeben war. Die Pflanzkästen, die um den Raum herum aufgestellt waren, quollen über vor Grünzeug, und an der Stirnseite des Raumes stand ein blumengeschmückter Altar. Hier würde Tyr den Leichnam seiner Schwester aufbahren – hier würde sie neun Tage lang ruhen, umsorgt von den höchsten Priesterinnen, deren Gebete ihre Seele auf den Aufstieg nach Walhalla vorbereiten würden. Ich ließ mich vor dem Altar auf die Knie sinken, legte meine Hände auf die weiße Oberfläche und dankte Runa im Stillen für ihr Opfer – für alles, was sie für ihren Bruder, für Mia, für unsere Welt gegeben hatte. Mia ging ebenfalls neben mir auf die Knie und senkte ihren Kopf.

Kurz darauf hörte ich Schritte hinter uns, die mir sagten, dass wir Gesellschaft hatten. Ich warf einen Blick über die Schulter und sah, wie unsere Freunde die Kapelle betraten. Freya kam als Erste herein, gefolgt von Henrik, Forse, Elsa und schließlich Tyr. Er trug Runa in seinen Armen, und ihre purpurnen Locken hingen über Tyrs Ellbogen.

Mit dem letzten Klicken der Tür kam ich wieder auf die Beine. »Legt sie auf den Altar.« Ich glättete das Leinen und trat zur Seite. Mia tat es mir gleich. »Dies ist der heiligste Ort auf unserem Gelände. Runa wird hier geehrt werden.«

Tyr sagte nichts, sondern marschierte einfach den kurzen Gang hinauf. Er ließ seine Schwester auf den Altar sinken, faltete vorsichtig ihre Hände und strich ihr die Haare aus dem Gesicht. Als er zurücktrat, liefen ihm Tränen über die Wangen.

Mia trat an seine Seite und nahm seine Hand in ihre. Sie hatten den Punkt, an dem sie Worte brauchten, um sich zu verständigen, längst überschritten.

Im nächsten Moment traten Henrik und Freya neben mich. Als Henrik seine Finger mit meinen verschränkte, beugte ich mich vor und flüsterte in Freyas Ohr: »Svetana sagt, dass die Kampfhandlungen eingestellt wurden, aber einer von uns sollte dafür sorgen, dass unsere Dienste wirklich nicht mehr benötigt werden.«

»Schon geschehen«, flüsterte Freya. Sie tippte diskret auf den Kommunikator an ihrem Unterarm und wischte nach oben, um das Holo-Display aufzurufen. »Jede unserer Missionen war erfolgreich.« Sie wischte nach links und zeigte siegreiche Momentaufnahmen in Nidavellir, Muspelheim und Svartalfheim. »Und die, in die wir nicht eingeweiht waren, wurden ebenfalls erfolgreich abgeschlossen. Nur das hier muss vielleicht noch geklärt werden.« Sie wischte noch einmal und enthüllte den Kadaver von Lokis schlangenartigem Sprössling Jormundagr und die massive leblose Gestalt seines hündischen Sohnes Fenrir, Tyrs einstigem Haustier.

»Bei allen Göttern«, flüsterte ich. Fenrirs Tod war notwendig gewesen; wir wussten alle, dass Jormundagr und er es auf asgardisches Blut abgesehen und als Schlüsselelemente in Lokis Ragnarök-Plan gedient hatten. Aber Tyr hatte heute bereits ein Familienmitglied verloren. Fenrir zu verlieren könnte ihn endgültig aus der Bahn werfen. »Können wir bis morgen warten, um es ihm zu sagen?« *Oder für immer?*

»Ich werde es ihm noch früh genug sagen.« Freya schloss das Hologramm, faltete die Hände vor sich und erhob ihre Stimme. »Ragnarök ist vorbei. Alle asgardischen Teams waren bei ihren Missionen erfolgreich. Ich habe soeben erfahren, dass Loki und seine überlebenden Komplizen festgenommen worden sind. Sie werden in unsere Gefängniskammer gebracht, wo sie ihren Prozess erwarten und wahrscheinlich zum Tode verurteilt werden.«

»Gut«, knurrte Henrik. Meine Augen suchten seine, und die Traurigkeit, die in ihnen aufleuchtete, ließ mein Herz fast zerbrechen. Wir hatten so viel zusammen durchgemacht – zu viel für ein einziges Leben, selbst für ein unsterbliches. Ich wusste, dass ihm vor allem Tyr leidtat, für alles, was er durchgemacht hatte … für alles, was er noch zu ertragen hatte.

»Wir werden die schönste Bestattung für Runa arrangieren«, schwor ich. »Eine, die einer Walküre würdig ist. Sie starb einen ehrenvollen Tod, und ihre Seele wird tapfer in Walhalla dienen.«

»Ja.« Tyrs Stimme brach, und auch mir kamen fast die Tränen. »Ich wünschte nur ... Ich wünschte, die Dinge wären anders gelaufen. Runa hat etwas Besseres verdient. Ich habe in der gleichen Dunkelheit wie sie gelebt. Ihr Weg hätte leicht der meine sein können.«

»Ich weiß.« Freya trat vor, um Tyr in eine sanfte Umarmung zu ziehen. Sein stoppeliges Kinn ruhte leicht auf ihrem erdbeerblonden Haar.

»Es tut mir so leid, Tyr.« Elsa rückte näher und schlang ihre Arme um sie beide. Forse tat dasselbe und zog Mia zu sich heran. Henrik und ich folgten, und so standen wir sieben und hielten uns gegenseitig fest. Das Opfer dieser unwahrscheinlichsten aller Verbündeten machte mich demütig.

Nach einer kurzen Ewigkeit zog sich Mia etwas zurück. »Sollte jemand nach meinem Bruder sehen?«

Bei allen Göttern. Ich hatte Jason völlig vergessen. Der arme Kerl war wahrscheinlich immer noch im Priesterinnenflügel.

»Ich werde ihn holen«, meldete sich Freya zu Wort. »Wir haben einiges zu besprechen. Tyr, kommst du zurecht?«

»Ja«, sagte er unwirsch. Dann fügte er, vielleicht weil wir alle immer noch in diesem Umarmungsmodus steckten, hinzu: »Ich danke euch. Für alles.«

»Du würdest dasselbe für uns tun«, sagte ich ehrlich. Das hatte er – dutzende Male. Und er würde es auch in Zukunft tun. Wir waren eine Familie – nicht blutsverwandt, aber durch Liebe und bewusste Entscheidung verbunden. Und in unserer Welt bedeutete das absolut alles.

Kurz darauf trennten wir uns: Freya ging in den Priesterinnenflügel, um Jason zu holen, Forse und Elsa in die Gärten, um sich zu entspannen, und Henrik und ich in die Ställe, um nach den Feuerriesen und den Feyndralen zu sehen. Mia blieb mit Tyr in der Kapelle. Zweifellos hatten sie viel zu besprechen. Eine Ragnarök-freie Realität veränderte die Landschaft unserer Reiche. Da die Gefahr der Vernichtung nicht mehr drohte, konnten Mia und Tyr endlich herausfinden, wie ihre Beziehung aussehen sollte – sowohl jetzt als auch in der möglicherweise ewigen Zukunft.

Bei allen Göttern, ich hoffte nur, dass Mia bei uns bleiben wollte. Und ich hoffte, dass Tyr einen Weg finden würde, sein vor langer Zeit gegebenes Versprechen einzulösen, dass sie, sollte sie es wollen, so lange bei uns bleiben könnte, wie sie wollte.

Möglicherweise für immer.

**

Zu meiner großen Überraschung waren die Feyndralen auf der Weide vollkommen zufrieden. Unsere geflügelten Pferde hatten sich an die Anwesenheit der Drachen gewöhnt und grasten nun fröhlich neben ihnen. Die rebellischen Feuerriesen hatten es sich in der Scheune gemütlich gemacht und unterhielten unsere Stallhelferinnen mit Geschichten aus dem feurigen Reich. Es war eine entspannte, glückliche Atmosphäre, und so konnten Henrik und ich einen längst überfälligen Spaziergang an den Rand des Walkürengeländes machen. Er verschränkte seine Finger mit meinen und rieb mit dem Daumen leicht über meinen Handrücken. Wir schlenderten schweigend. Worte waren überflüssig, denn unsere Herzen entspannten sich im Gleichschritt.

»Was für eine Woche«, sagte Henrik schließlich.

»Was für ein Leben«, erwiderte ich. Eine vertraute Stimme aus dem nahen Wald ließ mich innehalten. Ich zerrte Henrik mit einem nachdrücklichen »Pst!« hinter einen Baum.

»Pst, was?«, fragte Henrik begriffsstutzig.

»*Ich hab jemanden gehört*«, zischte ich.

»Einen Feind?« Henriks Hand griff nach seinem ummantelten Breitschwert, aber ich schob sie beiseite. »Nein«, flüsterte ich. »Freya.«

Henriks Augenbrauen schossen in die Höhe. Wir schlichen uns näher an die Stimme heran, zu der sich nun eine zweite, tiefere gesellte. Ich spähte um den dicken weißen Stamm eines silberblättrigen Baumes herum und entdeckte Freya und Jason, die in ein leises Gespräch vertieft waren. Ich wollte nicht lauschen, bei Odins Ehre. Aber jetzt, wo ich so nah dran war, konnte ich schließlich nicht einfach weghören.

Oder?

»Jason.« Freya klang erschöpft, als hätte sie das schon unzählige Male besprochen. »Ich sehe einfach keine Möglichkeit, wie das funktionieren soll. Mein Vertrag bindet mich an die Nornen. Sie entscheiden, wann mein Leben mir gehört, und bis dahin … kann ich mein Herz nicht verschenken. Es tut mir leid.«

»Das ist mir egal«, sagte Jason grimmig. »Irgendwann müssen sie dich aus diesem Vertrag entlassen, und ich werde so lange warten, wie ich muss.«

»Das ist süß.« Freya umfasste Jasons Wange mit ihrer Hand. »Aber ich bin unsterblich – ich werde noch sehr lange hier sein. Die Nornen werden mich vielleicht erst in Jahrzehnten oder sogar Jahrhunderten freilassen. Und du verdienst eine

Partnerin, die dir *alles* geben kann – solange du noch lebst, um es zu genießen! Eine Familie, ein Leben und …«

Jason zog Freya in einem ungestümen Kuss an sich. *Gut gemacht, Jason!*

»Ich gehe nirgendwohin«, schwor er, nachdem er sich zurückgezogen hatte. »Ich werde nehmen, was immer du mir geben kannst. Auch wenn es nur ein kleiner Teil von dir ist. Und selbst wenn es für die Dauer meines Lebens so bleibt. Babe, du bist ein Mädchen, für das es sich zu kämpfen lohnt.«

Als ich den starrenden Henrik wegzog, liefen Freya bereits stumme Tränen über das Gesicht.

Das. Arme. Ding.

»Du weißt also, was wir jetzt zu tun haben«, flüsterte ich, als wir uns der hinteren Ecke des Walkürenquartiers näherten.

Henrik schnalzte mit der Zunge. »Du denkst doch wohl nicht daran, dich einzumischen, oder?«

»Natürlich werde ich das.« Ich stemmte eine Hand in die Taille und streckte die Hüfte raus. »Und du wirst mir helfen. Ragnarök ist vorbei. Wir haben die Reiche gerettet. Du weißt, dass wir schlecht im Müßiggang sind – was sollen wir denn sonst tun?«

»Müßiggang? Ich muss tonnenweise Berichte über die Schlacht verfassen. Das müssen wir beide. Außerdem müssen wir Nachbesprechungen abhalten und für Tyr und Freya alle Informationen zusammentragen, die Odin braucht, damit Forse und er die Täter verurteilen können.« Henrik legte eine Hand um meinen unteren Rücken und zog mich an sich. Er beugte sich tief hinunter und flüsterte mir ins Ohr: »Und danach dachte ich, dass wir vielleicht feiern könnten. Nur wir beide.«

Meine Lippen teilten sich, und ich seufzte, als ich Henriks

Zungenspitze an meinem Hals spürte. Ich legte den Kopf zurück, als er immer tiefer ging und den Stoff meines Kampfanzugs herunterzog. Ich bekam ganz weiche Knie.

Nein, Aksel. Konzentriere dich jetzt. Dafür ist später immer noch Zeit.

Mit einem Stöhnen schob ich Henrik zurück. »Erstens, danke für die Erinnerung an all die anstrengende Arbeit. Und zweitens, ich bin für diese Feier. In ein paar Tagen.«

»In ein paar Tagen?«, erwiderte Henrik frustriert.

Ich unterdrückte ein Schmunzeln. »Vielleicht schon früher. Das hängt davon ab, wie lange wir brauchen, um die Nornen davon zu überzeugen, Freya freizulassen.«

Henrik stieß einen leisen Pfiff aus. »Das ist eine große Aufgabe, *sötnos*.«

»Ich weiß.« Ich runzelte die Stirn. »Sie sind so stur. Wenn wir nur jemanden kennen würden, der gut mit ihnen kann.«

Henriks Mundwinkel zuckten. »Tja, da kann ich dir wohl aushelfen, Brynnie. Mein Bruder lebt in der Nähe einer der Nornen auf Midgard. Soweit ich weiß, war sie ziemlich eng in die ganze Ragnarök-Sache eingebunden. Vielleicht kann sie uns helfen.«

»Gunnar lebt mit einer Norne zusammen?« Ich starrte ihn an.

»Sie hat ein Haus in der Nähe seines Dorfes – und wie ich gehört habe, ist sie eine Art Rebellin.«

»Oh! Vielleicht können Gunnar und Inga mit uns kommen und versuchen, die Nornen zu überreden, Freya aus ihrem Vertrag zu entlassen!« Aufgeregt hüpfte ich auf und ab. »Sie sind erstaunlich gut darin, Kreaturen davon zu überzeugen, dass sie tatsächlich das tun, was wir von ihnen wollen.«

Henrik lachte. »Gunnar hat mir eine Nachricht geschickt, dass er später hier sein wird, also werde ich ihn fragen.«

»Ausgezeichnet.« Ich rieb mir genüsslich die Hände. »Lass uns das tun, was wir am besten können.«

»Wäre das die Entwicklung von Technologie zur Rettung des Reiches? Einen Ort zu finden, an dem wir allein sein können und …«

Ich unterbrach ihn mit einem Kuss. »Unseren Freunden zu helfen«, sagte ich lachend, bevor ich hinzufügte: »Und dann die anderen Sachen. Komm schon, Andersson. Wir haben viel zu tun.«

Vierzehn

Brynn

»Das werdet ihr nie glauben.« Als Henrik am nächsten Tag von Odins Ansprache zurückkam, war er überglücklich.

Freya und ich hatten uns gedrückt – stattdessen hatten wir uns die Arbeit an dem Berg von Verwaltungsaufgaben nach dem Ende der Kampfhandlungen aufgeteilt und waren gerade erst mit der dringendsten Phase fertig geworden. Mia und Elsa hatten abwechselnd mit den Priesterinnen gearbeitet, um den Frieden in den Reichen zu verbreiten, während Elsa bei Bedarf abtauchte, um Heilungen auf höherer Ebene zu beaufsichtigen. Jetzt da Freya nicht mehr mit den anspruchsvollen Aufgaben als unsere Hohe Kommandantin beschäftigt war, konnte sie sich ihnen anschließen und die Liebe kanalisieren, damit die neue Inkarnation des Kosmos für eine möglichst positive Wiedergeburt gerüstet war. Wir hatten alle rund um die Uhr gearbeitet, um an diesen Punkt zu gelangen, und jede von uns war mehr als erschöpft. Aber jetzt wo das Walkürenquartier wieder zur Tagesordnung übergegangen war und Freya eine kurze Pause eingelegt hatte, konnte ich mich im Kriegsraum zurücklehnen und Henriks Zusammenfassung genießen.

»Raus damit, Liebling. Was gibt's Neues von unserem furchtlosen Anführer?«

Henriks Lippen berührten mein Ohr, als er sich tiefer beugte, um mir das Unmögliche zuzuflüstern. »Rede keinen Quatsch!«, entfuhr es mir. »Das hat Odin nicht getan.«

»Doch, hat er.«

»Bei allen Göttern! Das ist ja unglaublich! Ist dir klar, was das bedeutet?«

»Pst«, mahnte Henrik. »Es gab mildernde Umstände, und ich will Mia keine Hoffnungen machen.«

»Weiß Tyr davon?«

»Ja. Aber was er Mia mitteilt, ist *ihre* Sache. Nicht deine.« Henrik milderte seine Worte, indem er die Lippen auf die empfindliche Stelle unter meinem Ohr presste.

Bei allen Göttern, er war *gut.*

Nein, warte. Lass dich nicht von ihm ablenken.

»Äh, hei.« Ich schob ihn weg. »Mia ist *meine* beste Freundin. Also ist es *voll* meine Sache.«

Henriks Zähne streiften mein Ohrläppchen. »Eine Einmischung nach der anderen, *sötnos.* Jetzt wo unsere Arbeit getan ist, dachte ich, du wolltest Freya helfen.«

»Will ich auch.« Ich seufzte, als Henriks Mund an meinen Hals zurückkehrte. »Was hat dein Bruder gesagt? Ist er da?«

»Mmm hmm.« Die Vibrationen ließen mich erbeben. Bei allen Göttern. Vielleicht konnte Freya noch eine Stunde warten. Oder sechs.

»Und wird … wird Inga … äh …« Das Kribbeln erreichte die Stelle zwischen meinen Schenkeln, und ich stöhnte frustriert auf. »Ernsthaft, du musst damit aufhören. Ich kann nicht denken.«

»Gut. Hör auf zu denken. Gunnar und Inga können sowieso nicht vor morgen früh abreisen.«

Das Kribbeln wurde stärker. Meine Entschlossenheit wurde schwächer. »Sagst du die Wahrheit?«

»Pfadfinderehrenwort.« Henrik hielt zwei Finger hoch. »Hast du hier immer noch dein Privatquartier?«

»Ja«, hauchte ich. »Gunnar und Inga können *wirklich* nicht vor morgen abreisen?«

»Sie treffen uns bei Sonnenaufgang in der Haupthalle des Walkürenquartiers.« Henrik zog eine Augenbraue hoch. »Und habe ich dich jetzt *endlich* den Rest des Abends für mich allein?«

Ich tat so, als würde ich über sein Angebot nachdenken. »Nachdem wir gepackt, die Reisepläne durchgesprochen und mit Elsa besprochen haben, wie wir die Nornen am besten auf unsere Seite ziehen können, und nachdem wir wieder etwas gegessen haben, denn diese ganze Weltrettung macht hungrig. *Dann* gehöre ich ganz dir.«

»Mmm ... nein.« Henrik drückte seinen Arm in meine Kniekehlen und fing mich mit dem anderen auf, als ich einknickte. »Wir machen erst mein Ding, dann alles von dir.«

»Henrik!« Ich lachte auf.

»Sie haben dein Zimmer nicht verlegt, oder?« Er ging mit langen Schritten durch den Kriegsraum.

»Nein, aber ...«

»Hervorragend.« Henrik drängte sich durch die Tür und eilte mit mir zwei Stockwerke hinauf, bevor ich weiter protestieren konnte. In Sekundenschnelle hatte er uns in dem Raum, den ich seit meinem Eintritt in Tyrs Team nur noch selten betreten hatte. Zum Glück hielten die Walküren auch unbenutzte Schlafräume instand, sodass sie tadellos gepflegt waren, bis hin zur flauschigen Bettdecke und den vielen Kissen darauf.

Nicht dass es uns wirklich interessiert hätte.

»Henrik, wir haben zu arbeiten.« Ich protestierte ein letztes Mal halbherzig, während Henrik die Kissen mit einem Arm auf den Boden schleuderte und mich mit dem anderen auf dem Bett absetzte.

»Oh, wir kommen schon noch dazu.« Er stellte sich neben mich. »Ich brauche nur ein paar Minuten allein mit meinem Mädchen. Hör zu, ich weiß, dass du auf dich selbst aufpassen kannst. Aber es macht mir trotzdem jedes Mal eine Heidenangst, wenn ich dich im Kampf sehe. Ich liebe dich viel zu sehr, um dich zu verlieren, *sötnos*.«

Wie sollte ich da widerstehen? Ich rollte mich auf Henrik und legte meine Unterarme auf seine massiven Schultern. »Du wirst mich nie verlieren«, schwor ich. »Du hast mich für immer am Hals.«

»Das ist auch besser so. Freya hat mich wirklich hart arbeiten lassen, um dich zu bekommen. *Wirklich hart.*«

Ein Lachen entrang sich meiner Kehle. »Gut, dass ich es wert war.«

Henrik nahm meine Haare zwischen seine Finger und zog mein Gesicht zu seinem hinunter. Das Lachen wich einem zufriedenen Brummen, als er seine Lippen auf meine presste. »Das ist gut. Aber wir machen morgen früh einen Ausflug mit meinem Bruder, und wir wissen beide, dass er uns die Ohren vollquatschen wird. Wie wäre es also, wenn wir die nächste Stunde oder so schweigend verbringen?«

»Stille?« Ich fuhr mit einer Hand über die steifen Muskeln von Henriks Brust. Er hielt inne. »Oder auch nicht«, stimmte er zu.

Plötzlich warf er mich auf den Rücken und ließ mich Ragnarök, meine To-do-Liste und die gewaltige Aufgabe, die vor uns lag, ganz vergessen.

Es machte mir nicht das Geringste aus.

»So, so, so. Sieh an, wer endlich befördert wurde. Wurde ja auch Zeit, verdammt. Mein Bruder hat die ganze Zeit nur herumgejammert, dass er sich nicht mit einer Junior-Walküre verabreden darf.« Gunnar Andersson näherte sich mir mit offenen Armen. Glücklich lief ich ihm über das Walkürengelände entgegen und zog meinen ehemaligen Klassenkameraden in eine feste Umarmung.

Mit ihren dunklen Haaren, funkelnden Augen und braungebrannten, muskulösen Körpern hatten die Andersson-Brüder in der Schule schon viele Herzen gebrochen. Aber es waren ihr Sinn für Humor und ihre angeborene Freundlichkeit, die mich schon immer zu ihnen hingezogen hatten.

Na ja, das und die schwedischen Pfannkuchen ihrer Mutter. Gut, dass Mrs Andersson Henrik gezeigt hat, wie man sie macht.

»Gunnar!« Ich drückte meinen Freund, bevor ich mich zurückzog und sein fröhliches Gesicht betrachtete. Es trug mehr Stressfalten als sonst. »Du siehst ... umwerfend aus«, beeilte ich mich. »Aber müde. Supermüde.«

»Ich habe ihm gesagt, dass er gestern Abend früh ins Bett gehen soll, aber anscheinend wurde gerade auf Midgard ein Sportmatch gespielt. Und *irgendjemand*« – Inga sah Henrik mit hochgezogener Augenbraue an – »hat ihm zum Geburtstag ein selbstgebautes Streaminggerät geschenkt, das in allen Reichen funktioniert.«

Henrik zuckte mit den Schultern. »Tut mir leid, dass dein Geschenk zu spät kam, Bruder. Es war echt viel los dieses Jahr.«

Gunnar verzog das Gesicht. »Kann man wohl sagen.«

»Komm her, Inga.« Henrik nahm Inga in seine starken

Arme. Ihr weißblondes Haar verschwand fast hinter seinem Bizeps. »Wie geht es dir?«

»Ich bin dankbar, dass ich noch lebe«, murmelte sie in seine Brust. »Wenn wir nie wieder so eine Situation erleben, ist es noch zu früh.«

Ich warf Inga ein Grinsen zu, als die Anderssons uns entließen. Wir hatten immer eine unkomplizierte Freundschaft gehabt, bis auf das eine Mal in der Highschool, als sie Gunnar einen Idioten genannt und ihm das Herz gebrochen hatte. Natürlich habe ich sie dafür, dass sie meinen Freund verletzt hat, ignoriert ... und musste mich dann entschuldigen, als sie endlich zur Vernunft kam und Gunnar das Happy End schenkte, das er so sehr verdient hatte. Jetzt waren sie der Inbegriff eines glücklichen Ehepaars.

Ich wünschte mir, genauso zu sein wie sie.

»Ich höre, Ull hält euch auf Trab.« Ich legte den Kopf schief und lächelte Inga an. »Winter hat sich in einen Sterblichen verliebt, hm? Wer hätte das gedacht?«

»Und Krieg auch.« Inga lachte. »Diese Nornen haben einen köstlichen Sinn für Humor.«

Stimmt. Die Nornen. Der Gedanke an die drei unsterblichen Schwestern, die am Fuße des Weltenbaums Yggdrasil lebten, die Fäden des Schicksals webten und *nie* ungebetenen Besuch empfingen, ließ mich schnell ernüchtern. Um eine Audienz bei ihnen zu bekommen, brauchte man schon ein Wunder. Und irgendwie war es Henriks schelmischem, eloquentem Bruder gelungen, uns eine Einladung zu verschaffen.

»Okay, Gunnar. Spuck es aus. Wie bekommen wir unsere Audienz?«

Gunnar zuckte mit den Schultern. »Unsere Nornenfreundin hat einen Gefallen eingefordert – Urd, Verdandi und Skuld

271

waren ihr etwas schuldig. Sie hat uns den Termin besorgt, und jetzt müssen wir das Beste daraus machen. Ihr zufolge ist Verdandi die mitfühlendste der Nornen – sie hat eine Schwäche für die Welt der Sterblichen, die ihre Schwestern nicht teilen. Wir isolieren sie, überzeugen sie, dass die Sterblichen leiden werden, wenn Freya nicht ihr volles Potenzial ausschöpfen kann, und bumm. Vertrag gelöst. Die Göttin der Liebe bekommt ihren Mann.«

Inga schaute mich an. »Gunnar hat mir erzählt, dass Freya sich auch in einen Sterblichen verliebt hat. Ist das etwa ansteckend?«

»Sie mag den Bruder von Tyrs Freundin«, erklärte ich. »Jason und Mia sind sich unheimlich ähnlich – so wie Tyr und Freya.«

Inga spitzte die Lippen. »Liebe und Krieg sind zwei Seiten einer Medaille. Ich bin sicher, dass etwas dran ist, wenn sie sich in Geschwister verlieben – was auch immer es ist, es reicht hoffentlich aus, um die Nornen zu überzeugen.« Sie rückte die Riemen ihres Rucksacks zurecht, dann legte sie die Hand auf den Griff ihres Degens. »Die Reise sollte relativ ereignislos verlaufen, da sich alle Feinde, die Ragnarök überlebt haben, noch die Wunden lecken. Aber unsere Nornen-Freundin sagte uns, wir sollten nach Ratatosk Ausschau halten, sobald wir den Baum erreicht haben.«

»Was ist Ratatosk?« Für meinen Geschmack klang das viel zu sehr nach Ragnarök. *Oh nein.*

»Nicht was. Wer«, korrigierte Gunnar. »Um Yggdrasil herum leben viele Kreaturen, aber die schlimmste ist ein böses Eichhörnchen. Der kleine Mistkerl nagt ständig am Weltenbaum herum und stiftet Unfrieden. Anscheinend gibt es ein

Kloster von zweitrangigen Nornen, deren Hauptaufgabe es ist, ihn unter Kontrolle zu halten.«

»Ernsthaft?« Mir klappte die Kinnlade herunter. »Nach allem, was wir gerade durchgemacht haben, müssen wir jetzt auch noch gegen ein *böses Eichhörnchen* kämpfen?«

»Vielleicht hält es Winterschlaf.« Gunnar zuckte mit den Schultern. »Unsere Norne hat sich nicht ganz klar ausgedrückt, was seinen Zeitplan angeht, und durch Ragnarök war es sehr kalt. Vielleicht denkt es, es sei Winter.«

»Eichhörnchen halten keinen Winterschlaf.« Henrik verdrehte die Augen. »Ehrlich gesagt, wenn du im Naturwissenschaftsunterricht auch nur ein bisschen aufgepasst hättest …«

»Ich war von etwas viel Interessanterem abgelenkt.« Gunnars Blick wanderte über Ingas Körper. »Ich musste meine ganze Energie auf das wichtigste Thema konzentrieren.«

»Na klar.« Inga lachte. »Aber hast du denn besser gelernt, als ich endlich aufgehört habe, dich abzuweisen?«

»Ich bin ein Gott der Tat.« Gunnar zuckte mit den Schultern. »Nicht der Bücher. Also gut, nehmen wir jetzt den Bifröst?«

»Ja. Heimdall hat uns sein Pferd geliehen. Es sollte am Transportplatz auf uns warten.« Henrik deutete zum Haupteingang des Walkürenquartiers. »Das Pferd kennt sich mit Yggdrasil aus, also kann es uns hineintragen – und notfalls evakuieren –, ohne von den … Bewohnern des Baumes abgeschreckt zu werden.« Er meinte offensichtlich das böse Eichhörnchen. »Okay, Waffencheck.«

»Degen, Dolch, Nunchakus und Wurfsterne in meinem Gürtel«, zählte Inga auf.

»Armbrust, Klinge und diese bösen Jungs.« Gunnar spannte seinen Bizeps an.

Ich kicherte über Henriks Augenrollen. »Degen und Dolch am Gürtel, Schlagstöcke auf dem Rücken und meine größte Waffe genau hier.« Ich deutete auf meinen Kopf und formte lautlos das Wort *Genie* mit den Lippen. Was ich nicht erwähnte, war die Geheimwaffe, die ich in meiner Jacke versteckt hatte – ein Ass im Ärmel, das ich einsetzen wollte, falls uns Gunnars beeindruckende Überredungskünste irgendwie im Stich lassen sollten.

Hoffentlich tun sie das nicht.

»Großartig. Und ich habe die chemischen Gimmicks in meinem Rucksack, zusammen mit unseren Rationen. Außerdem mein Breitschwert und zwei Dolche an meinen Unterschenkeln.« Henrik verstellte die Riemen seiner Tasche. »Wir sind bereit.«

»Für eine Vergnügungsreise packen wir aber ganz schön viel ein.« Inga runzelte die Stirn. »Vorsicht ist besser als Nachsicht, aber … meint ihr nicht, dass es unsere Chancen auf eine Einigung schmälern könnte, wenn wir so schwer bewaffnet ankommen?«

»Wir können immer noch ein paar davon an der Tür lassen – falls dieser Ort überhaupt eine Tür hat. Aber ich werde mich diesem Eichhörnchen nicht unbewaffnet nähern. Also los, Süße. Es ist Zeit aufzubrechen.« Mit einem Augenzwinkern führte Gunnar seine Frau über den Marmorboden des Walkürenquartiers. Zwei Paar Kampfstiefel marschierten über die glänzende Oberfläche, und die Schritte rissen mich aus meinen Gedanken über einen übellaunigen Riesennager mit spitzen Zähnen. Ratatosk. *Oje.*

»Alles okay?« Henriks Hand auf meinem unteren Rücken ließ mich zusammenzucken.

»Ja. Ich bin nur nicht allzu begeistert von diesem Eichhörnchen.«

»Das ist niemand.« Henrik schüttelte sich. »Schon okay. Ich habe einen der Schläfer mitgebracht – wenn wir den explodieren lassen, heißt es Game Over, Nager. Und alles andere in der Nähe.«

»Und dann machen wir was? Setzen wir unsere Diplomatiehüte auf und betteln um Freyas Freiheit? Bei allen Göttern, Henrik. Sie kann nicht weiter unter diesen Bedingungen leben. Es wird sie zerstören. Glaubst du wirklich, dass wir das schaffen?«

»Wir werden unser Bestes tun. Freya ist eine gute Frau. Sie verdient es, das zu haben, was wir haben.« Henrik legte seine Hand auf meinen Hintern und drückte zu.

»Danke, dass du mit mir gehst«, flüsterte ich.

»Ich würde dir überallhin folgen«, schwor Henrik. »Sogar bis zum nagetierverseuchten Weltenbaum.«

Manchmal sagte er die süßesten Dinge.

»Der Bifröst ist da! Kommt ihr?« Ingas Aufforderung an der Haustür beendete unser Liebesfest.

»Gib den beiden noch fünf Minuten. Dann werden sie viel entspannter sein.« Gunnar kicherte.

Inga schlug ihm spielerisch auf die Schulter. »Benimm dich.«

Henrik verdrehte zum dritten Mal innerhalb weniger Minuten die Augen und wandte sich dann achselzuckend an mich. »Bist du dir wirklich sicher, dass du ihn mitnehmen willst?«

»Auf jeden Fall.« Ich nahm Henriks Hand in meine und zog ihn zur Tür. »Komm schon. Lass uns deinen Bruder auf die Nornen loslassen.«

»Und auf das Beste hoffen«, murmelte Henrik. »In allen Dingen.«

»Wird schon schiefgehen.« Ich drückte Henriks Hand und verließ das Walkürenquartier. Es war Zeit für den ultimativen Roadtrip.

**

»Hol. Mich. Von. Diesem. Pferd. Runter.« Meine Hand flog an meinem Mund. »Sofort«, murmelte ich durch meine Fingerspitzen.

Henrik legte sanft einen Arm um meinen Brustkorb und ließ mich von Heimdalls riesigem Reittier Gulltopp absteigen. Das Pferd schüttelte seine goldene Mähne, wahrscheinlich vor Abscheu, als meine Füße den Boden berührten und ich mich vorbeugte, um mich zu übergeben. Armes Pferd. Das war wahrscheinlich das erste Mal, dass ihm das passiert war. Heimdall schien nicht der Typ zu sein, dem vom Reisen mit dem Bifröst übel wurde.

»Tut mir leid«, murmelte ich. Henrik streichelte mir leicht über den Rücken. »Das war einfach zu …«

»Das war heftig«, stimmte Inga zu. Sie sprang anmutig von Gulltopps Rücken, und der schwache Glanz auf ihrem Porzellangesicht passte fast perfekt zu dem Meer aus weißen Stämmen im Wald.

»Richtig übel.« Gunnar verzog ebenfalls das Gesicht. Er landete neben mir und stützte sich mit den Unterarmen auf den Knien ab. Nach einer gefühlten Ewigkeit hob er den Kopf gerade so weit, dass er den übernatürlich stillen See neben unserem Landeplatz absuchen konnte.

»Wirst du es überleben, Prinzessin?« Henrik verstrubbelte seinem Bruder die Haare.

Gunnar hob eine Hand zu einer vulgären Geste. »Finger weg.«

»Meine Herren. Wir haben Arbeit zu erledigen.« Ingas strenger Tonfall ließ beide Anderssons aufhorchen.

»Tschuldigung, Inga«, murmelten sie. Henrik strich mir noch einmal über den Rücken, dann half er Gunnar, Gulltopp an einem nahen Baumstumpf zu befestigen.

Ich starrte Inga ehrfürchtig an. »Eines Tages musst du mir mal zeigen, wie du sie dazu bringst, das zu tun.«

»Wenn dir Henrik einen Antrag macht, wird das mein Hochzeitsgeschenk für dich sein.«

»Er ist nicht … Ich meine, wir … Es ist doch erst …«

Ingas sanftes Lachen unterbrach mich. »Eines Tages.«

»Stimmt. Also … äh. Oh, *skit*.«

Henriks Schwert war gezogen, bevor ich das Wort zu Ende gesprochen hatte. Mit einem geflüsterten »Wo ist die Bedrohung?« kam er an meine Seite geeilt.

»Da oben.« Ich zog langsam meine eigene Waffe und richtete sie vor mich. Dort, in den Ästen einer massiven Esche, saß ein Eichhörnchen von der Größe eines Hundes. Es neigte den Kopf zur Seite und starrte uns mit seinen roten, wachen Augen an. Die dicken Schnurrhaare streiften die graugrünen Blätter, und die Kreatur stieß ein aggressives Zischen aus, bevor sie nach oben huschte. Und weiter nach oben. Und noch weiter nach oben.

Bei allen Göttern, wie groß war Yggdrasil? Der Weltenbaum überragte den Rest des Waldes um Längen. Und Ratatosk erklomm ihn, als wäre er nichts weiter als ein Haufen Eicheln.

Angeber.

»Wo ist der Einstiegspunkt?« Gunnar trat vor, die geladene Armbrust auf Augenhöhe. Seine Muskeln spannten sich unter seiner dünnen schwarzen Jacke, und ich hatte keinen Zweifel daran, dass er vorhatte, das Eichhörnchen anzugreifen und es in die Flucht zu schlagen, falls sein Pfeil sein Ziel verfehlen sollte. Gunnar verfolgte im Kampf die Strategie *Erst zuschlagen, dann fragen.* Henrik hingegen …

»Waffen runter«, murmelte Henrik. »Es sind zu viele von ihnen.«

»Ich sehe nur ein böses Eichhörnchen, Kumpel.« Gunnar stemmte seine Armbrust in die Höhe.

»Ja. Aber da drüben ist ein Quartett von Hirschen.« Henrik neigte den Kopf zur anderen Seite des Baumes, wo vier riesige Hirsche mit schweren Geweihen an den unteren Ästen von Yggdrasil kauten. »Und der übergroße Adler da oben.« Er reckte sein Kinn zur Baumspitze, wo Ratatosk sich zu einem lastwagengroßen Raubvogel gesellt hatte. »Und die Schlangen.«

»Die Schlangen?« Gunnars Stimme überschlug sich leicht. »Was für Schlangen?«

»Baby«, mahnte Inga. »Bleib ruhig.«

Oh nein. Ich hatte vergessen, wie sehr Gunnar Schlangen hasste.

»Die Schlangen, die in den Wurzeln des Baumes leben. Góinn, Móinn, Grábak, Grafvöllud, Ofnir und Sváfnir.« Henrik ließ eine Hand in seinen Rucksack gleiten. Ich schwöre, wenn er eine Gummischlange herauszöge, um seinen Bruder zu quälen … »Erinnerst du dich nicht an Mamas Gute-Nacht-Geschichten über sie?«

»Natürlich erinnere ich mich an ihre Gute-Nacht-Geschichten«, zischte Gunnar. »Ich hatte jahrelang Albträume.«

»Ich weiß«, erwiderte Henrik ruhig. »Und da ich dich für diese Mission bei Bewusstsein brauche, wiederhole ich mich. Waffen runter. Wir setzen einen Schläfer ein.«

Henrik zog etwas aus dem Rucksack. In seiner Handfläche befand sich eine kleine silberne Kugel.

»Oh, das ist perfekt!« Ich steckte meinen Degen in das Holster und lächelte über die kleine Kugel mit der Macht, jede luftatmende Lebensform in der Nähe auszuschalten. »Warte, hast du die …«

»Masken für alle.« Henrik zwinkerte mir zu, während er vier Gasmasken hochhielt und verteilte. »Sobald wir sie angelegt haben, werden wir …«

»Verräter.« Ein eisiges Zischen durchdrang die kühle Waldluft.

Das Eichhörnchen legte in einem wilden Sprung ein Drittel des Baumes zurück. Es richtete seinen wütenden Blick direkt auf Henrik, der seine Waffe zog. Der Rest von uns tat es ihm schnell gleich.

»Zerstörer«, fauchte das Eichhörnchen.

»Hier gibt es keine Zerstörer, Kumpel.« Gunnar hob die Hand, die nicht seine Armbrust hielt. »Nur vier Freunde, die einen Spaziergang machen.«

»Lügner«, entgegnete das Eichhörnchen. »Wir drei Kreaturen existierten seit Jahrtausenden – oben, in der Mitte und unten. Das perfekte Gleichgewicht – jeder hielt sich an seinen Teil. Bis du alles ruiniert hast.«

Mir gefror das Blut in den Adern. »Wie bitte?«

»Du«, kreischte Ratatosk Henrik an. »Du hast den Wächter

zerstört. Du hast uns aus dem Gleichgewicht gebracht. Nur *sie* sind zurückgeblieben, um zu nagen und zu verstümmeln.«

»Du musst schon etwas genauer sein.« Gunnars Bogen war wieder auf Augenhöhe.

»Die Schlangen«, zischte Ratatosk. »Seht.«

Mein Blick fiel auf den Boden. *Bei allen Göttern.* Die Erde, die Yggdrasil umgab, war durchsichtig und gab den Blick frei auf die drei darunter liegenden Wurzeln. Eine führte nach Jotunheim. Eine andere nach Midgard. Und die dritte, die am weitesten vom Eschenaltar entfernt war, zu dem, wie ich gehört hatte, hochrangige Mitglieder der Æsir kamen, um Urteile zu fällen, führte nach Helheim. Es war diese Wurzel, in die diese sechs Schlangen ihre Zähne versenkt hatten. Es war diese Wurzel, durch die das Gift sickerte, der blutrote Eiter, der langsam durch die Adern von Yggdrasil floss.

»Oh.« Der Schauer, der Gunnar über den Rücken lief, war ihm fast nicht anzumerken.

Fast.

»Du sagtest, ich hätte den Wächter zerstört? Welchen Wächter?« Henrik hielt die kleine Kugel in der Hand. Er hatte seine Maske bereits aufgesetzt. Er winkte Inga, Gunnar und mir unauffällig zu, und wir taten dasselbe.

»Nidhogg«, spie ihm Ratatosk entgegen.

»Du hast den Drachenkönig getötet?« Ich starrte Henrik an. »Erst Garm, dann *ihren Vater?* Das kann doch nicht dein Ernst sein.«

»Erstens wollte Garm dich damals töten. Also noch einmal, gern geschehen. Und zweitens: Ich habe Nidhogg nicht getötet. Wir haben ihn bei Hel gelassen, nachdem wir ihren Kristall zerstört hatten. Du warst bei mir. Ich bin ganz sicher nicht zurückgegangen.« Henrik sah das Eichhörnchen an. »Ich weiß nicht, wo dein Drachenfreund ist, aber ich schwöre, ich habe ihn nicht getötet.«

»Ich habe auch nicht *töten* gesagt, du asgardischer Narr.« Ratatosks Stimme klang wie Nägel auf einer Kreidetafel. »Sondern *zerstört*. Du hast ihn an dem Tag zerstört, als du seine Tochter getötet hast. Seit Garms Geist die Reiche verlassen hat, ist er nicht mehr nach Yggdrasil zurückgekehrt.«

»Hey, Garm hat versucht, meine Freundin zu töten, also musste es so sein. Dafür entschuldige ich mich nicht.« Henriks Daumen entsicherte den Schläfer. Ich vergewisserte mich, dass meine Maske richtig saß.

»Ich hielt das Gleichgewicht zwischen Nidhogg und dem Adler und trug ihre Worte hin und her, hielt Luft und Erde in Harmonie. Und jetzt verrottet unser großer Baum. *Deinetwegen.*« Ratatosk trennte den Ast über ihm mit seinen vergilbten, messerscharfen Zähnen ab, richtete den spitzen Speer auf Henrik und riss seinen Kopf nach unten. Der Ast schoss aus seinem Mund auf den Boden und landete genau dort, wo mein Freund stand. Zum Glück hatte sich Henrik einen Sekundenbruchteil vor dem Aufprall schnell vor mich gestellt. Dennoch ...

Die Hirsche sahen von der anderen Seite des Baumes auf. Wut flackerte in ihren Augen auf, als ihr Blick auf den Ast im Boden fiel. Sie senkten ihr Geweih und griffen im selben Moment an, als sich der Adler in die Lüfte erhob. Wenn diese massiven Krallen uns auch nur berührten, wären wir nur Sekunden von Walhalla entfernt.

Nein, danke.

»Tu es«, flüsterte ich.

»*Tu es*«, wiederholte Gunnar und ließ seinen Blick zu den sich windenden Schlangen am Fuß von Yggdrasil schweifen.

»Gute Nacht«, sagte Henrik ruhig. Und als sich Ratatosk vom Baum stürzte und sein pelziger Eichhörnchenkörper auf gleicher Höhe mit dem herabstürzenden Adler war, drückte Henrik auf den Abzug des Schläfers. Beide Tiere wurden augenblicklich schlaff, bevor sie sanft zu Boden schwebten und in einen tiefen, bewegungslosen Schlaf fielen. Auf der anderen Seite des Baumes hielten die Hirsche in ihrem Angriff inne, falteten ihre Beine anmutig unter sich zusammen und ließen sich in eine ruhige Position fallen. Sogar die Schlangen hörten auf, sich zu bewegen, und das Knacken der Reißzähne, die sich aus dem Baum lösten, wurde vom Abklingen des roten Eiters aus Yggdrasils Adern begleitet.

Alles war still. Friedlich geradezu.

Dann tauchten die Nornen auf.

Fünfzehn

Brynn

»Wer stört unser Gleichgewicht?«

»Wer friert die Wächter ein?«

»Wer hält die Fäule an unserem Baum auf?«

Die Stimmen kamen aus der Leere – wie widerhallendes Glockengeläut. Der Wind drehte sich und wirbelte goldenen Staub über den unberührten See. Der Staub stieg auf und sammelte sich in der Mitte des Wassers. Er bildete ein durchsichtiges Tor, durch das drei göttlich schöne Schwestern traten. Jede von ihnen hatte seidig-goldene Haare, ein Kleid aus blaugrünem Chiffon und Augen, die so klar waren, dass ich keinen Zweifel hatte, dass sie direkt in meine Seele sehen konnten. Sie waren Skuld, Verdandi und Urd.

Sie waren die Nornen.

Bevor er zugestimmt hatte, uns sein Pferd zu leihen, hatte Heimdall uns gründlich über das Protokoll informiert. Als Henrik, Inga, Gunnar und ich die Nornen sahen, fielen wir alle auf die Knie, die Hände zu Fäusten geballt über unseren Herzen. Wir hielten den Kopf gesenkt, bis die Schwestern direkt vor uns standen und ihre silbern lackierten Zehennägel in mein Blickfeld traten.

Da Gunnar eine besondere Art hatte, mit anderen Wesen in Verbindung zu treten – insbesondere mit weiblichen Wesen –, hatten wir uns darauf geeinigt, dass er für uns eröffnen sollte. Ich wartete darauf, dass er die Rede vortrug, die Henrik vorbereitet hatte, und hoffte inständig, dass er nicht vom Skript abweichen würde.

»Eure Gnaden«, sagte Gunnar in seinem fast zu sanften Tonfall. »Wir kommen in Frieden und, was noch wichtiger ist, in Liebe. Wir bitten Euch, unserer Göttin Freya zu helfen, einer der treuesten Dienerinnen Asgards. Sie hat als Oberbefehlshaberin unserer Walküren fungiert und unser Reich – und alle, die unter unserem Schutz stehen – vor der Dunkelheit verteidigt, die *alle* Reiche bedroht. Sie hat als Göttin der Liebe gedient und den Kosmos mit Hoffnung und Licht erfüllt. Sie hat ihre Pflichten mit der Anmut und Güte erfüllt, die sie von Euch eingeflößt bekam, und hat ihr Gelübde Euch gegenüber seit dem Tag gehalten, an dem Ihr sie uns geschenkt habt. In Übereinstimmung mit Euren Bedingungen hat Freya ihr Herz nie ganz verschenkt. Und in Übereinstimmung mit ihrem Versprechen bleibt sie in allen Dingen neutral.«

»Sie *blieb* neutral. Doch jetzt«, hauchte die größte der Schwestern, »sehen wir sie mit einem Sterblichen.«

»Auch jetzt hält sie sich an ihr Gelübde«, meldete sich Henrik zu Wort. »Dieser Sterbliche liegt ihr sehr am Herzen, doch sie weiß, dass es sie nicht nur sich selbst, sondern auch ihr Reich kosten könnte, wenn sie ihn Euch vorzieht. Und Freya hat die Pflicht gegenüber dem Reich immer – *immer* – an erste Stelle gestellt. Doch ihr Herz so viele Jahrzehnte lang zu verleugnen, hat sie ausgelaugt. Möglicherweise bis zur Unkenntlichkeit.«

»Was bedeuten deine Worte?« Die Norne auf der linken Seite legte den Kopf schief. Die drei Schwestern sahen sich so ähnlich, abgesehen von ein paar Zentimetern in der Größe, dass ich nicht erkennen konnte, welche es von ihnen war.

»Sie bedeuten, dass Freya leidet«, platzte es aus mir heraus. »Hel hat ihr Herz vergiftet, und wir haben mehr als ein Jahr gebraucht, um herauszufinden, wie man es heilen kann. Jetzt ist das Gift weg, aber ihr Herz ist immer noch nicht frei. Es ist gebunden an ihren Vertrag mit Euch. Sie tut so, als sei sie stark, aber es erdrückt sie, dass sie ihre Mauern aufrechterhalten muss, obwohl sie einfach nur frei sein möchte, um das zu haben, was sie für alle anderen erreicht. Eine Botin der Liebe zu sein, aber sich ihr nie selbst hingeben zu können ... Niemand kann auf Dauer so leben. Doch mit Jason, dem Sterblichen ... Wenn Freya bei ihm ist, strahlt sie Liebe, Freude und Leben aus. Wir können es alle spüren. Diese Verzweiflung, dieser Schmerz ... Er verlässt sie. Sie ist wieder unsere Freya ... bis sie ihre Mauern wieder hochziehen muss, um ihren Schwur Euch gegenüber nicht zu brechen.«

»Wir wissen das alles.« Die kleinste Norne legte ihre Fingerspitzen aneinander. »Was wir nicht wissen, ist, warum sie nicht förmlich darum gebeten hat, dass ihre Beschränkung aufgehoben wird. Freya kennt die Bedingungen sehr wohl – bevor wir eine Vertragsänderung in Betracht ziehen können, muss ein formeller Antrag gestellt werden.«

Will sie uns auf den Arm nehmen?

»Wegen dem, was beim letzten Mal passiert ist.« Ich hielt den Blick der Norne fest. »Freya ist die zähste *flicka*, die ich kenne. Aber sie liebte Rhylark mit so viel Herz, wie sie teilen durfte. Und als sie Euch bat, sie von ihrem Gelübde zu entbinden – ihr *ganzes* Herz für die Liebe freizugeben, so wie sie anderen so freizügig Liebe schenkte –, habt Ihr abgelehnt. Ihr sagtet, die Liebe zu Rhylark würde ihr Reich in Gefahr bringen, und Ihr würdet die Beschränkung aufheben, wenn *Ihr* die Zeit für reif haltet. Also wandte sich Freya von Rhylark ab – sie

285

wandte sich von der Liebe ab. Sie versank in eine so dunkle Depression, dass die Reiche mit ihr dunkel wurden. Freya wurde entführt. Midgard fiel. Rhylark wurde beim Schutz der Unschuldigen getötet, und meine Schwester …«

Ich musste ein Schluchzen unterdrücken. Henriks Handfläche legte sich sanft auf meinen unteren Rücken.

»Meine Schwester starb dabei.« Ich blinzelte die Tränen zurück. »Es war ihre Entscheidung, auf Midgard zu bleiben – sie kannte die Risiken, die mit dem Verbleib in der Abwesenheit der Liebe verbunden waren, aber sie liebte es, eine Norne zu sein, liebte es, Euch dreien zu dienen. Und sie gab bereitwillig ihr Leben, um sicherzustellen, dass die Reiche voller Licht blieben. Und Hoffnung. Und eines Tages auch voller Liebe. Freya hat ihre Lektion dadurch gelernt – sie hat ihr Herz nie mehr verschenkt, nie mehr zu fragen gewagt, ob sie es darf. Und jetzt … werde ich auch sie verlieren. Sie wird an einem gebrochenen Herzen sterben, wie Nanna, wenn sie weiter in diesem Schwebezustand verharren muss.«

»Mein Kind.« Die kleinste Norne trat vor. Sie legte ihre Handfläche an meine Wange. Mein ganzer Körper füllte sich augenblicklich mit Wärme und Frieden und …

»Liebe«, flüsterte ich. »Ihr seid die Geberin der Liebe. Anja hat unter *Euch* gedient. Und Ihr habt Freya ihren Titel verliehen.«

Die Norne nickte. »Ich bin Verdandi, die vollste Verkörperung der Gegenwart. Von dem, was *ist*. Der Liebe.«

»Ihr kanntet meine Schwester.«

»Ich kenne alle«, korrigierte Verdandi. »Auch deine Schwester. Anjas körperliche Gestalt war ein helles Licht in einer Welt des Nebels, doch ihre Seele leuchtet jetzt noch heller. Sie setzt ihr Werk in Walhalla fort.«

»Dann hier.« Ich griff in meine Jackentasche und holte ein gefaltetes Stück Papier heraus. »Meine Schwester hat das geschrieben – ihre vorgesetzte Norne hat es mir zusammen mit ihren Sachen geschickt, nachdem sie … danach. Ihr müsst es lesen.«

Verdandis blaue Augen trübten sich. Die größere ihrer Schwestern trat vor.

»Was vergangen ist, kann die ewige Prophezeiung nicht beeinflussen. Freyas Schicksal wurde vor langer Zeit besiegelt und in Bewegung gesetzt, als sie ihren Posten annahm.«

»Bitte.« Ich hielt ihr den Brief hin. »Lest ihn einfach. Und wenn Ihr immer noch glaubt, dass Freya es nicht verdient hat, an der Liebe teilzuhaben, die sie gibt …« Ich konnte den Satz nicht zu Ende bringen. Anjas Brief würde sie zur Vernunft bringen.

Das muss er einfach.

Die dritte Norne nahm mir den Brief vorsichtig aus den Fingern und reichte ihn Verdandi. Die drei Schwestern standen zusammen und lasen schweigend, während ich mir vor Anspannung so fest auf die Unterlippe biss, dass ich Blut schmeckte. Henrik nahm beruhigend meine Hand in seine.

»Geht es dir gut, *sötnos?*«

Ich brachte kaum ein Nicken zustande.

Nach einer Ewigkeit hoben die Nornen ihre Köpfe in einer einzigen, synchronen Bewegung. Als mir Verdandi Anjas Brief zurückgab, faltete ich ihn zusammen und steckte ihn in meine Tasche. Und ich wartete.

Und wartete.

Und wartete.

Mir rutschte das Herz in die Hose. Das Schweigen der Nornen war ihre Antwort. Sie würden Freya nicht freilassen.

Ihr Herz gehörte immer noch nicht ihr selbst. Die Reiche würden wieder in Finsternis versinken. Und ich würde eine Göttin verlieren, die mir inzwischen alles bedeutet hatte.

Schon wieder.

»Bitte«, flüsterte ich. Henrik umklammerte meine Hand fester.

»Meine Damen.« Gunnar sah die Nornen an und senkte verschwörerisch den Kopf. »Gibt es denn nichts, was wir tun können, um Freya aus dieser Abmachung herauszuholen? Ich bin *sehr* verhandlungsbereit.«

Inga stieß ihren Mann mit dem Ellbogen in die Rippen.

»Du hast gesagt, ich soll helfen«, zischte er.

»Das ist nicht hilfreich«, zischte sie zurück.

Verdandi begegnete meinem Blick. »Deine Liebesgöttin bedeutet dir viel.«

»Das tut sie«, sagte ich kämpferisch. »Sie ist die Familie, die ich mir ausgesucht habe – und ich betrachte sie genauso als Schwester, wie Anja es gewesen ist.«

»Und du wünschst ihr Glück nicht aus Selbsterhaltungstrieb, sondern weil du siehst, was deine Schwester gesehen hat – dass Dunkelheit aus Angst entsteht, dass Angst die Abwesenheit von Gegenwart ist, und dass kein Wesen die Gegenwart verlieren kann, solange es vollkommen von Liebe erfüllt ist. Liebe ist das Gegenmittel zur Dunkelheit.« Verdandi holte Luft. »Vor Ragnarök gab es zu viel von dieser Dunkelheit in den Reichen, um zuzulassen, dass der Fokus der Liebe auf irgendeine Weise gespalten wird – egal mit welch edlem Ziel. Aber jetzt wo Ragnarök hinter uns liegt, muss mein Geschenk an Freya und ihr Geschenk an die Reiche das Fundament sein, das die Reiche wieder aufbaut. Das Fundament, aus dem jedes

Reich schöpfen kann, um genügend Kraft für seine Selbstverwaltung zu haben. Für seine Selbsterhaltung.«

Ich blinzelte gegen die Tränen an, die ungehindert aus meinen Augen flossen, und sagte schlicht »Bitte«.

Verdandi trat zurück, sodass sie wieder zwischen ihren Schwestern stand. Sie nahm jeweils eine Hand ihrer Schwestern in die ihre und hob die Arme gen Himmel. Die drei Nornen schlossen die Augen. Ihr blondes Haar wehte in der sanften Brise, während sie einen Gesang in einer so alten Sprache zu murmeln begannen, dass ich mich fragte, ob selbst Odin ihn erkennen würde. Nach einem Moment öffneten sie ihre Augen wieder und sprachen mit einer Stimme.

»Es ist vollbracht.«

»Was ist vollbracht?«, fragte Gunnar begriffsstutzig.

»Das, was ihr von uns verlangt habt«, sagte die größte Norne.

Ich sank vor Dankbarkeit auf die Knie. »Freya ist frei?«

Verdandis Blick wurde weicher. »Nachdem so viel Dunkelheit in den Reichen endlich besiegt wurde, ist die Zeit gekommen, in der eure Liebesgöttin so lieben kann, wie sie will.«

Meine Schultern zitterten. Henrik kniete sich besorgt neben mich. »*Sötnos?*«

»Ich danke Euch«, schluchzte ich. »Ich … Sie bedeutet mir so viel … Ich kann nicht … danke.« Durch meine Tränen hindurch konnte ich kaum noch Verdandis sanftes Lächeln erkennen.

»Was ist mit Eurem Baum?«, fragte Inga leise. »Die Schlangen … das Gleichgewicht … Kann irgendjemand verhindern, was mit Yggdrasil geschieht?«

»Das Gleichgewicht wird zurückkehren«, versprach die größte Norne. »Ein anderer wird sich aus den Wurzeln von

Yggdrasil erheben und ein Element der Erde bringen, das sich mit der Luft vermischt.«

»Doch dieses Mal«, mischte sich ihre Schwester ein, »wollen wir ein Wesen aus der Wurzel Midgards hervorbringen.« Sie beugte sich vor und flüsterte verschwörerisch: »Viel weniger dramatisch als das, was aus Helheim kommt.«

Das konnte sie laut sagen.

»Wie können wir helfen?«, drängte Inga. »Die Rotfäule, die die Schlangen verursacht haben, kann nicht gut für den Baum sein.«

»Nein«, stimmte Verdandi zu. »Ist sie nicht. Aber natürlich verbietet es uns unsere Position, uns in solche Dinge einzumischen.«

»Ernsthaft?«, erwiderte Gunnar. »Ihr drei entscheidet über unser Schicksal – ich meine, über *all* unsere Schicksale. Und ihr könnt nicht mal ein paar Schlangen in eurem Garten loswerden?«

Ingas Ellbogen war schnell.

»Aua!«, zischte Gunnar.

»Vielleicht wärst *du* so freundlich, die Reptilien für uns zu entsorgen.« Die größte Norne lächelte Gunnar an.

Ihre Schwester schlug die Hände zusammen. »Ist es nicht deine Berufung, Damen in Nöten zu helfen?«

Neben mir bemühte sich Henrik, ein Lachen zu unterdrücken. »Tja, dann ist das wohl geklärt. Gunnar, du übernimmst den Schlangendienst.«

»Äh …« Gunnars Kopf wurde rot wie eine Tomate. »Ull braucht mich bald wieder in einem Gebiet auf Midgard.« Er zuckte zusammen, als Ingas Ellbogen ihn erneut traf. »Autsch! Nein wirklich, er braucht mich in einem funktionierenden Zustand, okay? Und Inga hat dort eine neue Stelle, für die sie viel-

290

leicht Unterstützung braucht, wenn mir also etwas zustoßen sollte, dann wäre sie …«

»Ich brauche keine Verstärkung«, erwiderte Inga süßlich. »Und dir wird auch nichts zustoßen. Das sind nur Schlangen.«

»Ich habe vollstes Vertrauen in deine Fähigkeit, damit umzugehen, Prinzessin.« Henrik zerzauste erneut Gunnars Haare und wurde mit einem finsteren Blick belohnt. »Und ich habe genau den richtigen Ort, an den wir unsere kleinen Reptilienfreunde schicken können.«

»Wirklich? Und wohin?« Ich legte den Kopf schief.

»Eine der Wurzeln von Yggdrasil führt direkt nach Jotunheim. Und einer dieser Eisdämonen hat mein Lieblingsbreitschwert geklaut. Rache ist Blutwurst.«

Ein schallendes Gelächter entrang sich meiner Kehle. »Auf jeden Fall. Dann mal los.«

»Geht in Frieden, ihr Asen.« Die drei Schwestern hoben ihre ineinander verschränkten Hände. Als sie zurücktraten, erschien das schimmernde Tor hinter ihnen. »Und geht in Liebe.«

»Immer«, versprach ich.

Mit einem Windhauch fegten die Nornen durch das Tor. Sie verschwanden in einem Wirbel aus goldenem Staub. Der Staub küsste den See, bevor er mühelos in den Bäumen verschwand.

Und nachdem wir Gunnar mit deutlich mehr Mühe in die Schlangengrube befördert hatten, lösten wir unser Versprechen ein, den Weltenbaum wieder gesund zu machen. Wir weckten die vier Hirsche, den Adler und das hochgradig irritierte Eichhörnchen, bevor wir mit Gulltopp über den immer noch Übelkeit erregenden Bifröst zurück nach Asgard ritten.

Dort konnten wir Freya dank der Gnade der Nornen die

Nachricht überbringen, auf die sie ein unsterbliches Leben lang gewartet hatte.

Sechzehn

Freya

Drei Wochen waren vergangen, seit mir meine Freunde das Recht auf mein Herz geschenkt hatten. So sehr ich auch in ihrem Geschenk schwelgen wollte, brachte das Ende von Ragnarök doch eine ganze Reihe von Aufgaben mit sich, die mich davon abhielten, meine neu gewonnene Freiheit voll zu genießen. Meine Pflichten hatten mich jeden Tag von morgens bis Mitternacht auf Trab gehalten.

Elsa übernahm die Führung bei der Organisation von Balders und Nannas gemeinsamer Bestattung, und der Rest von uns sprang ein, wo immer wir benötigt wurden. Unsere Hohe Heilerin arbeitete unermüdlich daran, das perfekte Boot zu finden, um ihre zukünftigen Schwiegereltern nach Walhalla zu bringen, wo sie zweifellos ihre Aufgabe fortsetzen würden, Licht und Wärme in die Reiche zu bringen. Wir hatten vollstes Vertrauen, dass sie ihre Berufung auf der anderen Seite genauso gut erfüllen würden, wie sie es im Leben getan hatten.

Forse und sein Bruder Nils brachen zusammen, als das Bestattungsboot mit den liebevollsten Eltern, die die Reiche je gekannt hatten, davonsegelte. Nanna und Balder hatten jeden von uns mit ihrem Licht, ihrer Güte und der Reinheit ihrer Liebe gesegnet. Und obwohl ich wusste, dass die Styrke-Brüder schwere Tage vor sich haben würden, wusste ich auch, dass sie durch ihre Freunde alle Unterstützung hatten, die sie brauchten – und dass sie die Geistesgegenwart haben würden, sich auf uns zu stützen, wenn die Trauer sie zu übermannen drohte.

Natürlich zog sich Forse in den Tagen nach der Bestattung seiner Eltern in die Wärme von Elsas Liebe zurück, und Nils machte sich daran, Unerledigtes abzuwickeln, damit er uns für einen längeren Aufenthalt besuchen konnte. Irgendetwas sagte mir, dass wir in naher Zukunft noch viel mehr von dem anderen Styrke-Bruder sehen würden. Ich freute mich darauf, ihn in unsere Familie aufzunehmen.

Während sich Elsa um Nannas und Balders Bestattung kümmerte, konzentrierte ich mich darauf, eine dauerhafte Bleibe für Hyro und ihre eigene improvisierte Familie zu finden – die rebellischen Feuerriesen, die uns während Ragnarök geholfen hatten. Hyro hatte während ihrer kurzen Zeit bei den Wiesenelfen eine Beziehung zu ihnen aufgebaut, und die Elfen waren mehr als bereit, Hyros Landsleuten ein Stück Land anzubieten, wenn sie ihnen im Gegenzug bei der Bewirtschaftung halfen. Wie sich herausstellte, handelte es sich bei dieser speziellen Gruppe von Feuerriesen zufällig um talentierte Bauern. Sie verdankten die Fähigkeit zur Selbstversorgung ihrer Zeit im Versteck im kargen Muspelheim. Die Wiesenelfen waren begeistert, solch kompetente Hilfe zu haben, und die rebellischen Riesen waren überglücklich, endlich einen Ort zu haben, den sie ihr Zuhause nennen konnten. Die Feyndralen, die eine Vorliebe für die Riesen entwickelt hatten, beschlossen, in ihrer Nähe zu bleiben. Hyro und ihre Freunde bauten im Wald hinter ihrer Siedlung einen Stall und versicherten den Wiesenelfen, dass ihre neuen Drachennachbarn nicht aus Versehen den Wald abbrennen würden.

Jedenfalls hofften sie es.

Nachdem Hyro versorgt war, kümmerte ich mich um Runas Bestattung. Wie versprochen lag Tyrs Schwester neun Tage lang aufgebahrt in der Walkürenkapelle, und meine Waffenschwestern legten in dieser Zeit Kränze für sie nieder.

In ihren letzten Momenten hatte Runa eine Charakterstärke bewiesen, Zeugnis der Zwillingskräfte Liebe und *ære* – genau der Tugenden, für die meine Walküren und alle Asen kämpften.

Am Tag ihrer Bestattung führte Tyr Runas Prozession von der Kapelle durch den Wald an. Die Hand, in der er nicht wie alle anderen eine brennende Kerze hielt, war fest um Mias Hand gelegt. Als die Prozession das Meer erreichte, schickten wir Runa in echter Walkürenmanier nach Walhalla, komplett mit einem flammenden Pfeilsalut, abgefeuert von unseren auf geflügelten Pferden reitenden Zeremonienmeisterinnen. Als das Ritual zu Ende ging, zwang Tyrs Schmerz ihn auf die Knie. Mir kamen die Tränen beim Anblick meines lieben, gebrochenen Freundes, während er die Schwester freigab, die ihr Leben gegeben hatte, damit er seines in vollen Zügen genießen konnte. Wäre Mia nicht an seiner Seite gewesen, ihre ruhige Hand auf seinem Arm, hätte Tyr die Zeremonie wohl nicht überstanden. Henrik und Forse stellten sich hinter ihn, als Runas Boot gen Horizont segelte. Sie gaben ihm nicht nur emotionale, sondern auch körperliche Unterstützung, als wir Tyr zurück zum Walkürenquartier brachten, wo er sofort in einen erschöpften, von Kummer geplagten Schlaf fiel. Es dauerte fast einen ganzen Tag, bis er wieder aufwachte, aber dann war er entschlossen, jeden Tag bis zum Äußersten zu leben und dafür zu sorgen, dass das Opfer seiner Schwester nicht umsonst gewesen war. Im Walkürenquartier raunte man sich zu, dass er, bevor er das Gelände verließ, mit Mia ein *sehr* ernstes Gespräch über die Zukunft ihrer Beziehung geführt hatte – und ich konnte es kaum erwarten, das Ergebnis zu erfahren.

In Anbetracht dessen hatte ich selbst ein sehr ernstes Gespräch mit dem Herrscher von Asgard geführt. Die Reiche veränderten sich, hatte ich argumentiert, und Asgard mit ihnen. Trotz Odins lebenslangem Widerstand, Sterbliche in das Reich der Götter aufzunehmen, hatte er mir zugestanden, dass es Asgard ohne die Hilfe einer bestimmten Sterblichen bei Ragnarök viel schlechter ergangen wäre. Und er hatte mir zugestimmt, dass die Bereitschaft dieser Sterblichen, ihr eigenes Leben zu opfern, um die Dunkelheit zu vertreiben, die eigentliche Definition von *ære* war – das Herzstück dessen, was es bedeutete, ein Ase zu sein. Außerdem hatte er mir zugestimmt, dass er wahrscheinlich ein wichtiges Mitglied seines Rates verlieren würde, wenn er nicht bereit war, seine zugegebenermaßen restriktive Haltung zu ändern. Mit Odins unerwartetem Segen war ich also in der Lage gewesen, Tyr eine zusätzliche Option für seine Zukunft zu bieten – eine, auf die keiner von uns wirklich zu hoffen gewagt hatte.

Nun hoffte ich, dass Mia Tyrs Angebot annehmen würde. Fast ebenso sehr, wie ich hoffte, dass es Tyr gelingen würde, es ihr auf eine Art und Weise zu unterbreiten, die den Logik liebenden Verstand unserer süßen, analytischen Sterblichen nicht zum Explodieren bringen würde.

Da meine Arbeit fast beendet war, konnte ich es kaum erwarten, zu meinem Team in unserer vorübergehenden asgardischen Residenz zu stoßen. Doch bevor ich eine Pause einlegen und meine Nase weiter in die persönlichen Angelegenheiten meiner Freunde stecken konnte, musste ich mich noch um eine letzte Walkürenangelegenheit kümmern. Brynn hatte gezögert, meine Beförderung anzunehmen. Sie war der Meinung gewesen, dass unsere Organisation immer nur eine Anführerin gehabt hatte und dass sie, falls wir eine zweite wählen sollten, kaum die Qualifizierteste für den Posten sei. Es hatte einen ganzen Tag Argumente von mir und einen weiteren Tag Überzeugungsarbeit von Henrik gebraucht, aber schließlich hatte sie *endlich* die Papiere unterschrieben, die sie zur zweiten Oberkommandantin der Walküren machten. Sie und ich würden unsere Schwestern gleichberechtigt führen und den Reichen die zusätzliche Unterstützung geben, die sie in dieser Übergangsphase nach Ragnarök brauchten, und es mir ermöglichen, mehr Zeit für meine Pflichten als Göttin der Liebe aufzubringen. Jetzt da ich Zugang zu meinem *ganzen* Herzen hatte, war ich entschlossener denn je, die Fülle der persönlichen Macht zu verschenken, die aus der Verkörperung der Liebe erwächst, und zwar an jedes Wesen, das bereit war, sie anzunehmen.

Einschließlich mir selbst.

Unser Team war vorübergehend in die asgardische Residenz der Fredriksens umgezogen – das Familienhaus, das Elsa und Tyr einst mit ihren Eltern geteilt hatten. Dorthin hatte ich mich zurückgezogen, nachdem ich die Feuerriesen umgesiedelt, die Verwaltung der Walküren umstrukturiert, Mias Position gesichert sowie Forses Eltern und Tyrs Schwester nach Walhalla gesandt hatte. Und dort hatte ich mich endlich – zum ersten Mal seit *sehr* langer Zeit – auf die Möglichkeit eingelassen, mein Leben mit jemand anders zu teilen.

Auch wenn dieser Jemand so ganz anders war, als ich es mir vorgestellt hatte.

»Da ist sie ja! Die Liebe selbst. Ich hab schon befürchtet, du schaffst es nicht.« Jason stand vor dem Spiegel in einem der Gästezimmer der Fredriksens. Seine muskulösen Arme spannten sich an, während er sein Hemd zuknöpfte. Als er fertig war, streckte er die Arme aus. Ich kam schnell aus dem Flur und drückte mich an ihn, wobei ich mir von seinen Händen die Verspannungen aus dem Rücken streichen ließ.

»Tut mir leid, da war noch ein Haufen Papierkram im Walkürenquartier zu erledigen. Aber das war's dann jetzt auch. Ich bin offiziell im Urlaub.« Ich dehnte meinen Kopf erst in die eine, dann in die andere Richtung. Jasons Hände änderten ihren Kurs und begannen sanft meine Schultern zu massieren. »Oh ja, du hast keine Ahnung, wie sehr ich das brauche.«

»Mmh. Brauchst du sonst noch was?« Jason ließ seine Hände zu meinen Hüften wandern und presste sich an mich.

Ich lachte. »Du offensichtlich schon.«

»Du hattest ein paar verdammt harte Wochen. Ich würde dir gerne helfen, dich zu … entspannen.« Jason senkte den Kopf und knabberte an meinem Ohr. Ich legte den Kopf schief, damit er tiefer küssen konnte. Und tiefer. Und tiefer. Als er im V-Ausschnitt meines Kleides angekommen war, überlegte ich ernsthaft, ihn ins Bett zu zerren und endlich die dringend benötigte Zeit allein zu verbringen, auf die wir warteten, seit die Nornen mein Herz befreit hatten. Aber mir blieben nur wenige Minuten, bevor ich unten sein musste, um Elsas und Forses Hochzeit zu vollziehen … und was ich mit Jason Ahlström anstellen wollte, würde *viel* länger dauern als das.

Ich hatte eine Ewigkeit gewartet, um mit meinem Seelenpartner zusammen zu sein – ein paar Stunden mehr würden mich nicht umbringen.

Den armen Jason vielleicht aber schon.

»Freya.« Jason stöhnte, als ich ihn wegschob.

»Psst.« Ich trat einen Schritt zurück, sodass meine Wade gegen das Bett stieß. Die weiche Oberfläche war zu verlockend. Ich setzte mich und gönnte mir ein paar Sekunden des Nichtstuns. »Setzt du dich einen Moment zu mir?«

Jason ging zur Kommode. Als er an meine Seite zurückkehrte, hielt er einen Becher in der Hand. »Ich hatte das Gefühl, dass du bald nach Hause kommst, also habe ich dir Tee gemacht.«

Meine Finger legten sich um den warmen Becher, und Dankbarkeit erfüllte mein Herz. »Danke. Das habe ich gebraucht.«

»Und du bist dir wirklich *absolut* sicher, dass du nur Tee brauchst?« Jason wackelte zweideutig mit seinen Augenbrauen.

»In diesem Moment, ja.« Ich schmiegte meinen Kopf an seine Schulter. Wir saßen schweigend nebeneinander, und Jasons tröstende Gegenwart erfüllte mein ganzes Wesen mit Frieden. Das Gefühl war neu. Und ziemlich überwältigend. »Ich habe das schon lange nicht mehr getan – mich einfach sein lassen …«

Jason legte einen Arm um meine Schultern und zog mich zu sich, damit er mit seinem Daumen über meinen Oberarm streichen konnte. »Mmh?«

»Nichts zu tun. Einfach verletzlich zu sein«, flüsterte ich. »Das macht mir ein bisschen Angst.«

»Du bist die Oberbefehlshaberin der Walküren. Es gibt nichts, vor dem du Angst haben musst.« Jason legte sanft die Lippen auf meine Haare.

»Mich in dich zu verlieben … das ist eine große Sache für mich. Aber ich weiß, dass es dieses Mal anders sein wird – dass du nicht in die Schlacht ziehen und … sterben wirst.« Die letzten beiden Worte flüsterte ich.

»Freya«, erwiderte Jason ebenso leise.

Ich holte tief Luft. »Ich habe einige … einige Details beschönigt, als ich dir davon erzählt habe, wie meine letzte Liebe fast die Reiche zerbrochen hat. Als mir die Nornen gesagt haben, ich könne nicht mit ihm zusammen sein … dass sie mein Herz nicht freigeben würden … als alles in mir schwarz wurde und ich meine Aufgaben nicht mehr erfüllen konnte und Midgard in Dunkelheit fiel …«

Jason drückte sanft meine Hände. Seine bedingungslose Akzeptanz strahlte wie ein Leuchtfeuer in mein Herz und gab mir die Kraft, die ich brauchte, um dieses letzte Stück meiner Reise zu teilen.

»Rhylark war einer der besten Krieger Asgards, und es war seine Aufgabe, die Reiche des Lichts zu schützen. Er schwor, Midgard zu retten, die Menschen davon abzuhalten, sich gegenseitig umzubringen, damit ich mich aus meiner Dunkelheit befreien konnte – um uns alle vor einer Welt ohne Liebe zu retten. Aber ich konnte es nicht tun – ich war damals nicht stark genug. Rhylark wurde getötet, während ich um ein Herz trauerte, das zwar in meiner Brust wohnte, aber vertraglich den Nornen gehörte. Wäre ich in der Lage gewesen, über mich selbst hinaus zu sehen, hätte er ein langes, erfülltes Leben führen können. Möglicherweise mit einer anderen Göttin, aber immerhin wäre ihm nicht das Leben genommen worden.«

Jason streichelte meine Wange. »Es tut mir so leid, dass du diesen Verlust erleben musstest.«

»Ich habe lange gebraucht, um meine Schuldgefühle loszuwerden, und ich werde wahrscheinlich nie aufhören zu wünschen, ich hätte die Dinge anders gehandhabt. Aber ich habe damals diese Dunkelheit überstanden und jetzt erneut. Und ich werde das unglaubliche Geschenk, im Besitz *all* meiner Kräfte zu sein, niemals, *nie* als selbstverständlich ansehen. Vor allem mein Herz.« Ich nahm den Becher in die eine Hand und legte die andere auf Jasons Brust. »Ich weiß, dass wir ziemlich überwältigend sein können, Jason – ich und mein Team, meine ich. Wir sind Verwüstung, Verlust, Schmerz und Trauer. Aber wir sind auch Freude, Lachen, Lernen und Liebe. Wir sind eine Familie. Und wenn du wirklich mein Partner sein willst, dann sind wir auch deine Familie. In guten wie in schlechten Zeiten bist du einer von uns.«

»Gut.« Jason beugte sich vor und presste seine Lippen auf die meinen. »Ich würde es nicht anders haben wollen.«

Die Fülle der Gefühle entfachte eine Wärme in mir, die ich seit Jahrzehnten nicht mehr gekannt hatte, und mein Herz drohte mir aus der Brust zu springen.

Ich verweilte so lange in Jasons Kuss, bis Henrik von unten rief, dass die Hochzeitstorte fertig sei und dass sich jetzt alle *sofort* auf ihren Plätzen einfinden sollten. Wieder breitete sich Freude in meinem Herzen aus.

»Wir sollten besser runtergehen … *Jason!*«, kreischte ich, als er meinen Becher auf den Nachttisch stellte, meine Taille umfasste und mich auf seinen Schoß hob. Mein Herz begann wie verrückt zu klopfen. Gott sei Dank hatte ich ein Kleid mit einem weiten Rockteil gewählt.

»Ich hole mir nur noch einen Kuss ab«, erklärte Jason.

Mein Lachen wich einem glückseligen Seufzen, als er sich an mich presste. »Okay. Noch *ein* Kuss. Dann muss ich eine sehr wichtige Hochzeit leiten.«

»Mmm hmm.« Jason fuhr mit seiner Zunge an meiner Unterlippe entlang und entlockte mir so ein Wimmern. »Musst du.«

Der Druck gegen meine Hüfte wurde stärker. Als Jasons Hände tiefer glitten, um meinen Hintern zu streicheln, verschmolz ich mit dem Sterblichen, den die Nornen trotz aller Widrigkeiten auserwählt hatten, der meine zu sein.

Ich hatte keine Ahnung, wie es mit uns weitergehen oder wie dieser Mensch in unsere unglaublich verrückte asgardische Existenz passen würde. Zweifellos besaß er, wie seine Schwester, eine noch zu entdeckende Gabe, die unseren beiden Reichen *ære* bringen würde. Aber da die Dunkelheit von Ragnarök hinter und eine Zukunft des Lichts vor uns lag, gab es keinen Zweifel daran, dass die Reiche wuchsen – und Asgard gleich mit ihnen. Alle Reiche, die gedeihen wollten, hatten keine andere Wahl, als sich weiterzuentwickeln. Trotz aller Unwägbarkeiten wusste ich, dass Jason und ich die Herausforderungen auf unserem Weg meistern würden, ganz gleich, was die Zukunft für uns bereithielt. Und wir würden gestärkt aus ihnen hervorgehen. Wie könnte es auch anders sein? Schließlich war mir dieser kluge, furchtlose, sexy Sterbliche in jeglicher Hinsicht ebenbürtig.

Und er war absolut perfekt für mich.

Siebzehn

Brynn

»Oh, Elsa. Du siehst ... Du bist einfach ...« Eine einzelne Träne rollte von Tyrs Augenlid herab. Sie bahnte sich ihren Weg über seine frisch rasierte Wange, als er das klassische weiße Kleid seiner Schwester betrachtete, den schlichten Tüllschleier und die zarte silberne Krone, die sie auf ihren blonden Locken trug. In einer Hand hielt sie blassrosa Pfingstrosen, die in Spitzenstreifen aus dem Hochzeitskleid von Forses Mutter eingewickelt waren – Nanna hatte sie Elsa zu ihrer Verlobung geschenkt. Und an ihrem Handgelenk trug sie die Perlenkette, die ihre eigene Mutter und Großmutter zu ihren jeweiligen Hochzeiten getragen hatten.

Elsa war der Inbegriff der errötenden asgardischen Braut. Und sie würde *endlich* Forse heiraten.

Wurde ja auch höchste Zeit.

»Du siehst auch nicht gerade schlecht aus, großer Bruder.« Elsa streckte die Hand aus, um Tyrs Träne wegzuwischen. Sie lächelte liebevoll, als er an seinem Bunad zupfte – unserer traditionellen Festkleidung, die aus einem mehrfach geknöpften Mantel, einer bestickten Weste, wadenlangen Hosen und kniehohen Socken bestand. Das Outfit hatte einst dem Vater der Fredriksens gehört, Ragnar, dem ursprünglichen Kriegsgott. Und ich wusste, dass Tyr es aus Liebe zu seiner Schwester trug, um etwas von ihrem Vater in diesen Tag zu holen. Denn eigentlich hasste Tyr alles Förmliche zehnmal mehr als der Rest von uns. Aber für Elsa … für Elsa würde Tyr Berge versetzen. Und Kniestrümpfe tragen.

»Bist du sicher, dass du das tun willst?«, scherzte er. »Du musst es nur sagen, und ich hole dich hier raus.«

»Ich bin mir sicher.« Elsa tätschelte Tyrs Wange. »Es gibt keinen Ort, an dem ich lieber wäre. Danke, dass du mich zum Traualtar führst.«

Eine zweite Träne rollte. Tyr wischte sie hastig weg. »Ich wünschte, es hätte Vater sein können.«

»Er ist hier, weißt du. Mutter auch. Genau wie Nanna und Balder. Sie würden es um nichts in der Welt verpassen.« Elsa lächelte zu ihrem Bruder hoch. Die beiden verbrachten einen stillen Moment im Wohnzimmer ihres Elternhauses. Ihre Verbundenheit war so greifbar, ihre Dankbarkeit für diesen Meilenstein an dem Ort, an dem sie aufgewachsen waren, so stark, dass ich meine eigenen Tränen zurückblinzeln musste.

Um mich von der drohenden Tränenflut abzulenken, sah ich mich hastig im Raum um. Mia stand vor dem L-förmigen Sofa und bastelte an den rosa und grünen Blumensträußen, die auf dem Couchtisch lagen. Sie hatte sich für diesen Anlass einen von Elsas Bunads ausgeliehen, und der hellblaue und silberne Stoff verlieh ihren Augen ein zusätzliches Funkeln.

Zu ihrer Rechten stand der Kamin, der von sanft leuchtenden Kerzen erhellt wurde. Sein Sims war zu gleichen Teilen mit elfenbeinfarbenen Blumen und cremefarbenen Kerzen bedeckt, sodass der gesamte Bereich zu leuchten schien. Vor ihr bot das Panoramafenster einen Blick auf den von Bäumen gesäumten Garten. Das asgardische Grundstück der Fredriksens lag am Rande eines Waldes, und Mia, Freya, Lornara, Inga und ich hatten den größten Teil der letzten zwei Tage damit verbracht, die hoch aufragenden Mammutbäume und weißrindigen Birken mit Lichterketten und Orchideen zu schmücken. Odin allein wusste, wie Lornara es geschafft hatte, die Blumen mit Glitzer zu versehen, aber sie funkelten über den improvisierten Gang, den wir mit Blütenblättern bestreut hatten, und wiesen den Weg zum Hochzeitsbogen, den Tyr, Gunnar, Jason und Nils gebaut hatten. Henriks Beitrag zum Bogen war begrenzt gewesen, da er sich in die Küche zurückgezogen hatte, um die ultimative Hochzeitstorte zu backen.

Es waren zwei der anstrengendsten Tage meines Lebens gewesen, aber es hatte sich (a) absolut gelohnt und war (b) absolut notwendig gewesen. Elsa und Forse hatten uns nicht viel Zeit gelassen, als sie ihre Entscheidung bekannt gaben, sich von der Tradition abzuwenden und durchzubrennen. Da es für den Rest von uns nicht infrage kam, sie das tun zu lassen, konnten wir sie davon überzeugen, uns eine kleine, intime Hochzeit organisieren zu lassen. Das bedeutete natürlich, dass wir in den achtundvierzig Stunden, die wir für die Vorbereitungen hatten, alles geben mussten. Denn das war es, was Asen taten.

Und auch weil Mia uns dazu gezwungen hat.

Unsere selbsternannte Weddingplannerin blickte auf, als die sanften Klänge des Brautmarsches durch das offene Fenster drangen. Die Noten waren kaum ein Flüstern, als das kleine Kammerorchester, das Mia irgendwie aus Odins Palast beschafft hatte, zu spielen begann. Schnell reichte sie mir einen der Sträuße und nahm selbst einen in die Hand. »Okay. Alle in Position. Ich fange an, dann Brynn. Dann wird Tyr Elsa zum Altar führen. Seid ihr bereit?«

Ich drückte Elsas Hand. Dann neigte ich meinen Kopf zu Mia und sah Tyr mit hochgezogener Augenbraue an. »Mit der wirst du alle Hände voll zu tun haben. Wenn ihr Tag gekommen ist, wird sie so eine ›kleine‹ Hochzeit nicht dulden. Das ist dir hoffentlich klar.«

»Ist es.« Ein Mundwinkel von Tyrs Mund verzog sich zu einem halben Lächeln.

»Das habe ich gehört.« Mia huschte hinter Elsa her und bückte sich, um die Schleppe unserer Freundin aufzulockern. »Und ich kann mich nicht erinnern, dass mir ein Antrag gemacht wurde. Ich wurde nur gefragt, ob ich den ›unsterblichen Reihen einer wohlwollenden brüderlichen Organisation‹ beitreten will.«

»So hast du ihr den Beitritt zu Asgard vorgestellt?« Elsa stieß ihren Bruder mit dem Ellbogen in die Rippen. »Wo bleibt da Romantik, Tugend, *ære*?«

»Weißt du, wie viele Notizbücher sie mit Vor- und Nachteilen gefüllt hätte, wenn ich es anders gesagt hätte?«

»Er hat nicht unrecht.« Mia neigte den Kopf. »Zwei sind schon voll.« Mia und ihr süßer, analytischer Verstand. Und ihre Notizbücher.

»Und?« Ich winkte meine Freunde näher zu den offenen Glastüren. »Wie habt ihr euch entschieden? Und ernsthaft, Tyr? Kein Antrag?«

»Sie wollte eine Veränderung nach der anderen.«

»Ich hätte mich zuerst für die andere Sache entschieden«, murmelte ich. »Ich mein ja nur.«

»Ich auch«, mischte sich Elsa ein.

»Tyr weiß, dass mein bewundernswert anpassungsfähiger Fünfjahresplan derzeit nicht vorsieht, vor dem Abschluss zu heiraten. Und was die andere Sache angeht, habe ich beschlossen …« Mia nahm eine letzte Anpassung an Elsas Schleier vor, bevor sie ihren Platz vor uns einnahm.

»Ja?« Ich tippte mit dem Fuß.

»Ich habe beschlossen …« Mia kaute auf ihrer Unterlippe herum. Hinter mir spannte Tyr sichtlich seinen Oberkörper an.

Ich holte tief Luft, als mir die Erkenntnis kam. Tyr wusste es nicht. Mia hatte ihm ihre Entscheidung noch nicht mitgeteilt. Bei allen Göttern, sie würde ihm doch nicht am Tag der Hochzeit seiner Schwester das Herz brechen, oder? Und es war so was von meine Schuld, dass ich diese ganze Unterhaltung ausgelöst habe. *Wie dumm von dir, Aksel. Abbrechen. Abbrechen!*

»Wir können darüber reden, wenn …«, begann ich.

»Ich habe beschlossen, dass es keinen Ort gibt, an dem ich lieber wäre als hier bei euch allen. Für immer.« Mias rote Lippen verzogen sich zu einem strahlenden Lächeln. Der Raum füllte sich mit dem erleichterten Aufatmen dreier Götter. *Puh! Meine beste Freundin hat Ja gesagt zu einem Leben mit uns!*

»Gleich nach dem College«, ergänzte Mia.

Einzelheiten. Ich stieß triumphierend meine Faust in die Luft.

Tyr trat an Mias Seite und umarmte sie fest. »Den Göttern sei Dank. Ich könnte mir ein Leben ohne dich nicht vorstellen.«

»Ich auch nicht.« Mia stellte sich auf Zehenspitzen, um ihm einen sanften Kuss auf den Kiefer zu drücken.

Tyrs Augen schimmerten voller Tränen, als er Mia näher an sich zog. »Also, was die zweite Frage angeht … Mia Ahlström, willst du …«

Mia brachte ihn mit einem weiteren Kuss zum Schweigen. »Ich glaube, wir müssen jetzt irgendwo sein. Wir wollen doch nicht, dass Forse denkt, Elsa hätte ihn versetzt.«

Das stimmte. Elsas Hochzeit. Es war so weit. *So viele gute Dinge!*

307

»Vergiss deinen Fünfjahresplan«, murmelte Tyr. »Darüber reden wir später.«

Nach einem langen Kuss scheuchte Mia Tyr zurück zur Braut. Er zwinkerte seiner Freundin zu und reichte Elsa den Arm, damit sie sich einhaken konnte. »Bist du bereit, Schwesterherz?«

Elsa strahlte. »Auf jeden Fall.«

Das stimmte. Elsa hätte nicht bereiter sein können, Forse zu heiraten. Und wir hätten nicht bereiter sein können, ihre Vereinigung mitzuerleben. Endlich.

Anschwellende Geigenmusik lockte Mia durch die Glastüren. Ihr geliehener Bunad flatterte an den Knöcheln, als sie über die Terrasse auf den Rasen schritt. Ich wartete fünf Takte ab, bevor ich Elsa ein Lächeln schenkte und mit dem Strauß in den Händen losging. Das Sonnenlicht küsste mein Gesicht, als ich Mia über den mit Blütenblättern bestreuten Gang zu dem Halbkreis folgte, den unsere Freunde um den Altar gebildet hatten. Gunnar und Inga standen zu meiner Linken, ein freudiges Grinsen im Gesicht. Sie hatten ihre Rückkehr nach Midgard verschoben, um die Vereinigung zu feiern, auf die wir alle seit der Highschool gewartet hatten. Nils stand neben ihnen und lächelte abwechselnd den Bräutigam und die Braut an. Der Stolz in seinen Augen machte deutlich, dass er seinen Bruder und seine neue Schwägerin über alle Maßen bewunderte, und es war schön, ihn zum ersten Mal seit dem Tod seiner Eltern wirklich glücklich zu sehen. Die Liebe war wirklich Balsam für alle Wunden.

Henrik nahm den Platz neben dem Altar ein, und ich musste mich zusammenreißen, als ich sah, wie gut er seinen Bunad ausfüllte. Wir würden früher oder später Zeit für uns allein haben. *Hoffentlich früher.*

Lornara und Jason standen zu meiner Rechten, wobei Letzterer abwechselnd neugierige Blicke auf die schimmernden Flügel der Fee und sehnsüchtige Blicke auf die Göttin vor dem Altar warf, die in ihrem rosafarbenen Gewand bereitstand, um Gerechtigkeit und inneren Frieden in ewiger Ehe zu vereinen. Und wenn das Leuchten, das von ihren rosigen Wangen ausging, ein Hinweis darauf war, war sie gerade mit ziemlicher Wahrscheinlichkeit das glücklichste Wesen in diesem Wald.

Aber Freyas Freude kam nicht an Forses heran. Elsas Bräutigam stand stolz am Ende des Ganges und kämpfte mit den Tränen, als er sah, wie seine beste Freundin – jetzt seine Braut – glückselig auf ihn zukam. Elsa zerrte Tyr vor Ungeduld praktisch weiter, und ihr strahlendes Gesicht wurde in seiner Freude nur noch von dem ihres Bräutigams übertroffen. Als sie den Hochzeitsbogen erreichte, löste Tyr ihren Arm mit einem wehmütigen Lächeln.

Ich konnte mir das telepathische Gespräch, das die beiden wahrscheinlich gerade führten, nur vorstellen.

Freya zog die Schultern zurück und wandte sich an die Anwesenden. Es kostete mich all meine Selbstbeherrschung, um die Freudentränen zurückzuhalten. *Endlich* war es so weit!

»Wer gibt diese Göttin«, begann Freya, »Elsa Fredriksen, damit sie in heiligster Ehe mit Forse Styrke vereint werden kann?«

»Niemand gibt sie. Sie ist ihr eigener Geist, der uns mit Odins Segen und aus eigenem Willen geschenkt wurde, damit sie ihr Licht mit den Reichen teilen kann.« Tyrs Kiefer bebte. »Aber ich, Tyr Fredriksen, billige diese Verbindung. Ebenso wie unsere Familien, sowohl die, in die wir hineingeboren wurden, als auch die, die wir aus freiem Willen gegründet haben.«

Nun konnte ich nichts mehr gegen die Tränen ausrichten,

die mir in die Augen schossen, und ein Schluchzen entrang sich meiner Kehle. Ich würde diesen Tag auf keinen Fall auch nur mit einem Funken Würde überstehen.

Henrik trat durch den Gang und reichte mir ein Taschentuch. »Ich habe es so verändert, dass es extrem saugfähig ist. Das sollte dich zumindest durch die Zeremonie bringen.«

Wie sehr ich diesen Gott liebte. »Danke, Babe.« Henrik trat mit einem Augenzwinkern zurück.

Tyr legte die Hand seiner Schwester in die seines besten Freundes. Dann nahm er seinen Platz im Kreis neben Mia ein, die einen tröstenden Arm um seinen Bizeps legte. Sie schmiegte ihre Wange an seine Schulter, und er senkte sein Kinn auf ihren Kopf. Sie passten wirklich perfekt zusammen.

Henrik zog eine Augenbraue hoch und richtete seine Frage an mich. »Hat sie ihm eine Antwort gegeben?«

Als Freya mit der Segnung begann, warf ich einen kurzen Blick auf das Brautpaar. Sie waren völlig ineinander vertieft. *Gut.*

»Sie hat Ja gesagt«, flüsterte ich Henrik zu. »Nach dem College.« *Odin segne Mia und diesen sich ständig ändernden Fünfjahresplan.*

Henrik begann breit zu strahlen, und ich strahlte mit. Ein Ja war ein Ja. Unsere Familie wuchs. Das Leben war schön.

Elsa und Forse gelobten, sich bis in alle Ewigkeit zu lieben, und wir alle traten vor, um unser eigenes Gelübde abzulegen, sie zu lieben und zu unterstützen, in guten wie in schlechten Zeiten. Mit jeder Erklärung füllte sich mein Herz mit einer Freude, die noch überwältigender war als die, die ich an dem Tag empfunden hatte, als Freya mir meinen eigenen Seelenpartner geschenkt hatte. Und als die Frischvermählten den Gang zurück zum Tisch marschierten, an dem Henriks Meisterwerk von Torte wartete, schmiegte ich mich mit einem glückseligen Seufzer an ihn.

Henrik legte einen Arm um meine Taille und beugte sich so tief vor, dass sein Atem mein Ohr kitzelte. »Was sagst du, *sötnos*? Meinst du, wir sollten das eines Tages auch tun?«

Mir stockte der Atem. War das eine hypothetische oder eine echte Frage? »Ähm …«

Henriks Gesichtsausdruck war nicht zu deuten. »Oh, sieh mal. Elsa will den Brautstrauß werfen.« Er war wirklich unmöglich.

Ich zwang meinen Blick von Henriks unlesbarer Miene zu Elsa, die nun neben dem Ungetüm von Hochzeitstorte stand. Sie bestand aus vier Etagen Buttercreme – viel zu extravagant für unsere winzige Versammlung und definitiv Henriks bisher opulenteste kulinarische Kreation. Die oberste Schicht war ein Kunstwerk aus akribisch hergestelltem Fondant. Ich würde näher herangehen müssen, um zu sehen, was es war – Henrik hatte niemanden mehr in die Küche gelassen, als er mit der Dekoration begonnen hatte.

»Unverheiratete Damen vor!« Elsa winkte uns heran, Forse strahlend an ihrer Seite. Mit einem Achselzucken folgte ich Mia, Freya und Lornara den Gang hinauf. Nur Inga blieb zurück, hielt Gunnars Hand und zwinkerte mir zu.

»Macht euch bereit!« Elsa drehte sich um. »Eins. Zwei. Drei!«

Doch anstatt dass Elsas Pfingstrosen durch die Luft flogen, erhob sich die oberste Schicht der Torte und schwebte an ihrer Stelle. *Wie bitte?* Sie glitt zielstrebig durch die Luft. Mein Kopf drehte sich zu Henrik, der eine kleine Fernbedienung in den Händen hielt.

»Du hast aus Elsas Hochzeitstorte eine Drohne gebaut?«, stieß ich erstaunt hervor.

Gunnar lachte. »Warte.«

Die Torte setzte ihre Flugbahn fort und blieb direkt auf Brusthöhe vor mir in der Luft stehen. Als ich ihr spektakuläres Design betrachtete, klappte mir der Mund auf. Die Torte war mit zuckergesponnenen Miniaturversionen aller technischen Geräte verziert, die Henrik und ich je entwickelt hatten. Vom Schließer über das Vakuum bis hin zu Mias treffend benannter Weltraumkanone war sie ein essbares Zeugnis jahrelanger Zusammenarbeit. Und mittendrin, in Henriks ordentlicher Schrift, standen die Worte, von denen ich geträumt hatte, seit ich merkte, dass ich mich in den Jungen von nebenan verliebt hatte.

Willst du mich heiraten, Brynn?

Die Welt verschwamm in Tränen, als ich herumwirbelte und Henrik auf ein Knie sinken sah. In der einen Hand hielt er die Drohnenfernbedienung, in der anderen einen Diamantring. Er hob den Ring. »Ich liebe dich, *sötnos*. Du warst meine Partnerin in jedem epischen Abenteuer, das ich je erlebt habe. Willst du mir die große Ehre erweisen, mit mir zusammen beim größten Abenteuer unseres Lebens zu kollaborieren?«

Kaum hatte Henrik seinem Bruder die Fernbedienung gereicht, stürzte ich mich in seine Arme. Ihm stockte der Atem, als ich meine Beine um seine Taille schlang und mich fest an ihn klammerte, während ich jeden Zentimeter seines Gesichts küsste.

»Ich nehme an, das ist ein Ja«, lachte Henrik. Er stellte mich wieder auf die Füße und steckte mir den Ring an den Finger.

»Ja. Ja! Bei allen Göttern, *so was* von Ja.«

»Endlich!« Freya legte den Kopf in den Nacken. »Den Göttern sei Dank für den Frieden. Und Geduld. Und die Liebe.«

»Und die Liebe.« Jason drückte Freyas Hand. Sie beugte sich vor und küsste ihn auf die Wange.

»Herzlichen Glückwunsch.« Elsa strahlte mich an. »Das war das am schwersten zu bewahrende Geheimnis aller Zeiten!«

»Wem sagst du das.« Forse grinste.

»Ihr habt es beide gewusst?«, quietschte ich.

»Wir alle«, meldete sich Mia zu Wort. Sie hob meine linke Hand an, sodass mein Ring im Sonnenlicht funkelte. »Ich freue mich so für euch.«

»Alles Gute euch beiden«, sagte Lornara.

»Wurde auch Zeit«, fügte Gunnar hinzu.

»Herzlichen Glückwunsch«, mischte sich Nils ein.

»Vergesst nicht, ich habe ein Verlobungsgeschenk für euch.« Inga tat so, als würde sie etwas um ihren kleinen Finger wickeln. Ich konnte mein Kichern kaum unterdrücken. »Ull wird so traurig sein, dass er das verpasst hat.«

»Ich habe ihn schon ewig nicht mehr gesehen.« Ich wusste, dass der Gott des Winters bei Fenrirs letzter Schlacht anwesend gewesen war und dass sich sein Leben seit unserer letzten Begegnung stark verändert hatte, aber wir hatten uns schon ewig nicht mehr gesehen. Ein Besuch war längst überfällig. »Vielleicht sollten wir euch besuchen, wenn ihr euch wieder auf Midgard eingelebt habt.«

Inga lächelte. »Wir würden uns freuen.«

Tyr stieß seine Faust gegen Henriks und schenkte mir ein schiefes Lächeln. »Glückwunsch euch beiden. Nur damit du es weißt, er ist jetzt dein Problem.«

»Hey«, protestierte Henrik. Aber er grinste seinen Freund

313

an und drückte mich fest an seine Seite. »Er hat recht, *sötnos*. Bist du sicher, dass du weißt, worauf du dich gerade eingelassen hast?«

Ich stellte mich auf die Zehenspitzen und drückte meinem Verlobten einen langen Kuss auf die Lippen. *Meinem Verlobten! Bei allen Göttern!* »Ich weiß genau, worauf ich mich einlasse. Und es gibt niemanden, mit dem ich lieber bis in alle Ewigkeit … wie hast du es ausgedrückt … kollaborieren würde.«

Henriks Wangen wurden rot. »Ich meinte nur, dass …«

»Ich weiß, was du gemeint hast. Ich liebe dich, Henrik Andersson.«

»*Jeg elsker deg*, Brynn Aksel.«

Tyr räusperte sich, als Henrik seine Lippen an die meinen senkte. »Also … ist der Rest des Kuchens auch eine Drohne, oder dürfen wir ihn tatsächlich essen?«

»Tyr!«, rügte ihn Mia. »Tut mir leid wegen ihm.«

Tyr zuckte nur mit den Schultern. »Wir haben es alle gedacht.«

»Ich hab's auch gedacht.« Jason warf Freya ein reumütiges Grinsen zu.

»Ich habe es auf jeden Fall gedacht«, gab sie zu.

»Ich auch«, meldete ich mich zu Wort. Henrik zog eine Augenbraue hoch. »Was denn? Du machst wirklich guten Kuchen!«

»Wer bin ich, der Massenliebe für meine wirklich bemerkenswerten Backkünste zu widersprechen? Elsa? Forse?« Henrik deutete auf den Tisch. »Das Messer ist direkt daneben. Schneidet sie an.«

Mit einem kleinen Lächeln reichten sich die Braut und der Bräutigam die Hände und senkten das Messer, um ihre Hochzeitstorte anzuschneiden. Während sie die Stücke der herrlichen Torte verteilten, betrachtete ich die vielen glücklichen Gesichter und ließ mich von der Freude anstecken, mit der der Kosmos uns gesegnet hatte. Wir würden uns ein Leben lang necken können. Miteinander lachen. Und leben. Aber für den Rest dieses Tages aßen wir einfach, tanzten und feierten die Freiheit, die jeder von uns hatte, zu lieben und geliebt zu werden. Es gab wirklich kein größeres Geschenk in allen Reichen.

Elsa sagte einmal, dass es Familien in allen Formen und Größen gibt, jede so einzigartig wie die Vielzahl der Wesen, aus denen sie besteht. Und als ich mit den Leuten feierte, die ich mehr als alle anderen in allen Reichen liebte, wusste ich ohne jeden Zweifel, dass ich das Glück hatte, eine Familie gefunden zu haben, die absolut und bedingungslos zu mir passte. Welches Abenteuer uns auch immer als Nächstes erwartete, wir würden es angehen, wie alles andere in unserem verrückten, chaotischen, unglaublich schönen Leben auch.

Mit Liebe.

Gemeinsam.

Danksagungen

Meinem hinreißenden Ehemann und meinen wunderbaren Jungs – ich bin so dankbar, dass Gott mir euch geschenkt hat. *Jeg elsker deg.* Für immer.

Meiner Freundesfamilie – danke, dass ihr mein Leben mit Liebe erfüllt.

An Lauren (McKellar) Clarke, deren scharfer Blick und sanfter Witz immer das Beste aus unseren nordischen Crews herausholt. An Mariana, deren unendliche Freundlichkeit uns alle auf dem Boden der Tatsachen hält. Meinen Beta-Lesern, technischen Beratern und dem Produktionsteam, die mich auf Kurs halten. Und an Alison, die mit ihren aufmunternden Worten am Küchentisch dafür gesorgt hat, dass Freya *endlich* ihr Glück gefunden hat. Gott schütze euch.

An die Leserinnen und Leser, die vom ersten Tag an von Tyr und seinen Freunden begeistert waren – ich bin für all eure Unterstützung während dieser Reihe unendlich dankbar. Danke, dass ihr euch mit mir durch die Reiche geträumt habt.

An alle, die danach streben, Liebe und *ære* in unsere Welt zu bringen – danke, dass ihr Midgard zu einem besseren Ort macht. Gebt niemals auf. *Niemals.*

Und an MorMorMa. Ich liebe dich bis zum Mond und zurück. Für immer.

Mange takk!

Mange takk für das Lesen der GEHEIMNISSE VON AS-

GARD. Ich hoffe, ihr hattet genauso viel Spaß beim Lesen der Abenteuer unserer nordischen Crew wie ich beim Schreiben. Es war eine epische Reise, die Geschichten der Asen mit euch zu teilen, und sie wäre ohne die Unterstützung von wirklich erstaunlichen Lesern und Leserinnen nicht möglich gewesen. *Tusen takk*, dass ihr euch mit mir durch die Reiche geträumt habt.